W0209775

COLLECTION FOLIO

Henry Miller

Printemps noir

Traduit de l'anglais
par Henri Fluchère

Gallimard

Cette traduction, comme celle du *Tropique du Cancer*, avait d'abord paru sous la signature de Paul Rivert, pseudonyme adopté par Henri Fluchère pour un certain nombre de textes, et notamment pour ses productions du « Rideau gris ». Elle retrouve aujourd'hui sa paternité.

Titre original :

BLACK SPRING

© *Henry Miller.*

© *Éditions Gallimard, 1946, pour la traduction française.*

Henry Miller est né en 1891 à New York, dans le quartier de Brooklyn. Son père était tailleur. Lui-même, dans ses débuts, a été chef des coursiers dans une compagnie de télégraphe, comme il l'a raconté dans *Tropique du Capricorne*.

Poussé par sa vocation littéraire, il se rend en Europe en 1928 et se fixe bientôt à Paris où il va mener la vie de bohème en compagnie de son ami Alfred Perles, de Lawrence Durrell, de Reichel, de Brassai, d'Anaïs Nin et de bien d'autres. C'est à la villa Seurat, une cité d'artistes du XIVe arrondissement, qu'il écrit ses premiers livres. *Tropique du Cancer* date de 1934. Suit un court ouvrage : *Aller-Retour New York*. *Printemps noir*, publié pour la première fois en 1936, est son troisième livre. A travers ces nouvelles, on retrouvera le ton de confession personnelle qui marque toute l'œuvre d'Henry Miller, héritier de Rousseau et proche de deux de ses contemporains : Blaise Cendrars et Céline.

Juste avant la guerre, Miller part pour la Grèce, rejoindre Durrell qui s'était installé à Corfou, ce qui lui inspire *Le Colosse de Maroussi*. En 1940, il retourne à New York, et en 1944, il s'installe à Big Sur, dans les montagnes de Californie.

Auteur longtemps maudit, interdit dans son propre pays

pour obscénité, Henry Miller voit enfin la censure être levée en 1961. A partir de là, ses œuvres trouvent aux États-Unis et dans le monde entier un écho profond. Les beatniks, puis les hippies se reconnaissent dans les idées qu'il a exprimées toute sa vie.

A Anaïs Nin

Suis-je comme je crois être, ou comme les autres croient que je suis ? Voici où ces lignes deviennent une confession, en présence de mon moi inconnu et inconnaissable, inconnu et inconnaissable pour moi-même. Voici où je crée la légende dans laquelle je m'ensevelis.

Miguel de Unamuno.

Le 14e District

Ce qui ne se passe pas en pleine rue est faux, dérivé, c'est-à-dire littérature.

Je suis un patriote — du 14e District, Brooklyn, où je fus élevé. Le reste des États-Unis n'existe pas pour moi, sauf en tant qu'idée, histoire, ou littérature. A l'âge de dix ans, je fus arraché de mon sol natal, et transporté dans un cimetière, un cimetière *Luthérien*, où les tombes étaient toujours propres et les couronnes jamais fanées.

Mais je naquis dans la rue, et fus élevé dans la rue. « La pleine rue d'après l'ère des machines, où la plus merveilleuse et hallucinante végétation de fer, etc. » Né sous le signe du Bélier, qui donne un corps ardent, actif, énergique et quelque peu agité. *Mars étant dans la neuvième maison!*

Naître dans la rue signifie vagabonder toute sa vie, être libre. Signifie accident et incident, drame et mouvement. Signifie par-dessus tout *rêve*. Harmonie de choses disparates, qui donne au vagabondage une assurance métaphysique. Dans la rue, on apprend ce que sont réellement les êtres humains; autrement, ou après, on les invente. Ce qui ne se passe pas en pleine rue est faux, dérivé, c'est-à-dire *littérature*. Rien de ce qu'on appelle « aventure » n'approche jamais de la saveur de la rue. Peu importe que l'on s'envole vers le Pôle, que l'on s'installe au fond de l'océan, une rame de papier à la main, que l'on vadrouille dans neuf villes l'une après l'autre, ou que, tout comme Kurtz, on remonte un fleuve pour trouver la folie au bout. Si passionnante, si intolérable que soit la situation, il y a toujours une issue, toujours une amélioration, un réconfort, une compensation, des journaux, des religions. Mais autrefois, il n'y avait rien de tout cela. Autrefois, on était libre, déchaîné, sanguinaire...

Les gamins adorés dès le premier contact avec la rue demeurent avec vous toute votre vie. Ils sont les seuls vrais héros. Napoléon, Lénine, Capone — fiction que tout cela. Napoléon ne m'est rien comparé à Eddie Carney, qui, le premier, me pocha l'œil. Je n'ai jamais rencontré personne d'aussi princier, d'aussi royal, d'aussi noble, que Lester Readon, lequel, rien qu'en descendant la rue, inspirait terreur et admiration. Jules Verne ne m'a jamais conduit à ces endroits que Stanley Borowski tenait sous sa cape dès la nuit tombée. Robinson Crusoé manquait d'imagination comparé à Johnny Paul. Tous ces gamins du 14ᵉ District ont encore pour moi leur saveur. Ils n'étaient pas inventés, ni imaginés : ils étaient réels. Leurs noms sonnent comme des pièces d'or — Tom Fowler, Jim Ruckley, Matt Owen, Rob Ramsay, Harry Martin,

Johnny Dunne, sans compter Eddie Carney ou le grand Lester Readon. Eh bien, oui ! même maintenant, quand je dis Johnny Paul, les noms des saints me laissent un goût fade à la bouche. Johnny Paul était l'Odyssée vivante du 14e District — qu'il soit devenu plus tard chauffeur de camion est tout à fait hors du sujet.

Avant le grand changement, personne n'avait l'air de remarquer que les rues étaient sales ou laides. Si les bouches d'égout bâillaient, on se bouchait le nez. Quand on se mouchait, on trouvait de la morve dans son mouchoir, et non pas son propre nez. On avait davantage de paix intérieure et de contentement. Il y avait le bistrot, le champ de courses, le vélo, les femmes légères et les chevaux de trot. On pouvait encore se la couler douce. Dans le 14e, du moins. Le dimanche matin, personne ne s'habillait. Si Mme Gorman descendait en peignoir, les yeux sales, pour saluer le pasteur : — « Bonjour, mon père ! — Bonjour, madame Gorman ! » — voilà la rue purgée de tout péché. Pat McCarren mettait son mouchoir dans la basque de son habit — il était bien placé là, comme le trèfle national à sa boutonnière. Les bocks de blonde avaient des faux cols, et les gens s'arrêtaient pour un brin de causette.

Dans mes rêves, je reviens au 14e District comme le paranoïaque retourne à ses obsessions. Quand je pense à ces bateaux de guerre gris acier dans la rade, je les y vois mouillés dans quelque dimension astrologique, où je suis à la fois canonnier, chimiste, marchand d'explosifs à grande puissance, croque-mort, coroner, cocu, sadique, avocat et plaideur, savant, enfin quoi, l'agité, le balourd et le culotté.

Là où d'autres se rappellent de leur jeunesse un beau jardin, une mère tendre, un séjour au bord de la mer, je me rappelle, moi, avec intensité, comme gravés à l'eau-forte, les murs et les cheminées atroces, couverts de suie, de l'usine de boîtes de conserve en face de chez nous, et les disques de fer-blanc qui parsemaient la rue, les uns brillants et polis, les autres rouillés, ternes, aux tons de cuivre, qui vous salissaient les doigts. Je me rappelle les forges avec la lueur rouge des fournaises, et les hommes qui marchaient vers la gueule embrasée, d'énormes pelles à la main, tandis qu'au-dehors on voyait les moules de bois creux pareils à des cercueils, traversés de tiges de fer sur lesquelles on s'écorchait les tibias ou on se rompait le cou. Je me rappelle les mains noires des forgerons, fondeurs, la saleté incrustée si profond sous la peau que rien ne pouvait l'ôter, ni le savon, ni le récurage, ni l'argent, ni l'amour, ni la mort. Comme une marque noire sur eux! Ils entraient dans la fournaise comme des diables aux mains noires — et plus tard, disparus sous les fleurs, roides et glacés dans leurs habits du dimanche, pas même la pluie ne pourrait lessiver ces noires incrustations. Tous ces magnifiques gorilles iraient vers Dieu avec des biceps gonflés, du lumbago, et des mains noires...

Pour moi, le monde entier était compris dans les

limites du 14e District. Si quelque chose arrivait au-dehors, ou bien cela n'existait pas, ou bien c'était sans importance. Si mon père sortait de ce monde-là pour aller à la pêche, cela n'avait aucun intérêt pour moi. Je me rappelle seulement son haleine d'ivrogne quand il rentrait le soir et, qu'ouvrant le grand panier vert, il versait à terre les monstres frétillants, aux gros yeux ronds. Si un homme partait pour la guerre, je me rappelle seulement qu'il revenait le dimanche après-midi et que, debout devant la maison du pasteur, il dégueulait toutes ses tripes, puis s'essuyait avec son gilet.

C'est ainsi qu'était Rob Ramsay, le fils du pasteur. Je me souviens que tout le monde aimait Rob Ramsay — c'était la brebis galeuse de la famille. On l'aimait parce que c'était un propre à rien, et il ne s'en faisait pas pour si peu. Dimanche ou jour de semaine, c'était tout un pour lui : on le voyait déambuler dans la rue sous les tentes baissées, sa veste sur le bras, et la sueur ruisselant sur sa face, les pattes un peu flottantes, avec ce roulis allongé du marin qui tire sa bordée après une longue croisière, le jus de sa chique dégoulinant de ses lèvres, en même temps que des jurons carabinés et inaudibles — et d'autres aussi, sonores et répugnants... L'indolence foncière de l'homme, son insouciance, les obscénités, le sacrilège! Pas un homme de Dieu, comme son père! Non! Un homme qui inspirait l'amour! Ses faiblesses étaient humaines, et il les portait avec détachement, avec arrogance, avec ostentation, comme des banderilles. Il descendait la rue livrée à la chaleur, où les conduites de gaz éclataient, et où l'air était plein de soleil, d'ordure et de blasphème, et parfois sa braguette bâillait et ses bretelles pendouillaient, ou encore son gilet resplendissait de sa vomissure. Des fois il attaquait la rue au pas de charge, taureau faisant feu des quatre sabots, et la rue alors se vidait comme par enchantement, comme si les trous d'égout s'étaient ouverts pour avaler tous les détritus. Willie Maine, le cinglé, se tenait sur le hangar au-dessus de la boutique du peintre, son froc défait, badigeonnant à cœur joie. Les voilà bien dans le crépitement sec et électrique de la rue où éclataient les conduites de gaz. Une paire de zigotos à briser le cœur du pasteur.

C'est ainsi qu'il était de ce temps, Rob Ramsay : un type toujours en bamboche. Il revint de la guerre couvert de médailles et du feu plein les tripes. Il dégueulait devant sa propre porte, et il essuyait sa vomissure à son gilet. Il pouvait vider la rue plus promptement qu'une mitrailleuse. *Faugh a balla!* C'était sa manière. Et un peu plus tard, avec sa cordialité, avec ce bel air négligent qu'il avait, il marcha tout droit jusqu'au bout d'une jetée, fit la culbute, et se noya.

Je me souviens si bien de lui et de la maison qu'il habitait! Parce que c'était sur le seuil de la maison de Rob Ramsay que nous tenions nos assises par les chaudes soirées d'été, à regarder ce qui se passait dans le bistrot d'en face. Allées et venues toute la nuit durant, et personne ne prenait la peine de tirer les stores. A un jet de pierre, le petit café-concert appelé Le Foutoir. Tout autour du Foutoir, s'égrenaient les bistrots, et le samedi soir on voyait de longues files dehors, et l'on poussait et bousculait et gigotait pour arriver au guichet. Le samedi soir, quand la Girl en Bleu était dans toute sa gloire, on était sûr de voir quelque marin déchaîné de la rade bondir de sa place et arracher une de ses jarretières à Millie de Leon. Et un peu plus tard le même soir, on était sûr de les voir déambuler dans la rue, et entrer par la porte des habitués. Bientôt les voilà dans la chambre au-dessus du bistrot, tirant sur leurs pantalons collants, et les femmes faisaient sauter leurs corsets et se grattaient comme des guenons, tandis qu'en bas d'autres engloutissaient les fonds des verres et s'arrachaient les oreilles, au milieu d'une hilarité sauvage et suraiguë, emmagasinée là-bas dedans, comme de la dynamite efflorescente. Et tout ça, vu des marches de Rob Ramsay, tandis que le vieux là-haut disait ses prières à la lueur d'une lampe à pétrole, priant comme une vieille nounou répugnante pour implorer la fin de tout cela, ou alors, quand il en avait marre de prier, descendant en chemise de nuit, comme un vieux satyre, il nous menaçait de son balai.

Du samedi après-midi jusqu'au lundi matin, on n'en voyait pas la fin, une chose accouchait d'une autre. Dès le matin du samedi — (Dieu sait comment !) — on *sentait* les bateaux de guerre mouillés à l'ancre dans le grand bassin. Le samedi matin, mon cœur se gonflait d'émotion. Je voyais les ponts qu'on récurait, les canons qu'on astiquait, et le poids de ces énormes monstres marins au repos sur le lac sale et vitreux du bassin pesait sur moi délicieusement. Je rêvais déjà de m'enfuir, d'aller dans des pays lointains. Mais je n'allais pas plus loin que l'autre rive du fleuve, pas plus au nord que la Deuxième Avenue et la 28e Rue, par la Ligne de Ceinture. Là, je jouais la valse de la *Fleur d'Oranger*, et pendant les entractes je me rinçais les yeux au-dessus de l'évier de fer. Le piano se trouvait dans l'arrière-salle du bar. Les touches en étaient très jaunes, et mes pieds n'arrivaient pas aux pédales. Je portais un costume de velours parce que le velours était à l'ordre du jour.

Tout ce qui se passait de l'autre côté du fleuve était pure folie : le parquet sablé, les lampes à pétrole, les tableaux de mica dans lesquels la neige ne fondait jamais, les Hollandais toqués leur chope à la main, l'évier de fer qui s'était recouvert d'une épaisse mousse gluante, la femme de Hambourg dont les fesses débordaient toujours derrière sa chaise, la courette qui puait la choucroute... Tout à la mesure à trois temps qui bat sans arrêt. Je marche entre mes parents, une main dans le manchon de ma mère, l'autre dans la manche de mon père. Mes yeux bien fermés, serrés comme des moules qui n'entrouvrent leur coquille que pour pleurer.

Toutes les marées, toutes les saisons changeantes qui ont passé sur le fleuve me sont entrées dans le sang. Je peux encore sentir sous mes doigts la grosse barre de fer glissante sur laquelle je m'appuyais dans le brouillard et sous la pluie, qui faisait retentir à travers mon front glacé les coups de sifflet aigus du ferry-boat s'éloignant de l'embarcadère. Je vois encore les planches moussues de l'embarcadère s'arc-bouter lorsque la proue massive et ronde rasait ses bords, et l'eau verte et juteuse clapotait à travers les planches gémissantes et soulevées. Dans le ciel, les mouettes tournoyaient et plongeaient, faisant un bruit désagréable avec leurs becs sales, son rauque et vorace de festins inhumains, issu de bouches tenaillant l'ordure, de pattes galeuses, croûteuses, effleurant une eau verdissante sous le barattement des hélices.

On passe imperceptiblement d'une scène, d'un âge, d'une vie à une autre. Soudain, en descendant une rue, que ça soit réel ou dans un rêve, on s'aperçoit pour la première fois que les ans se sont envolés, que tout cela est à jamais disparu et ne vivra plus que dans la mémoire ; et alors la mémoire se replie sur soi avec un éclat étrange et saisissant, et l'on repasse perpétuellement ces scènes et ces incidents, dans le rêve ou la rêverie, marchant dans la rue, couchant avec une femme, lisant un livre, parlant avec un étranger... soudain, mais toujours avec une insistance terrifiante et toujours avec une précision terrifiante, ces souvenirs font intrusion, surgissent pareils à des fantômes, et s'infiltrent dans toutes les fibres de votre ère. Désormais, tout se passe sur des plans mouvants — nos pensées, nos rêves, nos actes, toute notre vie. Parallélogramme dans lequel nous tombons d'un étage de l'échafaudage à un autre. Désormais, nous voici éclatés en mille fragments, pareils à un insecte aux cent pieds, un mille-pattes aux mille pieds de velours qui sucent l'atmosphère ; nous allons avec des filaments sensibles qui boivent avidement le passé et l'avenir, et tout se fond dans la musique et le chagrin ; nous marchons à l'encontre d'un monde uni, affirmant notre propre division. Toutes les choses, à mesure que nous avançons, éclatent avec nous en mille fragments iridescents. C'est la grande fragmentation de la maturité. Le grand changement. Dans notre jeunesse, nous étions entiers, et la terreur et la douleur du monde nous perçaient de part en part. Il n'y avait pas de séparation aiguë entre la joie et le chagrin : ils se fondaient en un tout, comme notre vie éveillée se fond avec le rêve et le sommeil. On se levait entier le matin, et le soir on plongeait dans un océan, complètement englouti, accroché aux étoiles et à la fièvre du jour écoulé.

Puis vient un temps où soudain tout paraît renversé. On vit dans l'esprit, dans les idées, par fragments. Nous ne buvons plus à la farouche musique extérieure des rues — nous nous *souvenons* seulement. Comme un monomaniaque, nous revivons le drame de la jeunesse. Comme une araignée qui rattrape le même fil éternellement, et le dégurgite suivant quelque obsédant dessin logarithmique. Si nous sommes émus par une belle poitrine, c'est la belle poitrine d'une grue qui se pencha par un soir pluvieux pour nous montrer pour la première fois le miracle des grands globes laiteux ; si nous sommes émus par les reflets d'un trottoir mouillé, c'est parce que, à l'âge de sept ans, nous avons soudain été transpercés par la prémonition de la vie à venir, alors que nous fixions sans y penser le brillant miroir liquide de la rue. Si la vue d'une porte qui bat nous intrigue, c'est le souvenir d'un soir d'été, où toutes les portes battaient doucement, et là où la lumière se penchait pour caresser la pénombre, il y avait des mollets dorés et de la dentelle et des ombrelles rutilantes, et à travers l'entrebâillement des portes ballantes, comme du sable fin tamisé à travers un lit de rubis, arrivaient des bouffées de musique et l'odeur prenante de somptueux corps inconnus. Peut-être, lorsque cette porte s'entrouvrit pour nous donner un aperçu bouleversant du monde, peut-être alors eûmes-nous la première intuition du grand choc du péché, la première intuition qu'ici, autour des petits guéridons tournoyant dans la lumière, nos pieds grattant indolemment la sciure, nos mains touchant la tige froide d'un verre, ici, autour de ces petits guéridons que nous regarderons plus tard avec tant de tendre nostalgie et de respect, ici, dis-je, nous sentirons dans les années à venir le premier coup de poignard de l'amour, les premières taches de rouille, les premiers coups d'ongle des mains noires de la fosse, les premiers disques brillants de fer-blanc dans les rues, les cheminées étiques couleur de suie, l'orme dépouillé que cingle la foudre d'été, et qui hurle et siffle sous le martèlement de l'averse, tandis que, sortis de la terre brûlante, les escargots filent miraculeusement, et l'air tout entier bleuit et sent le soufre. Ici, autour de ces tables, au premier appel, au premier contact d'une main, voici que viendra l'amère, la rongeante douleur, qui vous agrippe aux entrailles ; le vin aigrit dans l'estomac, une douleur nous monte de la plante des pieds, et les guéridons se mettent à tourner de l'angoisse et de la fièvre qui nous rongent les os au contact doux et brûlant d'une main. Ici gisent ensevelies légende après légende de jeunesse et de mélancolie, de nuits sauvages et de seins mystérieux dansant sur le miroir mouillé du trottoir, de femmes gloussant doucement de rire tout en se grattant, de vociférations de marins déchaînés, de longues queues stationnant devant le couloir, de bateaux se frôlant dans le brouillard et de remorqueurs renâclant rageusement contre la ruée du courant, tandis que là-haut, sur le pont de Brooklyn, un homme se dresse, torturé, prêt à sauter, ou prêt à écrire un poème, ou prêt à se vider de tout son sang, parce que s'il avance d'un autre pas, la souffrance de son amour le tuera.

Le plasma du rêve est fait de la douleur des séparations. Le rêve continue de vivre après que le corps est enterré. Nous parcourons les rues avec mille yeux et mille jambes, avec des antennes veloutées qui ramassent les moindres indices et souvenirs du passé. Dans le va-et-vient sans but, nous nous arrêtons parfois, pareils à de longues plantes gluantes, et nous avalons sans mâcher les morceaux vivants du passé. Nous nous ouvrons, tendres et offerts, pour boire à la nuit et aux océans de sang qui ont noyé le sommeil de notre jeunesse. Nous buvons et buvons, atteints d'une soif insatiable. Nous ne sommes jamais plus entiers, mais nous vivons en fragments, toutes nos parties séparées par une très fine membrane. Ainsi, quand la flotte manœuvre dans le Pacifique, c'est toute la saga de la jeunesse qui jaillit comme un éclair devant nos yeux, le rêve de la rue et le cri des mouettes qui tournoient et plongent, le bec plein d'ordures ; ou bien c'est la sonnerie des trompettes et les pavillons déployés, et toutes les parties inconnues de la terre défilent devant nos yeux, sans dates comme sans signification, tournoyant comme le guéridon dans une gloire iridescente de somptueuse grandeur. Le jour vient où vous vous dressez sur le pont de Brooklyn, à regarder en bas les cheminées noires des bateaux éructant leur fumée, et les canons des fusils luisent et les boutons luisent et les eaux se fendent miraculeusement sous les proues acérées et coupantes, et, glace et dentelle, remous et embruns, l'eau barattée tourne au vert, au bleu, dans une froide incandescence, comme la glace du champagne qui brûle le gosier. Et la proue fend les eaux en une interminable métaphore : le corps pesant du navire avance et avance, la proue n'arrête pas de fendre l'eau, et le poids du navire est le poids impesable du monde, la plongée au fond de pressions barométriques inconnues, au fond de fissures géologiques et de cavernes inconnues où les eaux roulent mélodieusement, où les étoiles tournent et s'éteignent, où les mains se tendent et agrippent et accrochent, sans jamais saisir ni se refermer, mais accrochent et s'agrippent tandis que les étoiles s'éteignent une à une par myriades, myriades et myriades d'univers engloutis dans une froide incandescence, engloutis dans une nuit fuligineuse de vert et de bleu, avec glace pilée et brûlure du champagne et le cri rauque des mouettes, aux becs gonflés de patelles, leurs bouches souillées d'immondices à jamais bourrées sous la quille silencieuse du vaisseau.

Du haut du pont de Brooklyn, le regard plonge et s'arrête sur une tache d'écume, sur un petit lac de gazoline, sur un bout de bois brisé ou sur un chaland vide; le monde défile la tête en bas, douleur et lumière vous dévorant le gésier, les parois de chair éclatant, la pointe des lances vous poignardant en pleine viande, l'armature même du corps emportée à la dérive dans le néant. Vous traversent des mots insensés venus de l'ancien monde, signes et présages, lettres de feu sur le mur, entrebâillements de la porte du bar, joueurs de cartes aux pipes de terre, arbre décharné contre l'usine de boîtes de conserves, mains noires souillées même dans la mort. On marche dans la rue la nuit, et le pont se dresse contre le ciel comme une harpe, et les yeux gangrenés de sommeil corrodent les bicoques de leur feu, déflorent les murs; l'escalier s'effondre dans un brouillard confus et les rats dégoulinent à travers le plafond ; une voix est clouée contre la porte et de longues choses rampantes munies d'antennes veloutées et d'un millier de pattes tombent des tuyaux comme des gouttes de sueur. Fantômes joyeux et meurtriers, hululant comme la bise nocturne et maudissant comme des hommes au sang chaud ; cercueils bas et creux, avec des tiges au travers du corps ; bave du chagrin suintant dans la chair froide et cireuse, marquant les yeux morts au fer rouge, paupières dures et tailladées des moules mortes. On tourne en rond dans une cage circulaire sur des plans mouvants, étoiles et nuages sous l'escalier roulant, et tournent les murs de la cage, et nul, ni homme ni femme qui n'ait queue ou griffes, alors que sur toutes choses s'inscrivent les lettres de l'alphabet marquées au fer et au permanganate. On tourne et retourne en rond dans la cage circulaire au roulement de la canonnade ; le théâtre est incendié et les acteurs ne cessent pas de débiter leur texte ; la vessie éclate, les dents tombent, mais le gémissement plaintif du clown est pareil au bruit de chute des pellicules. On tourne par nuits sans lune dans la vallée des cratères, vallées des feux éteints et des crânes blanchis, des oiseaux sans ailes. On tourne et tourne et retourne, à la recherche du moyeu et du nodule, mais les feux ne sont plus que cendres et le sexe des choses est caché dans un doigt de gant.

Et puis un jour, comme si la chair soudain se dénouait, si le sang sous la chair s'était mêlé à l'air, soudain le monde entier se remet à rugir et le squelette même du corps se fond comme de la cire. C'est par un tel jour peut-être qu'on fait la découverte de Dostoïevski. On se rappelle l'odeur de la nappe sur laquelle repose le livre ; on regarde la pendule : il est l'éternité moins cinq ; on compte les objets sur le manteau de la cheminée, parce que le son des chiffres est un son totalement nouveau pour votre bouche, parce que tout, le neuf et le vieux, le touché et l'oublié, devient feu et fluide magnétique. Maintenant toutes les portes de la cage sont ouvertes et où que vous alliez la route est droite vers l'infini, route folle et droite, par-dessus laquelle grondent les brisants, et de grands oiseaux fabuleux, marbre et indigo, fondent pour y déposer leurs œufs enfiévrés. Hors des vagues au battement phosphorescent surgissent fiers et cabrés les coursiers aux flancs lustrés d'émail, cavalerie d'Alexandre, le ventre tendu d'orgueil aux éclairs de calcium, le naseau trempé de laudanum. Maintenant tout est neige et poux, et le grand baudrier d'Orion est jeté autour de l'aîne de l'océan.

Il était exactement sept heures cinq, au coin de Broadway et de la rue Kosciusko, lorsque Dostoïevski zébra mon horizon de ses éclairs. Deux hommes et une femme composaient un étalage. Du milieu des cuisses jusqu'aux pieds, les mannequins étaient en fil de fer. Des boîtes de souliers vides s'amoncelaient contre la glace comme la neige de l'année dernière...

C'est ainsi que le nom de Dostoïevski fit son entrée. Sans ostentation. Comme une vieille boîte à chaussures. Le Juif qui me prononça son nom avait des lèvres épaisses ; il ne pouvait pas dire Vladivostok, par exemple, non plus que Carpathiens — mais il pouvait dire « Dostoïevski » divinement bien. Même aujourd'hui, quand je dis Dostoïevski, je revois ses grosses lèvres lippues et le mince filet de salive qui se tendait comme un élastique à mesure qu'il prononçait le mot. Entre ses deux incisives il y avait un vide anormal — et ce fut exactement dans le milieu de cette cavité que le mot « Dostoïevski » vibra et s'étendit, mince pellicule iridescente de salive où vint se jouer tout l'or du crépuscule — car le soleil baissait justement au fond de Kosciusko-Street, et le trafic au-dessus de nos têtes se fondait comme une débâcle de printemps, bruit de mâchoires grinçantes, comme si les mannequins aux jambes de laiton se dévoraient entre eux. Un peu plus tard, lorsque j'entrai dans le pays des Houyhnhnms, j'entendis les mêmes mâchoires grinçantes au-dessus de ma tête, et de nouveau la salive dans une bouche d'homme frémit et s'étira, tout irisée dans le soleil couchant. Cette fois, c'est à la *Gueule du Dragon* [1] : un homme se dresse devant moi, une canne de rotin à la main, bonimentant avec un rictus de fanatique. Là encore, comme si mon cerveau était un utérus, les murailles du monde cédèrent. Le nom de Swift était comme un jet d'urine clair et dru, sonnant contre le couvercle

1. *Gueule du Dragon,* attraction de Coney Island, le Luna-Park de New York. *(N. du T.)*

en fer-blanc du monde. Au-dessus de moi, le vert mangeur de feu, ses intestins délicats enveloppés dans un ciré; deux énormes dents, blanches comme du lait, mordant sur une ceinture d'engrenages passés au cambouis, communiquant avec le stand de tir et les Bains turcs; les roues dentées de l'engrenage glissant sur une carcasse d'os blanchis. Le vert dragon de Swift se meut sur l'engrenage avec un bruit sans fin de jaillissement, moulant très fin et raccourcissant les pygmées à forme humaine que la machine aspire comme du macaroni. Entrés-sortis de l'œsophage, de haut en bas et tout autour de l'omoplate et du delta mastoïdien, précipités au fond du gouffre insondable des viscères, ingurgités et dégurgités, les aînes distendues puis glissantes, l'engrenage va impitoyablement et mâche tout vivants les fins macaronis raccourcis pendus par les favoris à la gueule rouge du dragon. Je regarde le sourire blanc-de-lait de l'aboyeur, ce sourire fanatique sorti de l'incendie du *Pays des Rêves* [1], et puis j'entre tranquillement dans le ventre ouvert du dragon. Entre les os ricanants du squelette qui tient les roues dentées en marche, le pays de Houyhnhnms s'étend devant moi; et ce bruit jaillissant siffle à mes oreilles comme si le langage des hommes était fait d'eau de Seltz. De haut en bas, sur le jeu, noir de cambouis, des engrenages, au-dessus des Bains turcs, à travers la Maison des

1. *Pays des Rêves,* endroit de Coney Island dévasté par un incendie. Tout brûla, lions et tigres compris — le bonimenteur au sourire de fanatique y devint fou. *(N. du T.)*

vents, au-dessus des eaux azurées, entre les pipes de terre et les balles d'argent qui dansent sur les jets d'eau : monde infra-humain des fédoras et des banjos, des foulards et des cigares foncés ; caramels qui s'étirent du croc jusqu'à San Francisco, bouteilles de bière qui éclatent, mélasses en verre filé et tamales servis chauds, grondement de la houle et grésillements du gril, écume, eucalyptus, saleté, craie, confettis, la cuisse blanche d'une femme, un aviron brisé ; le tintamarre des lattes de bois, le puzzle du mécano, le sourire qui n'en finit pas, le sourire fanatique crachant du feu, la gueule rouge et les intestins verts...

O monde, étranglé, effondré, où sont les puissantes dents blanches ? O monde, qui sombres avec des balles d'argent, les bouchons et les appareils de sauvetage, où sont les crânes roses ? O monde glabre et glaireux, mâché maintenant et recru de fatigue, sous quelle lune morte reposes-tu, lumineux et glacé ?

Troisième ou quatrième jour de printemps

Pisser chaud et boire froid, comme dit Trimalcion — parce que notre mère la terre est au milieu, ronde, arrondie comme un œuf, et porte en elle toutes les bonnes choses, pareille à un rayon de miel.

La maison où j'ai passé les années les plus importantes de ma vie n'avait que trois pièces. L'une était la chambre où mon grand-père mourut. Aux funérailles, le chagrin de ma mère fut si violent qu'elle faillit faire sauter mon grand-père hors du cercueil. Il avait l'air ridicule, mon grand-père mort, tout en larmes des larmes de sa fille. Comme s'il pleurait son propre enterrement.

Dans une autre pièce, ma tante donna naissance à deux jumeaux. Quand j'appris que c'était des jumeaux, comme elle était si maigre et si sèche, je pensai : pourquoi des jumeaux? pourquoi pas des triplettes? pourquoi pas des quadruplettes? pourquoi s'arrêter? Elle était si maigre et si décharnée, et la pièce si petite — avec des murs verdâtres et un vieil évier en fer dans un coin. Et pourtant c'était la seule pièce de la maison qui pût produire des jumeaux — des triplettes, ou des bourriques.

La troisième pièce était une alcôve où j'ai attrapé la rougeole, la varicelle, la fièvre scarlatine, la diphtérie, etc., toutes les adorables maladies de l'enfance qui font s'étirer le temps en une félicité et une angoisse perdurables, surtout lorsque la Providence a placé au-dessus du lit une fenêtre à barreaux où s'agrippent des ogres et de la sueur épais comme des furoncles, aussi vite qu'un fleuve vertigineux, perles qui germent, qui germent comme si c'était toujours le printemps sous les tropiques, des mains épaisses comme des biftecks du cœur et des pieds plus lourds que le plomb ou plus légers que la neige, mains et pieds séparés par des océans de durée ou d'incalculables latitudes de lumière, le petit lobe du cerveau caché comme un grain de sable, et les ongles des orteils pourrissant bienheureusement sous les ruines d'Athènes. Dans cette chambre, je n'ai entendu rien que des inepties. A chaque nouvelle et adorable maladie, mes parents devenaient de plus en plus idiots. (« Pense donc, quand tu étais tout petit bébé, je t'ai mené à l'évier et je t'ai dit : mon mignon, tu ne veux plus du biberon, n'est-ce pas, et tu as dit Non ! et alors j'ai cassé le biberon dans l'évier. ») Dans cette pièce, marchant à pas de loup (« à pas de loup », dit le général Smerdiakoff), entra Mlle Sonowska, vieille fille d'un âge douteux, vêtue d'une robe noir verdâtre. Et avec elle entrait l'odeur du vieux fromage : son sexe avait ranci sous la robe. Mais Mlle Sonowska apportait aussi avec elle le sac de Jérusalem et les clous qui percèrent si bien les mains de Jésus que jamais les trous n'en ont disparu. Après les Croisades, la peste noire ; après

Christophe Colomb, la syphilis; après Mlle Sonowska, la schizophrénie.

La schizophrénie! Personne ne s'avise plus de penser comme il est merveilleux que le monde entier soit malade. On n'a plus de point de comparaison, plus de cadre de santé. Dieu pourrait aussi bien être la fièvre typhoïde. Plus d'absolus. Ça retarde seulement le progrès de quelques années de lumière. Quand je pense à tous ces siècles pendant lesquels l'Europe s'est trouvée aux prises avec la peste noire, je comprends combien la vie peut être radieuse, à condition d'être mordu au bon endroit. La danse et la fièvre au sein de cette corruption! Jamais peut-être l'Europe ne dansera plus dans une telle extase. Et la syphilis! L'apparition de la syphilis! Elle se levait, comme une étoile du matin qui monte à la lisière du monde.

En 1927, j'étais au Bronx à écouter un bonhomme qui lisait le journal intime d'un drogué. Le type pouvait à peine lire tant il riait. Deux phénomènes totalement différents : un type plongé dans le luminol, si tendu que ses pieds dépassent de la fenêtre, tandis que le haut de son corps est en extase, et l'autre (qui est le même homme), assis au Bronx et riant à se tordre les boyaux, parce qu'il ne comprend pas.

Eh oui! l'astre de la syphilis est sur son déclin. *Visibilité médiocre :* telle est la prévision météorologique pour le Bronx, pour l'Amérique, pour tout le monde moderne. Visibilité médiocre, accompagnée par des tempêtes de rire. Pas d'étoiles nouvelles à l'horizon. *Des catastrophes...*, rien que des catastrophes.

Je pense à ces temps futurs où Dieu renaîtra, où les hommes se battront et se tueront pour Dieu, comme maintenant et pour longtemps, les hommes continueront à se battre pour bouffer. Je pense à ces temps futurs où le travail sera oublié et où les livres prendront leur véritable place dans la vie, et où peut-être il n'y aura plus *des* livres, mais un seul livre immense — une Bible. Pour moi, le livre c'est l'homme, et mon livre est l'homme que je suis, l'homme confus, négligent, téméraire, ardent, obscène, turbulent, pensif, scrupuleux, menteur, et diaboliquement sincère que je suis. Je pense que dans ces temps futurs, je ne serai pas négligé. C'est alors que mon histoire deviendra importante, et la cicatrice que je laisse à la face du monde prendra tout son sens. Je ne peux pas m'ôter de la tête que je fais de l'histoire, de l'histoire anecdotique, qui, telle un chancre, dévorera tout le reste de l'histoire — inanité. Je ne me considère pas comme un livre, comme un document, mais comme une histoire de notre temps, une histoire de *tous* les temps.

Si j'étais malheureux en Amérique, si je brûlais d'avoir plus d'espace, plus d'aventure, plus de liberté d'expression, c'était parce que tout cela me faisait besoin. Je suis reconnaissant à l'Amérique de m'avoir donné claire conscience de mes besoins. J'y ai purgé ma peine. A présent, je n'ai pas de besoins, je suis un homme sans passé et sans avenir. *Je suis* — c'est tout. Je me moque de vos goûts et de vos dégoûts ; peu m'importe que vous soyez convaincus ou non que ce que je dis est ainsi ou pas. Je me fiche éperdument que vous me laissiez tomber sur l'heure. Je ne suis pas un pulvérisateur duquel vous pouvez extraire une impalpable buée d'espoir. Je vois l'Amérique semer le désastre. Je vois l'Amérique comme une noire malédiction sur le monde. Je vois une longue nuit s'établir sur le monde, et ce champignon qui l'a empoisonné se dessécher par les racines.

Et donc c'est avec un pressentiment de la fin — que ce soit demain ou dans trois siècles — que j'écris fiévreusement mon livre. Et c'est pourquoi aussi mes pensées de temps en temps se ruent par saccades, c'est pourquoi je suis obligé de ranimer constamment la flamme, pas seulement avec du courage, mais avec du désespoir aussi — car je ne peux me fier à personne pour dire ce que j'ai à dire. Je bredouille et je tâtonne, je cherche tous les moyens d'expression possibles et imaginables, et c'est comme un bégaiement divin. *Je suis ébloui par le grandiose écroulement du monde !*

Chaque soir, après dîner, je descends les ordures dans la cour. En remontant, je m'arrête avec mon seau vide devant la fenêtre de l'escalier pour contempler le Sacré-Cœur, là-haut sur la colline de Montmartre. Tous les soirs, en descendant les ordures, je pense à moi-même, debout sur une haute colline, resplendissant de blancheur. Nul cœur sacré ne m'inspire et ce n'est pas au Christ que je pense. C'est à quelque chose de mieux qu'un

Christ, quelque chose de plus gros qu'un cœur, quelque chose au-delà de Dieu tout-puissant que je pense : c'est à MOI. *Je suis un homme.* Cela me paraît suffisant.

Je suis un homme de Dieu et un homme du Diable. A chacun son dû. Rien d'éternel, rien d'absolu. Devant moi, toujours l'image du corps, notre dieu tripartite du pénis et des testicules. A droite, Dieu le Père; à gauche et un peu au-dessous, Dieu le Fils; au milieu et au-dessus, le Saint-Esprit. Je ne peux jamais oublier que cette sainte trinité est une œuvre humaine, qu'elle subira des transformations infinies — mais tant que nous naîtrons des entrailles des femmes, armés de bras et de jambes, tant qu'il y aura des astres dans le ciel pour nous pousser à la folie et de l'herbe sous nos pieds pour recevoir douillettement les merveilles qui nous habitent, aussi longtemps ce corps dont je parle sera bon pour tous les trucs que nous pourrons inventer.

C'est aujourd'hui le troisième ou le quatrième jour du printemps, et me voici assis à la place Clichy en plein soleil. Aujourd'hui, assis au soleil, là, je vous dis que je me fous complètement que le monde aille à sa ruine ou non; je me fous que le monde ait raison ou tort, qu'il soit bon ou mauvais. *Il est :* et ça suffit. Le monde est ce qu'il est, et je suis ce que je suis. Je le dis, non pas comme un Bouddha accroupi sur ses jambes croisées, mais inspiré par une sagesse à la fois joyeuse et solide, inspiré par une certitude intime. Ce qui est extérieur, et ce qui est en moi, tout cela, *tout,* est la résultante de forces inexplicables. C'est un chaos dont l'ordre est au-delà de la compréhension — au-delà de la compréhension *humaine.*

En tant qu'être humain tourniquant au crépuscule, à l'aube, à d'étranges, à d'impossibles heures, la sensation d'être seul et unique de mon espèce me donne une telle force que, lorsque je marche dans la foule et semble ne plus être un homme, mais un simple grain de poussière, ou un crachat, je me mets à penser à moi-même comme si j'étais tout seul dans l'espace, être solitaire entouré par les plus magnifiques rues désertes qui soient, bipède humain qui déambule entre les gratte-ciel après la fuite de tous les habitants, et je suis seul, je marche, je chante, je commande à la terre. Je n'ai pas besoin de chercher dans la poche de mon gilet pour trouver mon âme; elle est là tout le temps, cognant contre mes côtes, à se gonfler du souffle de mes chansons. Si je venais de quitter une assemblée où l'on eût décrété que tout serait mort au moment où je déambulerais par les rues, seul et identifié à Dieu, je saurais bien que c'est là un mensonge. L'évidence de la mort est constamment devant mes yeux, mais cette mort du monde, mort perpétuellement en action, ne va pas de la périphérie vers le centre pour m'engloutir, cette mort est à mes pieds mêmes, elle va de moi vers l'extérieur, ma mort à moi me précédant toujours d'un pas ou deux. Le monde est le miroir de mon agonie, mais le monde n'agonise pas plus que je ne meurs moi-même, car je serai bien plus vivant dans mille ans d'ici qu'en ce moment, et le monde dans lequel je rends l'âme en ce moment sera lui aussi bien plus vivant à ce moment-là qu'il ne l'est maintenant, quoique mort depuis mille ans. Lorsque chaque chose est pleinement vécue jusqu'au bout, il n'y a pas de mort ni de regrets, pas plus qu'il n'y a de faux printemps; chaque moment vécu fait s'ouvrir un horizon plus vaste et plus large, dont la seule issue est la vie.

Les rêveurs rêvent à partir du cou seulement, le reste du corps solidement entravé au fauteuil électrique. Imaginer un monde nouveau, c'est le vivre jour par jour, chaque pensée, chaque regard, chaque pas, chaque geste tue et amuse, et la mort marche toujours d'un pas en avant. Cracher sur le passé n'est pas assez. Proclamer l'avenir n'est pas assez. Il faut agir comme si le passé était mort, et l'avenir irréalisable. Il faut agir comme si le prochain pas était le dernier : ce qu'il est. Chaque pas en avant est le dernier, avec lui un monde meurt, y compris soi-même. Nous sommes ici-bas d'une terre qui jamais ne finira, le passé jamais ne cessera, l'avenir jamais ne commencera, le présent jamais ne finira. Ce monde du jamais, jamais, que nous tenons entre nos mains, et que nous voyons, et qui pourtant n'est pas nous-mêmes. Nous sommes cela qui n'est jamais conclu, jamais façonné ni reconnaissable, tout y est et pourtant pas le tout, les parties tellement plus grandes que le tout, que seul Dieu le mathématicien peut s'y reconnaître.

Rire! conseillait Rabelais. Pour tous vos maux, le

rire! Seigneur Jésus, mais elle est difficile à assumer cette sagesse de saine gaieté après tous les remèdes de bonne femme que nous avons ingurgités! Comment peut-on rire quand on s'est décortiqué la doublure de l'estomac? Comment peut-on rire après toute la misère dont ils nous ont empoisonnés, ces esprits séraphiques à face de crème, aux joues creuses, tristes, douloureux, graves, si solennels! Je comprends bien la perfidie qui les a inspirés. Je leur pardonne leur génie. Mais il est dur de se libérer de toute la douleur qu'ils ont créée.

Quand je pense à tous les fanatiques crucifiés, et à tous ceux qui n'étaient pas des fanatiques, mais de simples idiots, tous massacrés pour un idéal, je commence à sourire. Bouchez-moi donc toutes les issues, dis-je. Baissez-moi le couvercle, et dur, sur la Nouvelle Jérusalem! Serrons-nous, ventre contre ventre, *sans espoir!* Purs ou impurs, assassins et évangélistes, bougres à face de crème et à face de lune, girouettes et têtes-à-gifles — qu'ils se pressent les uns contre les autres, qu'ils mijotent donc pour quelques siècles dans ce cul-de-sac!

Ou bien le monde est trop mou, ou bien je ne suis pas assez tendu. Si je devenais inintelligible, je serais tout de suite compris. La différence entre comprendre et ne pas comprendre est aussi fine qu'un cheveu, *plus fine*, une différence d'un millimètre, fil d'espace qui sépare la Chine de Neptune. Peu importe de combien je me détraque, le rapport demeure le même. Il n'a rien à voir avec clarté, précision, etc. (Le *et cœtera* est important!) L'esprit bafouille parce qu'il est instrument trop précis. Le fil se casse contre les nœuds d'acajou, contre le cèdre et l'ébène de la matière étrangère. Nous parlons de la réalité comme si c'était quelque chose de commensurable, un exercice de piano, ou une leçon de physique. La Peste noire accompagne le retour des Croisés. La Syphilis accompagna le retour de Christophe Colomb. *La réalité viendra aussi! Réalité d'abord,* dit mon ami Cronstadt. C'est tiré d'un poème écrit sur le fond de l'océan...

Pronostiquer cette réalité, c'est se tromper d'un millimètre ou d'un million d'années-lumière. La différence est un quantum formé par l'intersection des rues. Un quantum est un désordre fonctionnel créé en essayant de s'insérer dans un certain cadre de référence. Une référence est une lettre de congé d'un ancien patron, c'est-à-dire la morve purulente d'une vieille maladie. Ces pensées-là sont issues de la rue, *genus epileptoid.* On se promène avec sa guitare, et les cordes cassent — parce que l'idée n'a pas de réceptacle morphologique sérieux. Pour rappeler le rêve, il faut tenir les yeux fermés et ne pas bouger. Le plus léger mouvement, et toute la construction s'écroule. Dans la rue, je me livre aux éléments destructeurs et désintégrants qui m'entourent. Je laisse toute chose opérer ses ravages en moi. Je me penche pour épier le processus secret, pour *obéir,* plutôt que pour commander.

Il y a des blocs énormes de ma vie qui sont perdus à jamais. Partis, éparpillés au vent, effrités dans la conversation, l'action, le souvenir, le rêve. A aucune époque je n'ai vécu d'une vie *unique*, que ce soit celle du mari, de l'amant, de l'ami. Où que je fusse, quoi que je fisse, je vivais des vies multiples. Ainsi, tout ce que je voudrais considérer comme ma propre histoire se trouve perdu, noyé, indissolublement fondu avec les vies, les tragédies, les histoires des autres.

Je suis un homme de l'ancien monde, graine transportée par le vent, graine qui n'a pas réussi à fleurir dans l'oasis moisie de l'Amérique. J'appartiens à l'arbre pesant du passé. Corps et âme, je suis l'homme lige des habitants de l'Europe, ceux qui furent autrefois des Francs, des Gaulois, des Vikings, des Huns, des Tartares, que sais-je encore! Le climat de mon corps et de mon âme est bien ici, où fleurissent vitalité et corruption. Je suis fier de ne pas appartenir à ce siècle.

Pour ces astrologues incapables de suivre l'acte de la révélation, j'ajoute ici quelques coups de pinceau horoscopiques en marge de mon *Univers de la Mort*.

Je suis Chancre, le crabe, qui marche de travers, en avant ou en arrière, à volonté. Je grouille sous d'étranges tropiques et fais commerce d'explosifs à grande puissance, de fluides embaumés, jaspe, myrrhe, smaragdite, morve reniflée et orteils de porcs-épics. Par la faute d'Uranus qui traverse ma longitudinale, je suis exceptionnellement friand du sexe, des andouilles chaudes et des bouillottes. Neptune domine mon ascendant. Ça veut dire que je suis composé d'un fluide aqueux, que je suis volatile, donquichottesque, instable, indépendant et évanescent. Querelleur aussi. Quand j'ai le feu au cul, je peux faire le matamore ou le bouffon comme tout un chacun, quel que soit le signe sous lequel il soit né. Voici, un portrait qui ne donne que les déficiences — une ancre, une cloche de salle à manger, des vestiges de barbe, une croupe de vache. Bref, je suis un flemmard qui gaspille son temps. Je n'ai absolument rien à montrer pour mes peines, sauf mon génie. Mais vient un temps, même dans la vie d'un génie paresseux, où il doit aller à la portière et vomir son excédent de bagage. Si vous êtes un génie, vous êtes obligé de le faire — ne serait-ce que pour vous construire un petit monde compréhensible bien à vous qui ne va pas s'arrêter à bout de course comme une pendule de maison. Et plus vous jetterez de lest par-dessus bord, plus vous vous élèverez aisément dans l'estime de vos voisins. Jusqu'à ce que vous vous trouviez tout seul dans la stratosphère. Là vous vous attacherez une pierre autour du cou, et vous sauterez les pieds les premiers. Cela amène la destruction totale de toute interprétation analogique du rêve, ainsi que la stomatite mercurielle causée par les onguents. Il vous reste le rêve pour la nuit, et pour le jour, le rire déchaîné.

Adoncques, lorsque je me trouve au bar du Petit Poucet, et que je vois ces hommes aux faces grimaçantes sortir des trappes de l'enfer avec des poulies et des bretelles, traînant des locomotives, des pianos et des crachoirs, je me dis : « Magnifique ! Magnifique ! Tout ce bric-à-brac, toute cette machinerie qu'on m'apporte sur un plateau d'argent ! C'est magnifique ! C'est merveilleux ! C'est un poème créé pendant mon sommeil ! »

Le peu que j'ai appris sur le fait d'écrire se réduit à ceci : *ce n'est pas ce qu'un vain peuple pense.* C'est une chose absolument nouvelle chaque fois, avec chaque individu. Valparaiso, par exemple. Valparaiso, quand je le prononce, signifie quelque chose de totalement différent de ce qu'il a pu signifier auparavant. Ça peut vouloir dire une grue anglaise édentée, et la barman plantée au milieu de la rue pour racoler des clients. Ça peut vouloir dire un ange en chemise de soie faisant courir ses doigts agiles sur une harpe noire. Ça peut vouloir dire une odalisque avec un moustique qui lui tourbillonne autour des fesses. Ça peut vouloir dire tout ça, ou rien de tout ça, mais en tout cas vous pouvez être certains que ça sera quelque chose de différent, quelque chose de nouveau. Valparaiso est toujours cinq minutes avant la fin, un peu de ce côté-ci du Pérou, ou peut-être trois pouces plus près. C'est le pouce carré accidentel que vous faites fiévreusement parce que vous avez le feu au cul, et que le Saint-Esprit vous ronge les boyaux — y compris les erreurs orthopédiques. Ça veut dire « pisser chaud et boire froid », suivant l'expression de Trimalcion, « parce que notre mère la terre est au milieu, ronde comme un œuf, et qu'elle porte en elle toutes les bonnes choses, pareille à un rayon de miel ».

Et maintenant, mesdames et messieurs, avec ce petit ouvre-boîtes universel que je tiens entre les mains, je vais ouvrir une boîte de sardines. Avec ce petit ouvre-boîtes que je tiens entre les mains, c'est tout pareil — que vous vouliez ouvrir une boîte de sardines ou une pharmacie. C'est le troisième ou le quatrième jour du printemps, comme je vous l'ai déjà dit plusieurs fois, et quoique ce soit un pauvre misérable printemps à réminiscences, le thermomètre monte et me rend fou comme une punaise. Vous avez cru que j'étais assis place Clichy tout ce temps-là, à boire un apéritif peut-être. Eh bien oui, j'étais assis place Clichy, mais il y a deux ou trois ans de cela. Et j'étais vraiment au bar du Petit Poucet aussi, mais il y a bien longtemps, et un crabe m'a rongé les viscères depuis. Tout ceci a commencé dans le métro (en première classe) avec la phrase : — « *l'homme que j'étais, je ne le suis plus.* [1] »

En passant devant les voies de garage, j'étais torturé par deux peurs — la première, que si je levais les yeux un peu plus haut ils me jailliraient de la tête ; la deuxième, que je perdais mon trou du cul. Tension si forte que toute idéation devint aussitôt rhomboïde. J'imaginai le monde entier se mettant en vacances pour songer à la statique. Ce jour-là, tant de suicides qu'il n'y aurait pas assez de wagons pour ramasser les cadavres. En passant devant les voies de garage à la Porte, je saisis la

1. En français dans le texte.

puanteur écœurante des trains à bestiaux. C'est bien cela : tout hier et tout aujourd'hui (il y a trois ou quatre ans, naturellement); ils sont restés là, serrés corps contre corps, dans la crainte et la sueur. Leurs corps sont saturés de leur destin. Passant près d'eux, mon esprit est terriblement lucide, mes pensées ont la clarté du cristal. Je suis si pressé d'épancher mes pensées, que je les dépasse en courant dans l'obscurité. Moi aussi, j'ai grand peur. Moi aussi, je sue et je halète, j'ai soif, je suis saturé de destin. Je les dépasse comme une lettre à la poste. Ou peut-être pas moi, mais certaines pensées dont je suis le messager. Ces idées sont déjà étiquetées, enregistrées, déjà cachetées, tamponnées, filigranées. Elles se déroulent en séries, mes idées, comme des bobines électriques. Vivre *au-delà* de l'illusion, ou avec? Voilà la question! En moi, je porte une gemme terrifiante qui ne s'use pas, une gemme qui égratigne les carreaux pendant ma fuite dans la nuit. Le bétail mugit et bêle. Le voilà debout dans la tiède puanteur de son fumier. J'entends à nouveau la musique du quatuor en *la mineur*, les frémissements douloureux des cordes. Il y a un dément en moi, et il frappe d'estoc et de taille jusqu'au désaccord final. Pur anéantissement, qui se distingue des anéantissements mineurs et plus vaseux. Rien à éponger par la suite. Une roue de lumière qui roule jusqu'au précipice — et qui s'engouffre dans l'abîme sans fond. Moi, Beethoven, j'ai créé cela! Moi, Beethoven, je le détruis!

Et maintenant, mesdames et messieurs, vous

entrez dans Mexico. A partir de maintenant, tout sera merveilleux, et beau, merveilleusement beau, merveilleusement miraculeux. De plus en plus merveilleux et beau et miraculeux. Dorénavant, plus de séchoir à linge, plus de suspensoirs, plus de gilets de flanelle. Toujours l'été, et du vrai de vrai. Si c'est un cheval, cheval ça sera jusqu'au bout. Si c'est l'apoplexie, va pour l'apoplexie, et non la danse de Saint-Guy. Pas de putains du point du jour, pas de gardénias. Pas de chats crevés dans les gouttières, pas de sueur ni de transpiration. Si c'est une lèvre, que cette lèvre tremble pour l'éternité. Car à Mexico, mesdames et messieurs, c'est toujours midi, et ce qui brille est bien de l'or, et ce qui est mort est bien mort, et pas d'erreur ! Allongé sur un lit de ciment, voilà qu'on dort comme une torche d'acétylène. Quand on se la coule douce, c'est la belle vie. Quand on est dans la purée, c'est la misère, pire que la misère. Pas d'arpèges, pas de notes d'agrément, pas de remplissage. Ou bien vous connaissez le truc, ou bien vous avez la poisse. Ou bien vous partez sur une mélodie pure, ou bien dans de l'eau de vaisselle. Mais pas de Purgatoire — et pas d'élixir. C'est l'Églogue IV ou le XIIIe arrondissement !

Un samedi après-midi

Ceci vaut mieux que de lire Virgile !

C'est un samedi après-midi, mais ce samedi après-midi se distingue de tous les autres samedis après-midi, mais ne ressemble en aucune façon à un lundi après-midi ou à un jeudi après-midi. En ce jour, tandis que je roule vers le pont de Neuilly, longeant la petite île de Robinson avec son temple tout au bout, et, dans le temple la petite statue comme un cotylédon dans la bouche d'une clochette, j'ai tellement la sensation que je suis chez moi qu'il me paraît inconcevable que je sois né en Amérique. L'immobilité de l'eau, les barques de pêche, les pieux de fer qui marquent le chenal, les remorqueurs aux flancs lourds accroupis sur l'eau, les noirs chalands et les brillantes épontilles, le ciel immuable, le fleuve qui tourne et serpente, les collines qui se déroulent et encerclent la vallée, le perpétuel changement de panorama et cependant sa constance, la variété et le mouvement de la vie sous le signe fixe du tricolore, tout cela est l'histoire de la Seine qui est dans mon sang et passera dans le sang de ceux qui viendront après moi quand ils longeront ces rives par un samedi après-midi.

Comme je traverse le pont à Boulogne, le long de la route qui conduit à Meudon, je tourne et déboule la pente qui descend vers Sèvres. En traversant une rue déserte, je vois un petit restaurant dans un jardin; le soleil filtre à travers les feuilles et éclabousse les tables. Je mets pied à terre.

Qu'est-ce qui vaut mieux que de lire Virgile ou se remémorer Goethe (*alles Vergängliche ist nur ein Gleichnis*, etc.)? Eh bien! manger dehors sous une tente pour huit francs à Issy-les-Moulineaux. *Pourtant je suis à Sèvres* [1]. Peu importe.

J'ai pensé récemment à écrire le *Journal d'un Fou* [1], que j'imagine avoir trouvé à Issy-les-Moulineaux. Et puisque ce *fou* est surtout moi-même, je ne déjeune pas à Sèvres, mais à Issy-les-Moulineaux. Et que dit le *fou* quand la bonne viendra avec la grande canette de bière? *Ne vous préoccupez pas des erreurs lorsque vous écrivez. Les biographes se chargeront de les élucider.* Je pense à mon ami Carl qui a passé les quatre derniers jours à démarrer sur la description de la femme dont il écrit. « Je n'y arrive pas! Je n'y arrive pas! » dit-il. Très bien, dit le *fou*, laisse-moi le faire à ta place. *Commence!* C'est l'essentiel. Supposons que son nez ne soit pas aquilin? Supposons qu'il soit céleste? Quelle différence? Quand un portrait commence mal, c'est parce que tu ne décris pas la femme que tu as dans

1. En français dans le texte.

l'esprit; tu penses davantage à ceux qui vont regarder le portrait qu'à la femme même qui pose devant toi. Tenez, Van Norden — en voilà un autre! Il essaie depuis deux mois de faire démarrer son roman. Toutes les fois que je le rencontre, il a trouvé un nouveau départ pour son livre. Mais ça ne va jamais plus loin. Hier, il me disait : « Tu vois où est le problème pour moi : ce n'est pas seulement la question de savoir comment commencer — non, la première ligne va décider de toute la coulée du livre. Tiens, voici mon début de l'autre jour : Dante a écrit un poème sur un endroit nommé E... J'écris E- tiret parce que je ne veux pas avoir d'ennuis avec la censure. »

Imaginez un livre qui commence par E- tiret! Un petit enfer privé qui ne doit pas offenser la censure! Je remarque que lorsque Whitman commence un poème, il écrit : — « Moi, Walt, dans ma 37e année, et en parfaite santé!... Je suis de plain-pied avec ma vision... je suis amoureux fou de moi-même... Walt Whitman, un cosmos, de Manhattan le fils turbulent, bien en chair, sensuel, qui mange, bois et procrée... Dévissez donc les serrures des portes! Dévissez les portes elles-mêmes des chambranles!... maintenant ou plus tard, c'est tout pareil pour moi... J'existe tel que je suis, et ça suffit!... »

Avec Walt, c'est toujours samedi après-midi. Si la femme est difficile à décrire, il en convient, et s'arrête à la troisième ligne. Le samedi suivant, s'il fait beau temps, il ajoutera peut-être une dent qui manque, ou une cheville. Tout peut attendre,

attendre son heure. « *J'accepte le Temps absolument.* » Tandis que mon ami Carl, qui a la vitalité d'une punaise, pisse dans ses pantalons parce que quatre jours se sont écoulés et qu'il n'a rien qu'un négatif entre les mains. « Je ne vois pas de raison, dit-il, pour que je meure jamais, mis à part quelque stupide accident. » Là-dessus, il se frotte les mains, et se barricade dans sa chambre pour y vivre son immortalité. Il vit comme une punaise cachée sous la tapisserie.

Le soleil brûlant tape à travers la tente. J'ai le délire, parce que je suis en train de mourir, et à quelle allure ! Chaque seconde compte. Je n'entends pas la seconde qui vient de passer, tac ! — je m'accroche comme un dément à cette seconde-ci qui ne s'est pas encore annoncée... Qu'est-ce qui vaut mieux que de lire Virgile ? *Ceci !* Cet instant d'expansion qui ne s'est pas encore défini, ni en tac-tacs, ni en toc-tocs, cet instant éternel qui détruit toutes valeurs, degrés ou différences. Ce jaillissement vertical qui fait gerbe, issu d'une source inconnue. Pas de vérités à émettre, pas de sagesse à impartir. Un jaillissement de bavardages, s'adressant à tous les hommes à la fois, en tous lieux, et dans toutes les langues. Maintenant le voile est au plus mince, qui sépare la folie de la raison. Maintenant, tout est si simple que cela devient dérision. De ces sommets d'ivresse, on roule vers le plateau de la bonne santé où l'on lit Virgile et Dante et Montaigne et tous ces autres qui n'ont parlé que de l'instant, de l'instant d'expansion perçu à jamais... En parlant à tous les hommes à la fois. Jaillissement de bavardages. C'est l'instant où je porte le verre à mes lèvres, tout en épiant la mouche qui s'est installée sur mon petit doigt ; et la mouche est aussi importante à cet instant que ma main ou le verre qu'elle tient ou que la bière qui est dans le verre ou que les pensées qui sont nées de la bière et meurent avec elle. C'est l'instant où je sais qu'une plaque portant « Direction de Versailles », ou une autre portant « Direction de Suresnes », ou n'importe quelle autre plaque qui vous envoie vers ceci ou vers cela, n'ont aucune importance, et que l'on devrait toujours aller vers l'endroit que ne désigne aucune plaque. C'est l'instant où la rue déserte où il m'a plu de m'asseoir palpite de monde, et où toutes les rues encombrées sont vides. C'est l'instant où n'importe quel restaurant est le restaurant rêvé, pourvu que personne ne vous l'ait indiqué. Voici la meilleure chère, bien que ce soit la pire que j'aie jamais goûtée. Voici des plats que seul le génie voudra toucher — toujours sous la main, de digestion facile, et qui vous aiguisent l'appétit pour d'autres. « Le roquefort était bon ? » demande la bonne. *Divin!* C'était le roquefort le plus rance, le plus habité, le plus infect qu'on ait jamais fabriqué, saturé des vers de Dante, de Virgile, de Boccace, de Rabelais, de Goethe, tous les vers de la création métamorphosés en fromage. Pour manger ce fromage, il faut avoir du génie. C'est le fromage au sein duquel je m'ensevelis, moi, Michel Féodor François Wolfgang Valentin Miller.

Les alentours du pont sont pavés de petits cailloux. Je roule si lentement que chaque caillou envoie un message séparé et distinct à ma colonne vertébrale, qui remonte par les vertèbres jusqu'à cette cage un peu fêlée dans laquelle la *medulla oblongata* lance des éclairs de ses sémaphores. Et comme je traverse le pont à Sèvres, tout en regardant à ma droite et à ma gauche, je traverse n'importe quel pont, qu'il soit sur la Seine, la Marne, l'Ourcq, l'Aude, la Loire, le Lot, la rivière Shannon ou la Liffey, la Rivière de l'Est ou l'Hudson, le Mississipi, le Colorado, l'Amazone, l'Orénoque, le Jourdain, le Tigre, l'Iriwaddy, je les traverse tous et n'importe lequel, et je les ai tous traversés, y compris le Nil, le Danube, la Volga, l'Euphrate, et en traversant le pont de Sèvres je hurle comme ce maniaque de Saint-Paul : — « O mort, où est ton aiguillon ? » Derrière moi, Sèvres, devant moi, Boulogne, mais ce qui passe au-dessous de moi, cette Seine qui a surgi de quelque part en une myriade de ruissellements simultanés, ce jet silencieux issu d'un milliard de racines, ce miroir paisible qui charrie les nuages et qui étouffe le passé, toujours et toujours poussé en avant tandis qu'entre le miroir et les nuages je m'avance à la transversale, moi, parfaite entité organisée, moi, univers où viennent finir d'innombrables siècles, moi et ce qui passe au-dessous de moi et ce qui flotte au-dessus de moi et tout ce qui déferle en moi, moi et tout cela, moi et le reste unis en un mouvement continu, cette Seine et toute Seine traversée par un pont c'est le miracle d'un homme qui le traverse à bicyclette!

Ça vaut mieux que de lire Virgile...

Me voici faisant route vers Saint-Cloud maintenant, ma roue roule très lentement, et le compteur dans sa cage grise et détraquée cliquette comme un appareil de projection. Je suis un homme dont le manomètre est intact; je suis un homme sur une machine, et j'ai la machine en main; je roule vers le bas de la côte en serrant les freins; je pourrais rouler avec autant de satisfaction sur une roue de carrier, le miroir au-dessus de moi et l'histoire au-dessous, ou *vice versa.* Je roule en plein soleil, imperméable à tout, sauf au phénomène de la lumière. La colline de Saint-Cloud s'élève devant moi à gauche, les arbres se penchent sur moi pour m'ombrager, la route est douce et n'en finit pas, la petite statue repose dans la cloche du temple comme un cotylédon. Tout Moyen Age est bon, chez l'homme ou dans l'histoire. Je suis en plein soleil, les routes s'étendent dans toutes les directions, et toutes ces routes descendent. Je ne voudrais pas niveler la route ni enlever aucune des bosses. Chaque cahot envoie un nouveau message au sémaphore. J'ai marqué chaque endroit au passage : pour retrouver mes pensées, je n'ai qu'à refaire ce voyage, sentir à nouveau tous ces cahots.

Au pont de Saint-Cloud, je m'arrête. Je ne suis pas pressé, j'ai toute la journée à perdre à mon gré. Je range ma bicyclette sous l'arbre et je vais à l'urinoir pisser un coup. Tout est savoureux, même l'urinoir. Comme je suis là, les yeux levés vers les façades des maisons, une jeune femme à l'air timide se penche par la fenêtre pour me regarder. Combien de fois me suis-je tenu ainsi dans ce monde gracieux et souriant, tout éclaboussé de soleil, au fol gazouillis des oiseaux, avec une femme me regardant du haut d'une fenêtre ouverte, son sourire émietté en mignons petits morceaux que les oiseaux ramassent dans leur bec et déposent parfois au pied d'un urinoir où l'eau gargouille mélodieusement, et voici qu'un homme s'avance, la braguette ouverte, et se met à déverser le contenu fumant de sa vessie sur les miettes qui se dissolvent! Debout ainsi, le cœur, la braguette et la vessie ouverts, il me semble me rappeler tous les urinoirs où je suis entré — toutes les sensations les plus agréables, tous les souvenirs les plus délicieux, comme si mon cerveau était un immense divan encombré de coussins, et ma vie un long somme par un brûlant après-midi qui vous assoupit. Je ne trouve pas étrange que l'Amérique ait placé un urinoir au centre de l'Exposition de Paris à Chicago. Je pense qu'il y était à sa place, et je pense que c'est un tribut que les Français devraient apprécier. En vérité, inutile d'y déployer le drapeau tricolore. *Un peu trop fort, ça*[1]*!* Et pourtant, comment un Français saura-t-il qu'une des premières choses qui frappent l'œil de l'Américain débarqué, qui l'émeut et le réchauffe

1. En français dans le texte.

jusqu'aux entrailles, c'est cet urinoir omniprésent? Comment un Français saurait-il que ce qui impressionne l'Américain qui regarde une *pissotière,* ou une *vespasienne* [1], ou quel que soit le nom que vous lui donniez, c'est justement le fait qu'il se trouve au milieu d'un peuple qui admet la nécessité de pisser de temps en temps, et qui sait aussi que pour pisser on a besoin d'un pissoir, et que si on ne le fait pas en public il faudra le faire en privé, et qu'il n'est pas plus incongru de pisser en pleine rue que sous terre, où quelque vieux débris vous surveille pour voir si vous ne commettez aucun délit.

Je suis un homme qui pisse abondamment et fréquemment, ce qui est, dit-on, le signe d'une grande activité mentale. Quoi qu'il en soit, je sais que je suis très embêté quand je me promène dans les rues de New York. Je me demande toujours où sera le prochain arrêt, et si je pourrai tenir jusque-là. Passe encore en hiver! — quand on n'a pas un rond et qu'on a faim, il est agréable de descendre un instant dans un chaud cabinet souterrain, mais quand vient le printemps, c'est une autre affaire! On aime pisser au soleil, parmi des êtres humains qui vous regardent et vous sourient. Et si l'on peut admettre qu'une femme accroupie sur un pot de chambre pour vider sa vessie n'est pas une vue réjouissante, personne avec un peu de cœur ne pourra nier que le spectacle du mâle debout derrière une bande de tôle, et qui contemple la

1. En français dans le texte.

foule avec ce sourire satisfait, vague et détaché, avec ce long regard de plaisir, chargé de réminiscences, dans l'œil, est une chose agréable. Soulager une vessie pleine est une des grandes joies humaines.

Il y a certains urinoirs que je me détourne de mon chemin pour visiter. Tel, le vieux machin délabré devant l'asile des sourds-muets, au coin de la rue Saint-Jacques et de la rue de l'Abbé-de-l'Épée, ou celui du Pneu Hutchinson, près du jardin du Luxembourg, au coin de la rue d'Assas et de la rue Guynemer. C'est là que, par un soir embaumé de printemps, à la suite de quel enchaînement de circonstances je n'en sais rien ni ne me soucie, je redécouvris mon vieil ami Robinson Crusoé. Toute la nuit se passa en réminiscences, souffrance et terreur, *joyeuse* souffrance, *joyeuse* terreur.

« La vie extraordinaire de cet homme », lit-on dans la préface de l'édition originale, « dépasse tout ce qu'on a vu jusqu'à présent; la vie d'un être humain peut à peine contenir plus de variété. » L'île est connue maintenant sous le nom de Tabago, à l'embouchure du puissant Orénoque, à trente milles N.-O. de la Trinidad. C'est là que Crusoé vécut dans la solitude pendant vingt-huit ans. Les empreintes de pieds humains dans le sable, si bien reproduites sur la couverture. L'homme Vendredi. Le parasol. Pourquoi ce conte si simple a-t-il tellement fasciné les hommes du XVIIIe siècle? Voici Larousse :

« ... le récit des aventures d'un homme qui, jeté dans une île déserte, trouve les moyens de se suffire et même de se créer un bonheur relatif, que complète l'arrivée d'un autre être humain, d'un sauvage, Vendredi, que Robinson a arraché des mains de ses ennemis... L'intérêt du roman n'est pas dans la vérité psychologique, mais dans l'abondance des détails minutieux qui donnent une impression saisissante de réalité. »

Donc, Robinson n'a pas seulement trouvé un moyen de se débrouiller, mais il s'est même organisé un bonheur relatif. Bravo! Voilà un homme qui était satisfait d'un bonheur relatif. Si peu anglo-saxon! Tellement pré-chrétien! Ramenant l'histoire à l'actualité, au contraire de Larousse, nous avons ici le récit d'un artiste qui voulait se construire un monde à soi, l'histoire peut-être du premier névrosé sincère, d'un homme qui fit naufrage afin de vivre en dehors de son temps dans un monde bien à lui, qu'il pourrait partager avec un autre être humain, *même un sauvage*. Le remarquable de l'histoire, et qui mérite d'être retenu, c'est que, vivant jusqu'au bout sa névrose, il trouva cependant un bonheur relatif encore que seul dans une île déserte, ne possédant rien de plus qu'une vieille canardière et une paire de culottes déchirées. Ardoise nette, avec vingt-cinq mille ans de « progrès » post-magdalénien enfoui dans ses neurones. Conception dix-huitième siècle d'un bonheur relatif! Et quand Vendredi entre en jeu, bien qu'il ne soit que Vendredi, un sauvage, et qu'il ne parle pas la langue de Crusoé, le cercle est fermé. J'aimerais relire ce livre — et je le ferai quelque jour de pluie. Livre remarquable, qui arrive au point culminant de notre merveilleuse culture faustienne. A l'horizon, des hommes comme Rousseau, Beethoven, Napoléon, Goethe. Le monde entier civilisé passe des nuits à le lire en 97 langues. Peinture de la réalité du XVIIIe siècle. Dorénavant, plus d'îles désertes. Dorénavant, partout où le hasard vous fait naître, c'est une île déserte. Tout homme est son propre désert civilisé, l'île de soi-même sur laquelle il est naufragé : le bon bonheur, relatif ou absolu, est hors de propos. Dorénavant, chacun échappe à soi-même pour découvrir une île déserte imaginaire afin d'y vivre ce rêve de Robinson Crusoé. Voyez donc les fuites classiques, celle de Melville, de Rimbaud, de Gauguin, de Jack London, de Henry James, de D.-H. Lawrence..., des milliers d'autres. Aucun d'eux ne trouva le bonheur. Rimbaud trouva le cancer. Gauguin, la syphilis. Lawrence, la peste blanche. Oui, la peste, c'est bien ça! Que ce soit cancer, syphilis ou tuberculose, ou toute autre chose, c'est toujours la peste! La peste du progrès moderne : colonisation, commerce, Bibles gratis, la guerre, les maladies, membres artificiels, usines, esclaves, folie, névroses, psychoses, cancer, syphilis, tuberculose, anémie, grèves, lock-outs, famine, nullité, vacuité, inquiétude, lutte, désespoir, ennui, suicide, banqueroute, artério-sclérose, mégalomanie, schizophrénie, hernie, cocaïne, acide prussique, bombes asphyxiantes, gaz lacrymogènes, chiens enragés, autosuggestion, auto-intoxication, psychothérapie, hydrothérapie, massages électriques, aspirateurs, viande en conserve, pilules nutritives, hémorrhoïdes, gangrène... Pas d'île déserte. Pas de Paradis. Pas même un bonheur relatif. Des hommes qui cherchent à s'évader d'eux-mêmes si frénétiquement qu'ils cherchent le salut sous des banquises ou dans les marécages tropicaux, ou bien ils grimpent sur des Himalayas ou s'asphyxient dans la stratosphère...

Ce qui fascina les hommes du XVIIIe siècle, fut cette vision de la fin. Ils en avaient assez. Ils voulaient revenir sur leurs pas, regrimper dans la matrice.

TEL EST MON ADDENDA POUR LAROUSSE...

Ce qui m'impressionna dans l'urinoir du Luxembourg, c'était bien le peu d'importance qu'avait le contenu du livre en lui-même. C'était le moment de la lecture qui comptait, l'instant qui contenait le livre, l'instant qui, nettement et pour toujours, situait le livre dans l'ambiance vivante d'une chambre avec ses rayons de soleil, son atmosphère de convalescence, ses fauteuils familiers, son tapis usé, son odeur de cuisine et de vaisselle, son image de la mère, massive et sacrée comme un totem, ses fenêtres donnant sur la rue et projetant sur la rétine le mélange embrouillé de personnages oisifs se prélassant, arbres noueux, fils de tramways, chats de gouttières, lambeaux de cauchemar dansant sur les cordes à sécher le linge, portes de bar ballantes, ombrelles déployées, neige en caillots, chevaux qui glissent, pompes à incendie lancées au grand galop, carreaux givrés, arbres bourgeonnant. L'histoire de Robinson Crusoé doit sa séduction — du moins pour moi — au moment où je la découvris. Elle continue de vivre dans une fantasmagorie sans cesse accrue, partie vivante d'une vie remplie de fantasmagorie. Pour moi, Robinson Crusoé appartient à la même catégorie que certains passages de Virgile — ou que *quelle heure est-il?* Car chaque fois que je pense à Virgile, je pense automatiquement — *quelle heure est-il?* Virgile, pour moi, c'est un type chauve à lunettes qui se renverse dans sa chaise et laisse une marque graisseuse sur le tableau; un type chauve qui ouvre tout grand sa bouche dans un délire simulé cinq jours par semaine pendant quatre ans d'affilée — grosse bouche avec un ratelier d'où sort cette étrange idiotie oraculaire : *rari nantes in gurgite vasto.* Le souvenir est vivace en moi de la joie profane avec laquelle il prononçait cette phrase. Une *grande* phrase, à en croire cet abruti chauve et binoclard! Nous la scandions, et l'analysions, et la répétions après lui, nous l'avalions comme de l'huile de foie de morue, nous la mâchions comme des comprimés anti-dyspeptiques, nous ouvrions nos bouches tout grand comme lui, et nous répétions ce miracle jour après jour, cinq fois par semaine, d'une année à l'autre, comme des disques usés, jusqu'à ce que Virgile fût enterré et son compte réglé pour tout de bon.

Mais chaque fois que cet abruti de binoclard ouvrait sa bouche béante et que roulait la phrase glorieuse, j'entendais ce qu'il était pour moi capital d'entendre à ce moment-là : *quelle heure est-il?* Bientôt l'heure d'aller en maths. Bientôt l'heure de la récréation. Bientôt l'heure d'aller se laver... Je suis celui qui va dire la vérité sur Virgile et son va-te-faire-foutre de *rari nantes in gurgite vasto*. Je dis sans rougir et sans hésiter, sans la moindre honte, regret ou remords, que la récréation des cabinets valait, a toujours valu et vaudra toujours, mille Virgile. En récréation, nous revenions à la vie. En récréation, nous qui étions des Gentils et agissions comme de petits idiots, nous délirions de joie. Nous entrions et sortions en courant des cabinets, faisant claquer les portes, brisant les serrures. Nous semblions frappés de delirium tremens. Tout en nous jetant nos victuailles à la tête, hurlant, jurant, nous bousculant à qui mieux mieux, nous marmottions de temps en temps *rari nantes in gurgite vasto*. Le vacarme était si effroyable, et les dégâts si vastes, que toutes les fois que nous, les Gentils, nous descendions au lavabo, le prof de latin nous accompagnait, ou, s'il était de sortie ce jour-là, le prof d'histoire. Et quelle tête ils faisaient, debout dans les lavabos, un délicat sandwich beurré à la main, à nous écouter piailler et jacasser, nous les mômes! Dès qu'ils sortaient des lavabos pour respirer un peu d'air pur, nous nous mettions à chanter à tue-tête, ce qui n'était du reste pas défendu, mais qui paraissait sans doute une condition bien enviable aux professeurs à lunettes qui devaient bien user des lavabos de temps en temps eux-mêmes, tout savants qu'ils fussent. O les merveilleuses récréations aux cabinets ! C'est à elles que je dois de connaître Boccace, Rabelais, Pétrone, et *l'Ane d'or*. Toutes mes bonnes lectures, pourrait-on dire, furent faites au cabinet. Au pire, c'était *Ulysse*, ou un roman policier. Il y a des passages dans *Ulysse* qu'on ne peut lire qu'au cabinet, si l'on veut en extraire toute la saveur. Et je ne le dis pas pour dénigrer le talent de l'auteur. Mais simplement pour le rapprocher un peu plus de la bonne compagnie d'Abélard, de Pétrarque, de Rabelais, de Villon, de Boccace — tous beaux esprits authentiques et vigoureux, pour qui la merde était la merde et les anges des anges. Belle compagnie, et pas de *rari nantes in gurgite vasto*. Et plus délabré le cabinet, plus croulant, mieux ça vaut. (*Idem* pour les urinoirs.) Pour goûter Rabelais, par exemple, le passage COMMENT REBATIR LES MURS DE PARIS, je recommande un cabinet de campagne, tout simple, un petit cabanon dans le champ de blé, avec un croissant de lumière argentée qui filtre à travers la porte. Pas de bouton à pousser, pas de chaîne à tirer, pas de papier hygiénique rose. Tout juste un siège grossièrement taillé, assez grand pour encadrer votre derrière, et deux autres trous de dimensions convenables pour d'autres derrières. Si vous pouvez amener un copain et le faire asseoir à côté de vous, tant mieux ! Un bon livre est toujours plus savoureux en bonne compagnie. Vous pouvez passer une belle demi-heure, assis dans le cabanon avec un ami — demi-heure qui restera avec vous toute votre vie, ainsi que le livre qu'elle a contenu, sans oublier le parfum d'icelui.

Je vous le dis, ça ne porte jamais tort à un grand livre de l'emmener avec soi au cabinet. Seuls les petits en souffrent. Seuls les petits se changent en torche-culs. Par exemple *Le Petit César*, maintenant traduit en français, et appartenant à la série des *Passions*. En le feuilletant, il me semble que je suis revenu en Amérique, en train de lire les manchettes, d'écouter ces saloperies de radios, de rouler dans des tape-culs de fer-blanc, de boire du gin de bas étage, de foutre des épis de maïs au cul de vierges-putains, de lyncher des nègres et de les brûler vifs. De quoi vous donner la diarrhée. Il en va de même pour l'Atlantic Monthly, ou pour tout autre « *monthly* », pour Aldous Huxley, Gertrude Stein, Sinclair Lewis, Hermingway, Dos Passos, Dreiser, etc. Je n'entends sonner nulle cloche en moi quand j'amène ces oiseaux-là aux chiottes. Je tire la chaîne, et plouf! les voilà dans l'égout! Au fond de la Seine, et dans l'océan Atlantique. Peut-être dans une année d'ici remonteront-ils à la surface — sur les rivages de Coney Island, ou sur la plage de Midland, ou à Miami, en même temps que des méduses crevées, des limaces, des moules, des préservatifs usagés, du papier-cul rose, les journaux de la veille, les suicides de demain...

Plus de coups d'œil par les trous des serrures!

Plus de masturbation dans le noir! Plus de confessions publiques! *Arrachez donc les portes des chambranles!* Je veux un monde où le vagin soit représenté par une fente, honnête et toute nue, un monde qui sente le contour des os, les couleurs crues et fondamentales, un monde qui ait de la crainte et du respect pour ses origines animales! J'ai la nausée de regarder des cons tout mignards, déguisés, déformés, idéalisés. Des cons qui exhibent leurs ramifications nerveuses. Je ne veux plus voir de jeunes vierges en train de se masturber dans la privauté de leurs boudoirs, ou de se ronger les ongles, ou de s'arracher les cheveux, ou de se coucher sur un lit plein de miettes de pain durant tout un chapitre. Je veux des piliers funéraires de Madagascar, avec des cascades d'animaux, et au-dessus Adam et Ève, une Ève avec une bonne fente, honnête et toute nue, entre les jambes. Je veux des hermaphrodites qui soient de vrais hermaphrodites, et non des imitations qui vont avec un pénis atrophié ou un con desséché. Je veux une pureté classique, où la merde est la merde et les anges des anges. La Bible au roi Jacques, par exemple. Pas la Bible à la Wycliffe, ni la Vulgate, ni la Grecque, ni l'Hébraïque, mais la glorieuse Bible, la Bible mortelle, celle qui fut créée quand florissait la langue anglaise, au temps où un vocabulaire de 20 000 mots suffisait pour élever un monument pour l'éternité. Une Bible écrite en svenska ou en tegalic, une Bible pour les Hottentots ou les Chinois, une Bible qui doit errer à travers les méandres de sable fuyant du français n'est pas une Bible, c'est de la malfaçon, c'est une contrefaçon. La version du roi Jacques fut créée par les broyeurs d'os. Elle fait revivre les mystères primitifs, elle fait revivre le viol, le meurtre, l'inceste; elle fait revivre l'épilepsie; le sadisme, la mégalomanie; elle fait revivre les démons, les anges, les dragons, les léviathans; elle fait revivre la magie, l'exorcisme, la contagion, l'incantation; elle fait revivre le fratricide, le patricide, le suicide, l'hypnotisme, l'anarchisme, le somnambulisme; elle fait revivre le chant, la danse, l'acte; elle fait revivre le mantique, le chtonien; l'arcane, le mystérieux; elle fait revivre la puissance, le mal et la gloire de ce qui est Dieu. Tout est amené en plein jour à une échelle colossale, et si plein de sel et d'épices qu'elle durera jusqu'à la prochaine ère glaciaire.

Va pour la pureté classique donc, et au diable toutes les censures! Qu'est-ce donc en effet qui permet aux classiques de continuer à vivre, si en vérité ils continuent à vivre et ne meurent pas comme nous et tout ce qui nous entoure? Qu'est-ce qui les protège contre les ravages du temps, sinon le sel qui est en eux? Quand je lis Pétrone, ou Apulée, ou Rabelais, comme ils semblent proches! Cette saveur saline! Cette odeur de ménagerie! Odeur du pissat de cheval, d'excréments de lion, d'haleine de tigre et de cuir d'éléphant. Obscénité, luxure, cruauté, ennui, esprit. De vrais eunuques. De vrais hermaphrodites. De vraies queues. De vrais cons. De *vrais banquets!* Rabelais rebâtit les murs de

Paris avec des sexes humains. Trimalcion se chatouille la gorge, vomit ses tripes, se vautre dans sa vomissure. Dans l'amphithéâtre, alors qu'un César gras, assoupi et pervers, se prélasse avec dégoût, les lions, les chacals, les hyènes, les tigres, les léopards tâchetés font craquer de vrais os humains — pendant que les hommes de l'avenir, les martyrs et les imbéciles gravissent les escaliers d'or en hurlant *Alléluia!*

Lorsque j'aborde le sujet des toilettes, je revis quelques-uns de mes meilleurs moments. Debout dans l'urinoir de Boulogne, avec la colline de Saint-Cloud à ma droite, la femme à la fenêtre au-dessus de moi, et le soleil qui frappe sur l'eau tranquille du fleuve, je vois l'étrange Américain que je suis transmettant sa tranquille sagesse à d'autres Américains qui me suivront, et qui se tiendront ainsi debout en pleine lumière dans quelque coin charmant de France et soulageront leurs vessies pleines. Et que grand bien leur fasse et pas de gravelle dans les reins!

En passant, je recommande certains urinoirs que je connais bien, où il n'y aura peut-être pas de femme pour vous sourire d'en haut, mais où vous aurez un mur démoli, un vieux beffroi, la façade d'un palais, une place couverte de tentes de couleurs, un abreuvoir pour chevaux, une fontaine, une couvée de colombes, un bouquiniste, un marché à légumes... Presque toujours les Français ont choisi le bon endroit pour leurs urinoirs. Tout à fait par hasard, je pense à celui de Carcassonne qui, si je savais bien choisir l'heure, m'offrait une vue incomparable de la citadelle; il est si bien situé que, à moins qu'on ne soit chargé d'ennuis et bouleversé, on doit sentir monter en soi la même houle d'orgueil, la même admiration et le même émerveillement religieux, le même féroce attachement pour ce spectacle, que ceux ressentis par le chevalier harassé ou le moine lorsque, arrêtés au pied de la colline où coule maintenant le ruisseau qui emporta l'épidémie, ils levaient les yeux sur les sombres tourelles, marquées par les assauts, qui se projetaient contre un ciel balayé par le vent.

Et aussitôt j'en vois un autre : juste à côté du Palais des Papes, en Avignon. A un jet de pierre de la charmante petite place qui, par les nuits de printemps, semble jonchée de velours et de dentelles, de masques et de confettis. Si lentement coule le temps que l'on croit entendre les faibles sonneries de cors minuscules, le passé glisse comme un fantôme, puis se noie dans les basses profondes des cloches martelées qui broient la musique muette de la nuit. Tout juste à un jet de pierre aussi de l'obscur petit quartier où flamboient les lanternes rouges. Là, à l'heure où le soir fraîchit, vous verrez les petites rues tortueuses bourdonnantes d'activité, les femmes en maillots de bain ou en chemise se prélassant sur leurs seuils, la cigarette à la bouche, et invitant les passants. A mesure que tombe la nuit, les murs semblent se rejoindre, et de toutes les ruelles qui s'égouttent dans le ruisseau, voici que s'écoule une foule d'hommes curieux et affamés, envahissant les rues étroites, tournant en rond, s'élançant au hasard comme des spermatozoïdes vibrant de la queue à la recherche de l'ovule, et qui finissent par être happés par la gueule ouverte des bordels.

Aujourd'hui, lorsqu'on se trouve dans l'urinoir à côté du Palais, on ne se doute guère de cette autre vie. Le Palais se dresse, abrupt, glacé, sépulcral, devant une place désolée. En face, un ridicule bâtiment qu'on appelle l'institut de Musique; les voilà tous deux, face à face, séparés par le vide. Disparus, les Papes. Disparue, la musique. Disparus, la couleur et le langage d'une époque glorieuse. N'était le petit quartier derrière l'institut, qui pourrait imaginer ce qu'était autrefois la vie dans les murs du Palais? Au temps où ce sépulcre était vivant, je crois qu'il n'y avait pas de séparation entre le Palais et les ruelles enchevêtrées d'en bas dessous. Je crois que les petits taudis crasseux aux toits de tuiles couraient jusqu'à la porte même du Palais. Je crois que lorsqu'un Pape quittait sa ruche somptueuse pour entrer dans l'étincellement du soleil, il communiquait instantanément avec la vie environnante. Les fresques conservent encore quelques vestiges de cette vie. C'est la vie de plein air, la chasse à courre, la pêche, le gibier, les faucons et les chiens et les femmes, et les poissons étincelants. Ample vie catholique, avec des bleus intenses et des verts lumineux, la vie de péché et de grâce et de repentir, la vie des jaunes éclatants et des bruns dorés, des robes maculées de vin et des ruisseaux couleur de saumon. Dans cette merveilleuse cellule dans un coin du Palais, d'où l'on domine les toits inoubliables d'Avignon et le pont ruiné au-dessus du Rhône, dans cette cellule où l'on dit que les Papes rédigeaient leurs bulles, les fresques sont encore si fraîches, si naturelles, si vivantes du souffle de la vie, que même ce sépulcre qu'est le Palais aujourd'hui, semble plus éveillé que le monde qui l'entoure. On peut très bien imaginer un célèbre Père de l'Église assis à son bureau, avec une bulle pontificale devant lui et un volumineux pot d'étain à son coude. Et on peut aussi facilement imaginer une belle fille bien en chair assise sur ses genoux, tandis qu'en bas, dans la vaste cuisine, on fait rôtir à la broche des animaux entiers, et que les dignitaires mineurs de l'Église, bonnes fourchettes qu'ils étaient, buvaient et festoyaient à cœur joie à l'abri du solide confort des murs gigantesques. Pas de schismes, pas de cheveux coupés en quatre, pas de schizophrénie. Lorsque venait la maladie, elle balayait bicoques et Palais, elle traversait les demeures somptueuses des Pères comme les masures délabrées des manants. Lorsque l'esprit de Dieu descendait sur Avignon, il ne s'arrêtait pas à l'institut de Musique d'en face ; il pénétrait les murs, la chair, les hiérarchies de rang ou de caste. Il florissait aussi puissamment dans le quartier des lanternes rouges que sur le haut de la colline. Le Pape ne pouvait pas soulever les franges de sa robe et passer indemne. A l'intérieur des murs comme au-dehors, c'était la même et unique vie : foi, fornication, sang versé. Couleurs fondamentales. Passions fondamentales. Les fresques disent l'histoire. Comment ils vivaient chaque jour — et de l'aube à la nuit un jour en dit plus long que les livres. Ce que les Papes marmonnaient dans leurs barbes est une chose — ce qu'ils faisaient peindre sur leurs murs en est une autre. Les morts sont morts.

Je porte un ange en filigrane !

L'objet de ces pages est de relater la genèse d'un chef-d'œuvre. Le chef-d'œuvre est pendu au mur devant moi; il est sec maintenant. J'écris ces notes pour me rappeler le processus de création, parce que je n'en ferai probablement jamais plus un semblable.

Il nous faut revenir un peu en arrière... Depuis deux jours entiers, je lutte avec quelque chose. S'il me fallait décrire cet état en un mot, je dirais que j'étais comme une cartouche coincée. Ceci serait fichtrement exact, car en sortant d'un rêve ce matin, la seule image persistante fut celle de ma grosse malle toute bosselée comme un vieux chapeau.

Le premier jour, la lutte est indéfinissable. Assez puissante cependant pour me paralyser. Je mets mon chapeau, et je m'en vais visiter l'exposition Renoir, et de Renoir je passe au Louvre, et du Louvre à la rue de Rivoli — qui ne ressemble plus à la rue de Rivoli. Là, je reste trois heures d'affilée devant un bock, fasciné par les monstres qui me passent sous les yeux.

Le lendemain matin, je me lève avec la conviction que je vais faire quelque chose. Je sens cette légère et agréable tension des nerfs qui est de bon augure. Mon carnet de notes est à côté de moi. Je le prends, et je le feuillette distraitement. Je le feuillette encore une fois, mais avec plus d'attention. Les notes sont écrites en style cryptique. Une simple phrase peut contenir les luttes d'une année. Quelques-unes des lignes sont devenues indéchiffrables pour moi — mes biographes s'en occuperont. Je suis toujours obsédé par l'idée que je vais écrire aujourd'hui. Je fais simplement voleter les pages de mon carnet pour me mettre en train. Du moins, je l'imagine. Mais si vite que je les parcoure et si légèrement, quelque chose de fatal vient de m'arriver.

Ce qui se passe, c'est que je suis tombé sur Tante Mélia. Et voici ma vie entière qui surgit brusquement en moi, comme un geyser qui vient de crever la croûte terrestre. Je rentre à la maison avec Tante Mélia, et je m'aperçois soudain qu'elle est folle. Elle me demande la lune. « Là-haut! », hurle-t-elle. « Là-haut! »

Il est vers les dix heures du matin lorsque ces mots se mettent à hurler vers moi. A partir de ce moment, et jusqu'à ce matin quatre heures, me voici entre les mains de puissances invisibles. Je range ma machine à écrire, et je commence à noter ce qu'on me dicte. Des pages et des pages de notes, et pour chaque incident on me rappelle où trouver le contexte. Toutes les chemises dans lesquelles mes manuscrits sont rangés, je les ai vidées par terre. A plat ventre sur le parquet, j'annote fiévreusement mon travail au crayon. Ça continue et ça continue ! J'exulte, en même temps que je suis très ennuyé. Si ça continue à ce train-là, je risque l'hémorragie cérébrale.

Vers trois heures, je décide de ne plus obéir. Je vais sortir et manger. Peut-être que ça passera après déjeuner. J'enfourche mon vélo afin de me décongestionner la tête. Je n'emporte pas de carnet de notes — exprès. Si la dictée recommence, *tant pis*[1] *!* Sorti déjeuner !

A trois heures de l'après-midi, on ne trouve qu'un repas froid. Je commande du poulet froid mayonnaise. Ça coûte un peu plus cher que ce que je dépense d'habitude, mais c'est justement pour ça que je le commande. Puis, après une légère hésitation, je commande un lourd bourgogne au lieu du vin ordinaire de tous les jours. J'espère que tout cela me distraira. Le vin devrait un peu m'assoupir.

J'en suis à la seconde bouteille, et la nappe est couverte de notes. Ma tête est extraordinairement légère. Je commande du fromage, du raisin, des gâteaux. C'est formidable ce que j'ai faim ! Et pourtant, je ne sais comment, ça n'a pas l'air de descendre dans mon estomac à moi ; on dirait que

1. En français dans le texte.

quelqu'un d'autre mange à ma place. Eh bien! c'est moi qui paierai, en tout cas! Nous voici sur un terrain solide... Je paie et je saute sur mon vélo. Arrêt dans un bistrot — café noir. Ne puis arriver à reprendre pied. Quelqu'un me dicte sans arrêt — sans aucun égard pour ma santé.

Je vous le dis, le jour entier s'est passé ainsi. J'ai capitulé depuis longtemps. Très bien, ai-je pensé! Si aujourd'hui c'est les idées, va pour les idées. *Princesse, à vos ordres*[1] *!* Et je turbine comme un forçat, tout comme si j'en avais précisément envie.

Après le dîner, je suis complètement épuisé. Les idées continuent d'affluer, mais je suis tellement exténué que je m'allonge et les laisse jouer sur moi comme un massage électrique. Finalement, je suis assez affaibli pour ramasser un livre et me reposer. C'est un vieux numéro de revue. Là, je vais trouver la paix. A ma grande stupéfaction, la page s'ouvre sur ces mots : « Goethe et son Démon ». Le crayon se retrouve dans ma main, et la marge se bourre de notes. Il est minuit. J'exulte. La dictée a cessé. Libre de nouveau. Je suis si foutrement heureux que je me demande si je ne vais pas faire un petit tour avant de me remettre à écrire. La bécane est dans ma chambre. Elle est sale. (C'est la bécane que je veux dire.) J'attrape un chiffon, et je me mets à la nettoyer. Je nettoie tous les rayons, je la graisse de partout, j'astique les garde-boue. Elle est flambant neuve. Allons faire un tour au Bois...

1. En français dans le texte.

Comme je me lave les mains, j'éprouve subitement une douleur qui me ronge l'estomac. J'ai faim, voilà ce que c'est. Parfait ! Puisque la dictée a cessé, je suis libre de faire ce qui me plaît. Je débouche une bouteille, je me coupe un morceau de pain, je mords dans du saucisson. Le saucisson est à l'ail. Chic ! Au bois de Boulogne, le relent d'ail passe inaperçu. Encore un peu de vin. Un autre morceau de pain. Cette fois, c'est moi qui mange, et pas d'erreur ! Les autres repas, c'était du gaspillage. Le vin et l'ail font un mélange odorant. Je rote discrètement.

Je m'assieds un moment pour fumer une cigarette. Il y a une brochure à côté de moi, de trois pouces carrés. Elle s'intitule : *L'Art et la Folie.* Foutue, ma balade. Il est trop tard pour travailler, de toute façon. Je commence à m'apercevoir que ce que j'ai vraiment envie de faire, c'est de peindre. En 1927 ou 28, j'étais en passe de devenir peintre. De temps en temps, quand ça me prend, je fais une aquarelle. Voilà comment ça vous vient : vous avez envie de faire une aquarelle, et vous la faites. A l'asile des aliénés, ils peignent éperdument. Ils peignent les chaises, les murs, les tables, les lits... étonnante fécondité. Si nous retroussions nos manches et nous mettions à l'ouvrage comme le font ces idiots, qu'est-ce qu'on n'accomplirait pas dans sa vie !

L'illustration que j'ai entre les mains, œuvre d'un hôte de Charenton, a de très grandes qualités. Elle représente un garçon et une fille agenouillés tout près l'un de l'autre, et tenant une très grosse serrure entre les mains. A la place du pénis et du vagin, l'artiste les a dotés de clés, de grosses clés qui s'entre-pénètrent. Il y a une autre grosse clé dans la serrure. Ils ont l'air heureux et un peu distraits... A la page 85, il y a un paysage, qui ressemble exactement à une peinture de Hilaire Hiler. En fait, c'est mieux. La seule particularité, c'est qu'au premier plan il y a trois hommes en miniature : tout déformés. Pas mal déformés, du reste : on dirait seulement qu'ils sont trop lourds pour leurs jambes. Le reste de la toile est si bien qu'il faudrait être bien difficile pour en prendre ombrage. D'ailleurs, est-ce que le monde est si parfait qu'on ne pourrait pas y trouver trois hommes trop lourds pour leurs jambes? Il me semble que les fous ont droit à leur vision aussi bien que nous.

J'ai très envie de m'y mettre. Tout de même, je manque d'idées. La dictée a cessé. J'ai presque envie de copier une de ces illustrations. Mais alors j'ai un peu honte de moi-même — copier l'œuvre d'un fou est la pire forme du plagiat.

Eh bien! commençons! Tout est là! Commençons avec un cheval. J'ai vaguement dans l'esprit les chevaux étrusques que j'ai vus au Louvre. (N.-B. Dans toutes les grandes périodes de l'art, le cheval est très près de l'homme.) Je commence à dessiner. Je commence naturellement par la partie la plus facile de l'animal : le derrière. Une petite ouverture pour la queue que l'on peut ajouter après. A peine ai-je commencé le tronc, que je m'aperçois que je l'ai fait trop long. Rappelle-toi! Tu dessines un cheval, pas une saucisse! Vaguement, très vaguement, il me semble me souvenir que quelques-uns de ces chevaux ioniens que j'ai vus sur des vases noirs avaient des troncs allongés. Et que les jambes commençaient à l'intérieur du corps, dessinées par une ligne finement indiquée, que l'on pouvait voir ou ne pas voir suivant ses dispositions anatomiques. Avec cette idée dans la tête, je me décide pour un cheval ionien. Mais voici de nouvelles difficultés : les jambes. La forme des jambes d'un cheval est vraiment un mystère quand on n'a que sa mémoire pour tout potage. Je n'arrive à me rappeler vraiment qu'à partir du paturon jusqu'en bas, autant dire *le sabot!* Mettre de la chair autour d'un sabot est une tâche délicate, extrêmement délicate. Et faire que les pattes rejoignent le corps naturellement, et non comme si elles étaient collées à la glu! Mon cheval a déjà cinq pattes : la solution la plus simple consiste à en transformer une en un phallus erectus. Aussitôt dit, aussitôt fait. Et maintenant, il se dresse semblable à une terre cuite du VIe siècle avant le Christ. La queue n'y est pas encore, mais j'ai laissé une ouverture juste au-dessus du trou du cul. Je pourrai la mettre quand je voudrai. L'essentiel, c'est de lui donner du mouvement, d'en faire un cheval fringant quoi! Donc, je tords un peu les pattes de devant et je les redresse. Voilà une partie en mouvement — le reste est immobile comme une bûche. Avec la queue appropriée, je pourrais en faire un magnifique kangourou.

Au cours des expériences sur les pattes, l'estomac s'est détérioré. Je le raccommode comme je peux — jusqu'à ce qu'il ait l'air d'un hamac. Laissons-le comme ça. Si ça ne ressemble pas à un cheval quand j'aurai fini, je pourrai toujours en faire un hamac. (N'y avait-il pas des gens qui dormaient dans le ventre d'un cheval sur un de ces vases que j'ai vus ?)

Quiconque n'a pas étudié attentivement le crâne d'un cheval ne peut pas se figurer combien il est difficile à dessiner. En faire un crâne, et non pas une musette. Mettre les yeux sans que le cheval ait l'air de rire. Faire que l'expression reste chevaline, et ne devienne pas humaine. Arrivé là, j'avoue franchement que je suis complètement dégoûté de mes prouesses. J'ai envie de tout effacer et de recommencer. Mais j'ai horreur de gratter. Je préfère changer mon cheval en une dynamo ou un piano à queue, plutôt que d'effacer tout mon travail.

Je ferme les yeux, et j'essaie très calmement de me représenter un cheval dans ma tête. Je caresse de la main la crinière, le garrot, les flancs. Il me semble que je me souviens très distinctement de la peau du cheval, surtout cette façon qu'elle a de frémir quand une mouche la tracasse. Et cette sensation tiède, un peu grouillante des veines. (A Chula Vista, j'étrillais les bourricots avant d'aller aux champs. Et je pense : si seulement je pouvais en faire un bourricot, ça serait déjà pas mal !)

Donc, je recommence. Par la crinière, cette fois. Or, la crinière d'un cheval est quelque chose de très différent d'une natte ou des tresses d'une sirène. Chirico met de merveilleuses crinières à ses chevaux. Valentine Prax aussi. La crinière, c'est quelque chose, je vous assure. Pas une simple ondulation Marcel ! Il faut qu'il y ait l'océan, et toute la mythologie. Ce qui fait des cheveux, des dents et des ongles ne constitue pas une crinière. C'est quelque chose à part... Toutefois, quand je me fourre dans un pétrin de ce genre, je sais que je pourrai m'en tirer quand le moment viendra d'appliquer les couleurs. Le dessin, ce n'est qu'un prétexte pour la couleur. La couleur, c'est la toccata ; le dessin appartient au règne de l'idée. (Michel-Ange avait raison de mépriser Vinci. Y a-t-il quelque chose de plus affreux, de plus intellectuel — jusqu'à vous faire vomir — que *La Cène ?* Y a-t-il quelque chose de plus prétentieux que la *Mona Lisa ?*)

Je vous dis qu'un peu de couleur donnera de la vie à la crinière. Le ventre est encore un peu déglingué, je le vois bien. Parfait. Là où il est convexe, je le ferai concave, et *vice versa*. Et soudain mon cheval se met à galoper, il crache du feu par les naseaux. Mais avec deux yeux, il a l'air encore un peu bête, un peu trop humain. *Ergo*, effaçons un œil. Magnifique ! Il devient de plus en plus cheval. Il te vous prend un petit air malin aussi — comme Charley Chase au cinéma...

Pour qu'il ne s'évade pas de l'espèce qu'il représente, je décide de lui faire des rayures. Mon idée, c'est que s'il refuse de se défaire de cet air enjoué, je pourrai le transformer en zèbre. Donc, je fais les rayures. Et maintenant, merde alors, il a l'air d'être en carton. Les rayures l'ont aplati, comme collé au papier. En fermant les yeux, je devrais pouvoir retrouver le cheval du Cinzano — il a des rayures, lui aussi, et de belles! Peut-être devrais-je descendre prendre un apéritif et regarder le Cinzano. Mais il se fait tard pour les apéritifs. Tout compte fait, je crois que je vais faire un peu de plagiat, pourquoi pas. Si un fou sait dessiner un homme à bicyclette, nul doute qu'il ne sache dessiner un cheval aussi.

C'est extraordinaire! — je trouve des dieux et des déesses, des démons, des chauves-souris, des machines à coudre, des pots de fleurs, des rivières, des ponts, des serrures et des clés, des épileptiques, des cercueils, des squelettes, mais pas un foutu cheval! Si l'imbécile qui a compilé cette brochure avait voulu tirer une observation vraiment profonde, il n'aurait pas manqué de faire quelque remarque sur cette curieuse omission. Quand le cheval est absent, il y a quelque chose qui ne va pas. L'art de l'homme va la main dans la main avec le cheval. Il ne suffit pas d'insinuer que les symbolistes et les imagistes sont, ou étaient, un peu *détraqués*. Nous voulons savoir, dans une étude sur la folie, ce qu'est devenu le cheval.

De nouveau, je regarde le paysage de la page 85. C'est une excellente composition, en dépit de sa raideur géométrique. (Les fous ont une terrible obsession de la logique et de l'ordre, comme les Français.) J'ai maintenant un point de départ : montagnes, ponts, terrasses, arbres... Un des grands mérites de la peinture des fous, c'est qu'un pont y est toujours un pont, une maison, une maison. Les trois petits bonshommes qui se balancent sur leurs cannes au premier plan, ne sont pas absolument nécessaires à la composition du tableau, surtout puisque j'ai mon cheval ionien qui occupe pas mal d'espace. Je cherche un cadre où placer mon cheval, et il y a quelque chose de grave et de triste à la fois, quelque chose de très intrigant dans ce paysage, avec ses parapets crénelés, ses escarpements en pain de sucre, et ses maisons à fenêtres innombrables, comme si les habitants avaient une peur mortelle d'y suffoquer. Ça fait beaucoup penser aux débuts mêmes du paysage — et cependant c'est complètement en dehors de toute époque définie. Je dirais *grosso modo* que ça occupe une zone entre Giotto et Santos-Dumont — avec tout juste un faible avant-goût de la rue d'après les machines de l'avenir. Et maintenant, avec ce dessin pour me guider, je reprends courage. *Allons-y* [1].

Juste sous le cul du cheval, là où commence et

1. En français dans le texte.

finit la croupe, là où Salvador Dali mettrait vraisemblablement un fauteuil Louis XV ou un ressort de montre, je commence à dessiner à grands traits un chapeau de paille, un melon. Sous le chapeau, je mets un visage — négligemment, parce que j'ai les idées larges et ne m'occupe pas trop des détails. Où que ma main tombe, je fais quelque chose, suivant les courbes insinuantes de la ligne. Ainsi, je prends le gros phallus erectus qui était tantôt la cinquième patte et je le plie en un bras d'homme — là! J'ai maintenant un homme en chapeau de paille qui chatouille la croupe d'un cheval. Magnifique! Magnifique et très chic! Si cela paraît un peu grotesque, un peu loin du caractère pseudo-médiéval de la composition originale, je puis toujours l'attribuer à l'aberration du fou qui m'a inspiré. (Ici, pour la première fois, le soupçon me traverse que je déraille peut-être aussi!) Mais à la page 366 il est dit : « *Enfin pour Matisse, le sentiment de l'objet peut s'exprimer avec toute licence, sans direction intellectuelle ou exactitude visuelle : c'est l'origine de l'expression*[1]. » Continuons... Après une courte lutte avec les pieds de l'homme, je résous le problème en mettant la partie inférieure de son corps derrière le parapet. Il s'appuie sur le parapet, à rêver sans doute, et en même temps il chatouille les côtes du cheval. (Le long des rivières de France on tombe souvent sur des hommes accoudés sur un parapet et qui rêvent,

1. En français dans le texte.

surtout quand ils ont déchargé un plein sac d'urine.)

Pour abréger mes efforts, et aussi pour voir combien d'espace il me reste, j'ajoute des quantités de rayures diagonales d'un trait hardi : ce sont des planches pour le parquet du pont. Ça me règle son compte à au moins un tiers du tableau, au point de vue de la composition. Et maintenant, voici les terrasses, les escarpements, les trois arbres, les montagnes au capuchon de neige, les maisons et toutes les fenêtres qui vont avec. On dirait un puzzle d'enfant. Chaque fois qu'une falaise refuse de se laisser finir comme il faut, j'en fais le côté d'une maison, ou le toit d'une autre maison invisible. Peu à peu, j'arrive péniblement au sommet du tableau, où heureusement le cadre coupe court à tout. Il me reste à mettre les arbres — et les montagnes.

A leur tour, les arbres sont un problème fort épineux. Il faut faire un arbre, et non un bouquet. Même si je mets quelques éclairs fourchus dans le feuillage, pour donner l'impression d'une structure, ça ne va pas. Quelques nuages aériens alors, pour me débarrasser d'un peu de feuillage superflu. (C'est toujours un bon truc de simplifier le problème en le supprimant.) Mais les nuages ont l'air de bouts de papier fou que le vent a emportés, des bouquets de mariage! Un nuage, c'est si léger, c'est moins que rien, et pourtant ce n'est pas du papier fou. Tout ce qui a une forme a une substance invisible. Michel-Ange a cherché ça toute sa vie — dans le marbre, dans ses vers, en amour, en architecture, dans le crime, chez Dieu... (Page 390 : « *Si l'artiste poursuit la création authentique, son souci est ailleurs que sur l'objet, qui peut être sacrifié et soumis aux nécessités de l'invention*[1]. »)

J'arrive à la montagne — comme Mahomet. Maintenant, je commence à comprendre le sens du mot libération. Une montagne! Qu'est-ce qu'une montagne? C'est un tas de saletés qui ne s'use jamais, du moins pas dans le temps historique. Une montagne, c'est trop facile. Je veux un volcan. Je veux montrer pourquoi mon cheval renâcle et se cabre. Logique, logique! « *Le fou montre un souci constant de logique!* » *Les Français aussi*[1]. Eh quoi! Je ne suis pas un *fou*, surtout pas un *fou* français : je peux prendre quelques libertés, d'autant plus qu'il s'agit de l'œuvre d'un imbécile. Donc, je dessine d'abord le cratère, en descendant vers le pied de la montagne, pour rejoindre le pont et le toit des maisons en bas. Des maladresses de dessin, je fais des crevasses dans le flanc de la montagne — figurant le mal fait par le volcan. Mon volcan est un volcan en activité, et ses flancs éclatent.

Quand tout est fini, on dirait une chemise. Oui, une chemise précisément! Je reconnais le col et les manches. Il ne manque que la marque du faiseur, et le numéro de la taille... Une chose cependant demeure indiscutablement nette et distincte, c'est le pont. Étrange, mais si vous arrivez à dessiner une

1. En français dans le texte.

arche, le reste du pont suit tout naturellement. Un ingénieur seul réussit à gâcher un pont.

C'est presque fini, du moins le dessin. Je raccorde tous les traits folâtres du bas pour en faire une grille de cimetière. Et dans le coin supérieur gauche, là où le volcan a laissé un vide, je dessine un ange. C'est un objet de nature originale, une invention purement gratuite, et hautement symbolique. C'est un ange triste, dont le ventre tombe, et dont les ailes sont soutenues par des baleines de parapluie. Il semble déborder du cadre de mes idées, et il plane, dans sa mysticité, au-dessus du sauvage cheval ionien maintenant perdu pour l'homme.

Avez-vous jamais observé des gens qui tuent le temps dans des gares? Ne dirait-on pas des anges morfondus — aux pieds plats et sans cambrure et aux ventres descendus? Ces courtes minutes éternelles pendant lesquelles ils sont condamnés à rester seuls avec eux-mêmes — cela ne leur met-il pas des baleines de parapluie aux ailes?

Tous les anges de l'art religieux sont faux. Si vous voulez voir des anges, allez donc au Central Terminus, ou à la gare Saint-Lazare. Surtout la gare Saint-Lazare — Salle des Pas-Perdus.

Ma théorie en peinture, c'est d'en finir le plus vite possible avec le dessin, et de placarder la couleur. Après tout, je suis un coloriste, et non un cheval de *traits!* Alors, sortons les tubes!

Je commence à peindre le côté de la maison, en

terre de Sienne crue. Pas très réussi. Je mets un généreux coup de rouge carmin sur le mur à côté. Ça fait un peu trop joli, un peu trop italien. En somme, ça ne commence pas si bien que ça, mes couleurs! Il y a une atmosphère de jour de pluie qui rappelle Utrillo. Je n'aime pas le gâtisme tranquille d'Utrillo, ni ses jours de pluie, ni ses rues faubouriennes. Je n'aime pas non plus la façon dont ses femmes font bomber leur derrière... Je sors le couteau à pain. Pourquoi pas essayer d'un empâtement chargé? Tout en pressant mes tubes pour préparer un généreux assortiment de couleurs, la folle envie me vient d'ajouter une gondole à la composition. Aussitôt je l'insère sous le pont, qui, automatiquement, la lance sur l'eau.

Et maintenant, soudain, je comprends la raison de cette gondole. Parmi les Renoirs que j'ai vus l'autre jour, il y avait une scène vénitienne, avec l'inévitable gondole naturellement. Or, ce qui m'intrigua, si stupide que cela paraisse, c'est que l'homme assis dans la gondole fût si distinctement un homme, bien qu'il ne fût qu'un simple point noir, à peine séparable de tous les autres points qui composaient la lumière, la mer hachurée, les palais délabrés, les voiliers, etc. Il n'était qu'un point dans cette flamboyante combinaison de couleurs, et cependant, distinctement, un homme. On pouvait même dire qu'il était Français, un Français de 1870 ou à peu près...

Il y a encore à dire sur la gondole. Deux jours avant mon départ pour l'Amérique — 1927 ou 28

— on fit grande bombe à la maison. Ma carrière d'aquarelliste battait son plein.

Elle commença d'une drôle de façon, cette manie pour l'aquarelle. A cause de la faim, pourrais-je dire. Ça, et le grand froid. Pendant des semaines, moi et mon ami Joe nous hantions les salles de billard et les lieux d'aisance, bref tous lieux où il y avait de la chaleur animale et pas de débours. Un soir, en rentrant à la morgue (c'est-à-dire chez moi), nous remarquâmes une reproduction d'un Turner à la devanture d'un grand magasin. C'est ainsi que tout commença. Une des périodes les plus actives, les plus agréables, de ma vie stérile. Quand je dis que nous jonchâmes le sol de peintures, je n'exagère pas. Aussitôt sèches, nous les pendions aux murs — et le lendemain, on les descendait pour en pendre d'autres. Nous peignions au dos des anciennes toiles, nous les lessivions, les grattions au couteau, et, au cours de ces expériences nous découvrîmes par hasard des choses surprenantes. Nous découvrîmes comment obtenir des résultats intéressants avec du marc de café et de la mie de pain, avec du charbon et de l'arnica. Nous mettions les peintures dans la baignoire et les y laissions tremper pendant des heures, puis, le pinceau chargé, nous attaquions ces omelettes baveuses. C'est Turner qui mit tout ça en branle — Turner et le terrible hiver de 1927-28.

Deux soirs avant mon départ, ainsi que je le disais, quelques peintres vinrent à la maison pour admirer notre travail. C'était de braves types, et pas du tout dégoûtés de s'intéresser à notre travail d'amateurs. Les aquarelles gisaient de tous côtés sur le parquet, comme d'habitude, en train de sécher. Comme dernière expérience, nous les piétinons, en y renversant un peu de vin. Étonnants les effets qu'un talon sale peut produire, ou ceux d'une larme de vin qui tombe de trois pieds de haut avec les meilleures intentions du monde. L'enthousiasme monte. Deux de mes amis s'attaquent aux murs avec des bouts de charbon. Un autre fait du café pour avoir du marc tout frais. Quant aux autres, y compris moi-même, nous buvons.

Au beau milieu de la fête — vers trois heures du matin — entre ma femme. Elle semble un peu déprimée. Me prenant à part, elle me montre un billet de bateau. Je le regarde. « C'est pour quoi faire », que je dis. « Il faut que tu partes », qu'elle répond. « Mais je ne veux pas m'en aller », dis-je. « Je suis très bien ici. — Je m'en aperçois », répond-elle, sarcastique.

Toutefois, je pars. Et en remontant la Tamise, ma seule pensée, c'est de voir les Turner à la Tate Gallery. Finalement, m'y voici, et je contemple les fameux Turner. Et la chance veut qu'un des ramollots de là-bas se prenne d'amitié pour moi. Je découvre qu'il est aquarelliste de grand talent. Il travaille uniquement à la lampe. Ça me fait vraiment mal de quitter Londres, tant il m'a rendu le séjour agréable. Mais au départ de Southampton, je me disais : — « le cercle est fermé maintenant, de la devanture du magasin à ici. »

Mais poursuivons... Cette gondole va être la *pièce de résistance*[1] ! Mais d'abord, il faut que je nettoie les murs. Saisissant le couteau à pain, je le plonge dans la laque carminée et j'applique une dose généreuse aux fenêtres des maisons. Doux Jésus ! Aussitôt les maisons sont en flammes ! Si j'étais vraiment fou, et non pas simulant la folie d'un fou, je mettrais des pompiers dans le tableau, et je ferais des échelles avec les stries diagonales des planches du pont. Mais ma démence prend le parti d'allumer un incendie. Je mets le feu à toutes les maisons, avec du carmin d'abord, puis du vermillon, puis avec une sanglante concoction des deux. Cette partie du tableau est claire et décisive : c'est un holocauste.

Le résultat de ces efforts incendiaires, c'est que j'ai roussi le dos du cheval. Il n'est plus maintenant ni cheval ni zèbre. Le voici devenu dragon crachant du feu. Là où manque la queue, j'ai un bouquet de pétards, et avec un bouquet de pétards au cul, un cheval, même ionien, ne peut conserver sa dignité. Je pourrais bien sûr, continuer et en faire un vrai dragon ; mais cette transformation et ce raccommodage commencent à me donner sur les nerfs. Quand on part avec un cheval, il faut s'en tenir au cheval — ou alors, s'en défaire totalement. Si on se met à biaiser avec l'anatomie d'un animal, pas de raison de ne pas parcourir le cycle complet de la philogenèse !

1. En français dans le texte.

Donc, avec un solide mélange bien opaque de vert et de bleu indigo, je badigeonne entièrement le cheval. Dans mon esprit, bien sûr, il est toujours là. Les gens pourront contempler cet objet opaque et se dire : Comme c'est étrange ! Comme c'est curieux ! Mais moi, je sais qu'au fond c'est un cheval. Au fond de tout, il y a un animal : voilà notre obsession la plus profonde. Lorsque je vois des êtres humains monter en se tortillant vers la lumière comme des tournesols fanés, je pense : « Tortillez-vous, bande de crétins, et prenez tous les grands airs que vous voulez ! au fond, vous n'êtes rien d'autre que des tortues ou des cobayes ! » Les Grecs étaient fous de chevaux, et s'ils avaient eu la sagesse de rester chevaux à demi au lieu de jouer aux Titans — eh bien, ça nous aurait évité pas mal d'emmerdements mythologiques !

Quand on est aquarelliste instinctif, tout arrive selon la volonté de Dieu. C'est ainsi que si l'on vous ordonne de barbouiller les grilles d'un cimetière à la gomme-gutte, vous le faites, et sans rouspéter. Tant pis si elles sont trop vives pour d'aussi sombres portails. Peut-être y a-t-il à cela une justification inconnue. Et vraiment, lorsque je me sers de ce jaune liquide et brillant, le plus beau pour moi de tous les jaunes (plus jaune même que l'embouchure du Yang-Tsé), je me sens radieux, je vous le dis ! Quelque chose de lugubre, qui vous englue et vous oppresse, a disparu à jamais. Je ne serais pas surpris que ce fût le cimetière de Cypress Hills devant lequel j'ai passé durant tant d'années dans le dégoût et l'humiliation, que je regardais du haut du chemin de fer aérien, sur lequel je crachais de la plate-forme du train. Ou le cimetière de Saint-Jean, avec ses burlesques anges de fer-blanc, où j'ai travaillé comme fossoyeur. Ou le Cimetière Montparnasse, qui, en hiver, a l'air d'un commotionné. Cimetières, cimetières... Par Dieu! Je refuse d'être enterré dans un cimetière! Je ne veux pas de ces imbéciles autour de moi, avec un goupillon et un air funèbre. Je n'en veux pas!

Tandis que ces pensées me traversaient l'esprit, j'ai par inadvertance barbouillé les arbres et les terrasses de mon pinceau sec. Les arbres luisent maintenant comme une cotte de mailles, les branches sont incrustées de maillons argent et turquoise. Si j'avais une crucifixion sur les bras, je pourrais faire aux martyrs des corps grêlés de gemmes. Sur le mur en face de moi, j'ai une scène dans les déserts de l'Éthiopie. Le corps du Christ crucifié est étendu par terre, couvert de marques de petite vérole; les Juifs sanguinaires — des Juifs noirs, des Éthiopiens — le lapident à coups de palet de fer. Ils ont une expression de très féroce allégresse. J'ai acheté ce tableau à cause du corps grêlé, pourquoi? — je n'en sus rien à l'époque. Je viens seulement d'en découvrir la raison. Car maintenant je me rappelle un certain tableau au-dessus d'une cave dans la *Bowery*, intitulé *Le Mort aux Punaises*. Il se trouvait que je venais de rendre visite à un fou, visite professionnelle qui n'avait pas été trop désagréable. C'est le plein après-midi, et la gorge puante de la *Bowery* est bourrée de crachats. Juste au-dessous de Cooper Square, trois poivrots sont étendus de tout leur long à côté d'un bec de gaz, *à la* Breughel. Une foire sous une arcade marche à plein. Un hymne étrange, supraterrestre, monte des rues, comme un homme armé d'un hachoir se frayant un chemin à travers une attaque de delirium tremens. Et là, au-dessus de la porte inclinée de la cave se trouve le tableau : *Le Mort aux Punaises.* Une femme nue, aux longs cheveux blond filasse gît sur le lit et se gratte. Le lit flotte au milieu des airs, et autour de lui gambade un homme armé d'une seringue. Son visage porte la même expression stupide que ces Juifs armés de palets. Le tableau est criblé de grêlons — représentant cette punaise cosmopolite, suceuse de sang, aptère et aplatie, de couleur brun rougeâtre et d'odeur immonde, qui infeste lits et maisons, et va sous le nom redoutable de *Cimex lectularius.*

Et me voici maintenant, armé d'un pinceau sec, en train d'appliquer les stigmates aux trois arbres. Les nuages se couvrent de punaises, le volcan éructe des punaises, elles dégringolent des abruptes falaises crayeuses et vont se noyer dans le fleuve. Je suis pareil à cet émigrant au second étage d'un poème écrit par un jeanfoutre quelconque, qui s'agite sur son sommier, hanté par la misère de son existence famélique et gâchée, désespérant de toute la beauté qui lui échappe. Ma vie entière semble être enveloppée dans ce mouchoir sale, la *Bowery,* dont j'ai foulé le sol durant tant de jours et tant d'années — attaque de petite vérole dont jamais les marques ne disparaîtront. Si je portais un nom alors, c'était Cimex Lectularius! Si j'avais un foyer, c'était un trombone à coulisse. Si j'avais une passion, c'était de me purifier.

Saisi de furie maintenant, j'attrape le pinceau, je le trempe dans toutes les couleurs successivement, et je commence à barioler les portes du cimetière. Je barbouille et rebarbouille jusqu'à ce que la partie inférieure du tableau soit aussi épaisse que du chocolat, jusqu'à ce qu'il pue tout entier, littéralement, la couleur. Et quand il est complètement foutu, je m'assieds là devant, rempli d'une sorte d'hébétude joyeuse, et je me tourne les pouces.

Puis, soudain, j'ai une véritable inspiration. Je l'emporte à l'évier, et après l'avoir consciencieusement plongé dans l'eau, je le frotte avec la brosse à ongles. Je frotte, je frotte, puis tenant le tableau de haut en bas, je laisse les couleurs se coaguler. Enfin, prudemment, très prudemment, je l'étends sur mon bureau. C'est un chef-d'œuvre, je vous le dis! Je l'examine avec attention depuis trois heures...

Vous pourrez dire, ce chef-d'œuvre, c'est un accident — et c'est bien vrai. Mais le Psaume 23 aussi. Toute naissance est miraculeuse et inspirée. Ce qui apparaît maintenant devant mes yeux est le fruit d'innombrables erreurs, de reculs, de ratures, d'hésitations; c'est aussi le résultat de la certitude. Vous avez envie de faire crédit à la brosse à ongles, à l'eau! Faites donc! Ne vous gênez pas! Faites crédit à tout le monde et à toute chose. Crédit à

Dante, crédit à Spinoza, crédit à Hieronymus Bosch. Crédit à l'argent comptant, et débitez la Société Anonyme. Inscrivez dans le Grand Livre : Tante Mélia. Bon. Faites le bilan. Court de dix centimes, n'est-ce pas ? Si vous pouviez tirer dix centimes de votre poche et rétablir l'équilibre du compte, vous le feriez. Mais il ne s'agit plus de sous réels. Il n'y a pas de machine assez habile pour inventer, pour contrefaire, ce sou qui n'existe pas. Le monde du réel et de la contrefaçon est derrière nous, nous lui tournons le dos. Du tangible, nous avons tiré l'intangible.

Quand vous pourrez établir un bilan équilibré, vous n'aurez plus de tableau. Maintenant, vous avez l'intangible, l'accident, et vous passez la nuit devant le livre ouvert à vous y casser la tête. Vous avez un signe *moins* sur les bras. Toutes les données vivantes, intéressantes, sont marquées du signe *moins*. Quand vous trouverez le *plus* équivalent, vous aurez... *rien!* Vous aurez ce quelque chose imaginaire, momentané, qu'on appelle un « bilan équilibré ». Un bilan n'est jamais équilibré. C'est un faux — comme lorsqu'on arrête la pendule, ou qu'on déclare une trêve. On fait un bilan afin d'ajouter un poids hypothétique, afin de se créer une raison de vivre.

Je n'ai jamais pu équilibrer un bilan. Je suis toujours en déficit. J'ai donc une raison de continuer. Je mets ma vie entière dans la balance afin qu'elle produise — rien. Pour arriver à rien, il vous faut aligner une infinité de chiffres. C'est bien cela :

dans l'équation vivante, le signe qui me représente est l'infini. Pour arriver nulle part, il faut traverser tous les univers connus. Il faut être partout afin d'être nulle part. Pour arriver au désordre, il faut détruire toute forme d'ordre. Pour devenir fou, il faut une terrible accumulation de raison. Tous les fous dont les œuvres m'ont inspiré avaient un côté de froide raison. Ils ne m'ont rien appris — parce que les comptes qu'ils nous ont légués ont été falsifiés. Leurs calculs n'ont pas de sens pour moi — parce que les chiffres ont été truqués. Les merveilleux grands livres dorés sur tranches qu'ils nous ont transmis ont la beauté hideuse des plantes forcées dans la nuit.

Mon chef-d'œuvre ! Il est pareil à une écharde sous l'ongle. Je vous le demande — maintenant que vous le regardez, y voyez-vous les lacs au-delà de l'Oural ? Y voyez-vous le fou Kotschei qui se balance avec une ombrelle de papier ? L'arc de Trajan qui perce à travers les fumées de l'Asie ? Les pingouins qui dégèlent dans l'Himalaya ? Y voyez-vous les Creeks et les Séminoles se glissant à travers les portes du cimetière ? Y voyez-vous la fresque du Haut-Nil avec ses vols de canards, ses chauves-souris et ses volières ? Y voyez-vous les merveilleux pommeaux des Croisées et la salive qui les engloutissait ? Y voyez-vous les wigwams qui vomissent du feu ? les égouts alcali et les os des mulets et le borax étincelant ? le tombeau de Balthazar et le vampire qui le pille ? les embouchures nouvelles que le Colorado va débrider ? Y voyez-vous les poissons-étoiles étendus sur le dos et les molécules qui les soutiennent? Y voyez-vous les yeux éclatés d'Alexandre, ou le chagrin qui en est cause? Y voyez-vous l'encre dont se nourrissent les libelles?

Non, je crains que non! vous ne voyez que le blême ange bleu gelé par les glaciers. Vous ne voyez même pas les baleines de parapluie, parce que vous n'êtes pas dressés à les chercher. Mais vous voyez un ange, et vous voyez le cul d'un cheval. Gardez-les donc, *ils sont pour vous!* L'ange n'est plus grêlé maintenant — rien qu'une froide lumière bleue qui met en relief son ventre descendu et ses pieds plats. L'ange est là pour vous conduire au ciel, où tout est *plus,* et rien n'est *moins.* L'ange est là comme un filigrane, garantie de votre vision sans défaut. L'ange n'a pas de goître, c'est l'artiste qui a le goître. L'ange est là pour jeter des brins de persil dans votre omelette, pour vous mettre un trèfle à la boutonnière. Je pourrais gratter la mythologie sur la crinière du cheval, gratter le jaune du Yang-Tsé, gratter la date de l'homme dans la gondole, gratter les nuages et le papier fou qui enveloppait les bouquets d'éclairs fourchus et faire tout disparaître... *Mais l'ange, impossible de l'effacer. Je porte un ange en filigrane.*

La boutique du Tailleur

Toujours vif et joyeux!
Voilà ma devise!

La journée commençait ainsi : « Demande à Un tel un petit quelque chose en acompte. *Mais surtout ne l'offense pas !* » C'est qu'ils étaient chatouilleux tous ces vieux cons de nos clients. Il y avait bien de quoi pousser le meilleur des hommes à boire. Nous étions installés juste en face de l'Olcott, Tailleurs de la Cinquième Avenue, bien que nous ne fussions pas sur l'Avenue même. Association du père et du fils, avec la mère pour s'occuper du pognon.

Le matin, dès huit heures ou à peu près, petite promenade intellectuelle de Delancey Street et la Bowery jusqu'au Waldorf. J'avais beau marcher vite, le vieux Bendix était toujours là avant moi, engueulant le coupeur parce que aucun des patrons n'était à l'ouvrage. Comment se fait-il que nous ne pouvions jamais arriver avant cette vieille charogne de Bendix ? Il n'avait rien à foutre, Bendix, que de courir du tailleur au chemisier, et du chemisier au bijoutier ; ses bagues étaient ou trop larges ou trop serrées, sa montre retardait de 25 secondes ou avançait de 33. Il engueulait tout le monde, y compris le médecin de famille, parce que celui-ci n'arrivait pas à lui débarrasser les reins de ses calculs. Si nous lui faisions un veston au mois d'août, en octobre il était trop grand, ou trop petit. Quand il ne trouvait plus aucun prétexte pour rouspéter, il se mettait à culotter à droite, rien que pour avoir le plaisir d'engueuler le pantalonnier parce qu'il se permettait de lui étrangler les couilles, à lui, H. W. Bendix. Un type impossible. Susceptible, lunatique, mesquin, maniaque, avare, capricieux, méchant. Quand je repense à tout ça maintenant, et que je vois le vieux s'asseyant à table avec son haleine puant l'alcool et disant : « merde! personne pour se fendre d'un sourire, qu'est-ce que vous avez tous à faire des gueules pareilles! » mon cœur se serre pour lui et pour tous les tailleurs obligés de lécher le cul des richards. Sans le bar de l'Olcott en face et les pochards qu'il y cueillait, Dieu sait ce qu'il serait devenu, le pauvre vieux! Il ne trouvait certes pas de sympathie chez lui. Ma mère n'avait pas la moindre idée de ce que signifiait « lécher le cul des richards ». Elle ne savait faire qu'une chose : geindre et se lamenter toute la journée, et à force de lamentations et de gémissements, elle amena l'haleine puante et les chaussons aux pommes de terre refroidis. Et elle nous tapait si fortement sur le système avec son anxiété, que mon frère et moi en avalions de travers. Mon frère était un crétin qui portait sur les nerfs du vieux encore plus que H. W. Bendix avec ses « le pasteur Un tel part pour l'Europe »... « Le pasteur Un tel va ouvrir un jeu de boules »... « Le pasteur Un tel est un couillon. »... Et le vieux disait : « Pourquoi les chaussons sont-ils froids ? »

Il y avait trois Bendix — H. W., le grognon, A. F., que le vieux inscrivait dans le livre sous le nom d'Albert, et R. N. qui ne venait jamais à la boutique parce qu'on lui avait coupé les jambes, circonstance d'ailleurs qui ne l'empêchait pas d'user ses pantalons tout comme un autre. R. N. je ne l'ai jamais vu en chair et en os. Il n'était qu'un nom dans le livre, dont Bunchek le coupeur parlait avec bonne humeur, parce qu'il y avait toujours un petit schnaps à boire quand le temps venait d'essayer les pantalons neufs. Les trois frères étaient ennemis jurés. Jamais ils ne parlaient les uns des autres devant nous. Si Albert, qui était un peu cinglé, et avait un penchant pour les gilets à pois, apercevait une jaquette portant les mots H. W. Bendix écrits à l'encre verte sur l'étiquette d'essayage, il poussait un léger grognement et disait : « Ça sent le printemps aujourd'hui, hein ? » Il était bien entendu qu'il n'existait sur la terre aucun être répondant au nom de H. W. Bendix, encore qu'il fût non moins évident que nous ne fabriquions pas d'habits pour les fantômes.

Des trois frères, c'est Albert que je préférais. Il avait atteint cet âge mûr où les os deviennent aussi cassants que du verre. Sa colonne vertébrale avait pris la courbure naturelle à la vieillesse, comme s'il se préparait à se recroqueviller pour retourner dans la matrice. L'arrivée d'Albert s'annonçait par un grand boucan dans l'ascenseur. Jurons et grognements suivis d'un beau pourboire si l'ascenseur s'arrêtait exactement au niveau de notre magasin. S'il y manquait un quart de pouce, pas de pourboire, et Albert, avec ses os fragiles et son échine en cerceau, faisait un chahut de tous les diables, et n'arrivait jamais à choisir des boutons pour son gilet à pois, son *dernier* gilet à pois. (A la mort d'Albert, j'héritai de tous ses gilets ; ils m'ont duré jusqu'à la fin de la guerre.) Si par hasard, et cela arrivait parfois, le vieux était en face, en train de boire un petit coup lorsque Albert arrivait, toute la journée allait de travers. Je me souviens de périodes où Albert était si fâché contre le vieux qu'on ne le voyait plus de trois jours. Pendant ce temps, les boutons traînaient sur leurs petits cartons, et il n'était question que de boutons de gilet, boutons de gilet, comme si le gilet lui-même n'avait aucune importance, mais seulement les boutons. Plus tard, lorsque Albert se fut habitué aux manières désinvoltes du vieux — ils avaient eu le temps de s'habituer l'un à l'autre pendant vingt-sept ans — il donnait un coup de téléphone pour annoncer qu'il se mettait en route, et, avant de raccrocher, il ajoutait : « J'espère qu'il n'y a pas d'inconvénient à ce que je vienne vers onze heures... je ne vous dérangerai pas ? » Cette petite question avait un double but. Cela voulait dire : « J'espère que vous aurez la décence d'être là quand j'arriverai, au lieu de me faire poireauter une heure pendant que vous vous rincez le lampion avec vos potes d'en face. » Et cela signifiait aussi : « A onze heures, je suppose qu'il n'y a plus de danger de tomber sur un certain individu dont les initiales sont H. W. » Pendant vingt-sept ans nous avons peut-être fabriqué 1 578 vêtements aux trois frères Bendix sans qu'ils se fussent jamais rencontrés, en notre présence tout au moins. A la mort d'Albert, R. N. et H. W. portèrent tous deux un brassard de deuil sur la manche gauche de leurs vestons et de leurs pardessus — ceux qui n'étaient pas noirs. Mais il ne fut pas question du mort, ni même de *qui* il était. R. N. avait naturellement une excellente excuse pour ne pas aller à l'enterrement — il n'avait plus de jambes. Quant à H. W. il était bien trop rat et trop orgueilleux pour s'inquiéter même d'en donner une.

C'est vers les dix heures que le vieux descendait généralement siffler son premier verre. J'avais pris l'habitude de me poster devant la fenêtre qui donnait sur l'hôtel, et je regardais Georges Sandusky hisser les grosses malles sur les taxis. Quand il n'y avait pas de malle à charger, Georges restait là, les mains derrière le dos, à faire des salamalecs aux clients qui entraient et sortaient des tambours. Il y avait environ douze ans que Georges Sandusky chargeait les malles, faisait des salamalecs, et ouvrait des portes lorsque j'entrai dans l'affaire de mon père et pris mon poste à la fenêtre. C'était un homme charmant, à la voix douce, aux beaux cheveux blancs, et fort comme un bœuf. Il avait élevé le léchage de cul à la hauteur d'un art. Je fus stupéfait de le voir monter chez nous un jour et nous commander un complet. Pendant ses heures de congé c'était un Monsieur que Georges Sandusky! Il avait des goûts discrets — toujours une serge bleue ou un gris Oxford. Un homme qui savait se conduire à un enterrement ou un mariage.

Lorsque je le connus davantage, il me donna à comprendre qu'il avait trouvé Jésus. Grâce à sa langue bien lisse, à ses biceps, et à l'active collaboration dudit Jésus, il était arrivé à se faire une bonne pelote, un petit quelque chose pour se mettre à l'abri des horreurs de la vieillesse. Il était le seul homme que j'aie rencontré à cette époque qui n'eût pas pris une assurance sur la vie. Il soutenait que Dieu prendrait soin de ceux qui lui survivraient, tout comme il avait pris soin de lui, Georges Sandusky. Il ne craignait pas que le monde s'écroulât à sa mort. Jusqu'à ce jour, Dieu avait pris soin de tout et de tous; nulle raison de supposer qu'il faillît à son boulot après la mort de Georges Sandusky. Lorsque, enfin il se retira, il fut difficile à remplacer. Personne n'était assez mielleux ni onctueux pour faire l'affaire. Personne ne savait se prosterner, s'humilier comme Georges. Le vieux eut toujours beaucoup d'affection pour Georges. De temps en temps il essayait de le persuader d'aller prendre un verre, mais Georges refusa toujours avec cette politesse habituelle et têtue qui l'avait rendu cher aux clients de l'Olcott.

Le vieux avait souvent des mouvements

d'humeur pendant lesquels il aurait demandé à n'importe qui, — fût-ce à Georges Sandusky, d'aller boire un verre avec lui. D'ordinaire, c'était le soir d'un jour où tout avait marché de travers, où l'on n'avait reçu que des traites. Parfois une semaine entière passait sans qu'on vît un client, ou, s'il en paraissait un, c'était pour se plaindre, demander une retouche, emmerder le coupeur, ou obtenir une réduction. Tout cela donnait un tel cafard au vieux, qu'il prenait son chapeau et allait boire un coup. Au lieu d'aller en face comme d'habitude, il déviait un peu de son chemin, faisait une apparition au Broztell ou au Breslin, et parfois même poussait jusqu'à l'Ansonia, où son idole, Julien Legree, avait un appartement.

Julien, qui était alors l'idole du public, ne portait que des costumes gris, gris de toutes nuances, mais rien que du gris. Il avait cette allure crâneuse si déprimante, particulière aux acteurs anglais, avec leurs faces de bifteck saignant, qu'on trouve partout échangeant des histoires avec des placiers en tissus, négociants en liqueurs et autres andouilles. Son accent seul suffisait à attirer les badauds autour de lui. C'était l'Anglais au sens traditionnel du théâtre, un Anglais tiède, savonneux, gluant, qui donne à la pensée la plus insipide un semblant d'intérêt. Julien ne disait jamais rien qui valût la peine d'être rapporté, mais cette voix qu'il avait produisait sur ses admirateurs un effet magique. Parfois, quand il partait en bordée avec le vieux, il ramassait un vieux raté dans le genre de Corse Payton, qui jouait de l'autre côté de l'eau dans les petits théâtres à cent sous. Corse Payton était l'idole de Brooklyn! Corse Payton était à l'art ce que Pat McCarren était à la politique.

Ce que le vieux avait à dire durant ces discussions restait toujours pour moi une source de mystère. Le vieux n'avait jamais lu un bouquin de sa vie, ni n'avait-il été au théâtre depuis le temps où le Bowery céda la place à Broadway. Je le vois d'ici, debout devant le bar — Julien aimait beaucoup le caviar et l'esturgeon qu'on servait à l'Olcott — séchant tout comme un chien assoiffé. Les deux chéris du public commentaient Shakespeare — laquelle de *Hamlet* ou de *Lear* était la plus belle pièce jamais écrite. Ou bien on discutait des mérites de Bob Ingersoll.

Derrière le comptoir, il y avait alors trois vaillants Irlandais, trois de ces types abjects qui faisaient des bars de cette époque les lieux sympathiques qu'ils étaient. On les estimait tellement tous les trois, que l'on considérait comme un privilège si Patsy O'Dowd par exemple vous appelait sacré dégénéré, fils de putain, suceur de bite qui ne savait même pas boutonner sa braguette. Et si, en retour du compliment, vous lui proposiez de prendre un petit quelque chose, Patsy O'Dowd répondait froidement et sarcastiquement que seuls des gens de votre espèce pouvaient ingurgiter des tord-boyaux pareils, et, ce disant, il levait avec dédain votre verre par le pied pour essuyer l'acajou, puisque c'était son métier et qu'il était payé pour cela, mais nom de Dieu! vous ne pourriez pas le persuader de s'empoisonner les tripes avec cette drogue infecte. Plus ses insultes étaient ordurières, plus il était estimé; des financiers habitués à ce qu'on leur torchât le cul avec des pochettes de soie venaient en ville exprès, après la fermeture de la Bourse, rien que pour se faire traiter de sacré fils de putain dégénéré suceur de bite par ce sale cochon d'Irlandais mal embouché. C'était pour eux le couronnement d'un beau jour.

Le patron de cet établissement était un petit bonhomme trapu, aux guibolles aristocratiques, au faciès léonin. Il marchait toujours la panse en avant, un tonnelet de vin caché sous son gilet. Il faisait un petit signe de tête raide et arrogant aux poivrots alignés au bar, à moins qu'ils ne fussent des clients de l'hôtel, auquel cas il s'arrêtait un moment, tendait trois petits doigts gras, aux veines bleues, puis frisant sa moustache, il faisait une pirouette avec précaution, non sans faire craquer ses souliers, et s'éclipsait. C'était le seul ennemi du vieux. Le vieux ne pouvait littéralement pas l'encaisser. Il avait l'impression que Tom Moffat le regardait de haut. Aussi, lorsque celui-ci vint commander un costume, le vieux lui compta dix ou quinze pour cent de plus pour compenser l'accroc fait à son amour-propre. Mais Tom Moffat était un aristocrate authentique : il ne discutait jamais un prix et ne payait jamais ses notes. Si nous le talonnions, il chargeait son comptable de trouver une erreur dans nos comptes. Et quand venait le moment de commander une autre paire de pantalons de flanelle, ou une jaquette, ou un smoking, il arrivait toutes voiles dehors avec sa belle dignité habituelle, plastronnant, la moustache bien cirée, les souliers reluisants et qui grinçaient comme d'habitude. Alors, avec son air d'indifférence dégoûtée et de dédain supérieur, il disait au vieux : « Eh bien, avez-vous enfin arrangé cette petite erreur ? » — sur quoi, le vieux, fou de rage, faisait passer un coupon défraîchi, ou quelque rossignol de fabrication américaine à son ennemi Tom Moffat. Il s'ensuivait une longue correspondance au sujet de *la petite erreur* dans nos comptes. Le vieux était hors de lui. Il engagea un expert comptable, qui fit des chiffres interminables, mais sans résultat. Enfin le vieux accoucha d'une idée.

Un jour, vers midi, après avoir pris sa ration habituelle et avoir régalé tous les représentants en tissus qui se trouvaient au bar, il ramassa tranquillement les fiches, détacha un petit crayon en argent de sa chaîne de montre, et les signa. Puis, les poussant vers Patsy O'Dowd : « Dis à Moffat de mettre cela à mon compte », dit-il. Puis il se leva tranquillement, et après avoir invité quelques copains choisis, il prit une table dans la salle à manger, et commanda un bon gueuleton. Et lorsque Adrien le grenouillard [1] présenta la note, il dit avec un grand calme : « Donne-moi un crayon. Là ! Voilà mon paraphe... Fais mettre à mon

1. Appellation vulgaire du français en Amérique.

compte ! » Comme il trouvait plus agréable de manger en société, il invitait toujours ses copains à déjeuner, disant à qui voulait l'entendre : « Si ce cochon de Moffat ne veut pas payer ses habits, eh bien, nous les boufferons. » Et ce disant, il commandait un pigeonneau bien dodu, ou une langouste à la Newburg arrosés d'une bonne bouteille de moselle, ou tout autre cru qu'Adrien le grenouillard pouvait lui recommander.

Tom Moffat, si curieux que cela paraisse, prétendait n'accorder aucune importance à tout cela. Il continuait à commander le même nombre de costumes, été comme hiver ; il continuait aussi à se chamailler pour les factures, ce qui lui était plus facile, puisque celles-ci se compliquaient maintenant d'additions de bar, de jetons de téléphone, de pigeonneaux, de homards, de champagne, de fraises, de bénédictines, etc. En fait, le vieux mangeait les factures à une telle allure, que Moffat aux tibias fuselés n'arrivait pas à user ses vêtements assez vite. S'il entrait commander un vêtement de flanelle, le vieux l'avait déjà bouffé le lendemain.

Finalement, Moffat manifesta un désir sincère d'arranger les choses. La correspondance cessa. Me tapant sur l'épaule un jour qu'il me rencontra dans le couloir, il prit son air le plus cordial et m'invita à monter dans son bureau. Il me dit qu'il m'avait toujours considéré comme un garçon sensé et que nous pourrions sans doute arranger l'affaire entre nous, sans tracasser le vieux. Je vérifiai les comptes et m'aperçus que le vieux avait dévoré bien au-delà de son dû. J'avais probablement mangé quelques raglans et vestons de chasse pour ma part. Il n'y avait qu'une chose à faire si nous voulions conserver la clientèle méprisable de Tom Moffat, c'était de découvrir une erreur dans ses comptes. J'emportai un paquet de factures, et je promis au vieux radoteur d'approfondir l'affaire.

Le vieux fut ravi de la tournure que prenaient les choses. Nous mîmes des années à approfondir l'affaire. Chaque fois que Tom Moffat venait commander un costume, le vieux l'accueillait gaiement et disait : « Avez-vous rectifié cette petite erreur ?... Voici un beau " grain de poudre ", que j'ai mis de côté pour vous. » Moffat fronçait le sourcil, faisait la grimace, se pavanait — avance et recule — comme un dindon, la crête hérissée, ses petites jambes maigres bleues de colère. Une demi-heure plus tard, le vieux était planté devant le bar à se rincer le gosier. « Viens de vendre un autre smoking à Moffat », disait-il. — « A propos, Julien, que proposes-tu pour le déjeuner ? »

C'est vers midi, comme je le disais, que le vieux descendait généralement prendre un apéritif. Le déjeuner durait de midi à quatre ou cinq heures de l'après-midi. C'est extraordinaire ce que le vieux était entouré dans ce temps-là ! Après déjeuner, la bande chancelante sortait de l'ascenseur, crachant et rigolant.

Il y avait Ferd Pattee, qui vendait des doublures de soie et des fournitures, bobines de fil, boutons, rembourrage d'épaules, toile à bâtir, etc. Une grande carcasse d'homme, semblable à un navire de ligne malmené par un typhon, et qui déambulait toujours comme un somnambule ; il était si harassé qu'il pouvait à peine remuer les lèvres, et pourtant ce léger mouvement des lèvres les faisait tous se tordre de rire. Toujours à marmonner tout bas — de fromages en particulier. — Il adorait le fromage, surtout le schmierkäse et le limburger — plus ils étaient moisis, meilleurs ils étaient. Entre les fromages, il racontait des histoires sur Heine et Schubert, ou bien il demandait qu'on grattât une allumette juste au moment où il allait faire un pet, et qu'on la tienne sous son séant pour lui dire la couleur de la flamme. Il ne disait jamais adieu ni à demain ; il reprenait son sujet là où il l'avait laissé la veille, comme s'il n'y avait eu aucune interruption. Qu'il fût neuf heures du matin ou six heures du soir, il allait du même pas traînant, lent, exaspérant, marmottant dans ses godasses, la tête basse, ses doublures et fournitures sous le bras, l'haleine fétide, le nez pourpre et luisant. Il s'élançait tête baissée au milieu de la circulation la plus intense, schmierkäse dans une poche et limburger dans l'autre. En sortant de l'ascenseur, il disait de sa voix lasse et monotone qu'il avait quelques doublures nouvelles, et le fromage était bon hier soir. Pensiez-vous à lui rendre le livre qu'il vous avait prêté ? « Faudrait voir payer si vous voulez d'autres marchandises », ou « Voulez-vous voir des images cochonnes ? S'il vous plaît, grattez-moi le dos, là, un peu plus haut, ça y est. Excusez-moi, je vais péter — dites-moi, avez-vous l'heure? Je ne peux pas perdre toute ma journée ici, faudrait dire au vieux de mettre son chapeau, qu'on aille prendre un verre. » Toujours marmonnant et grognant, il vire sur ses bateaux et presse le bouton de l'ascenseur, tandis que le vieux, le chapeau de paille en bataille, s'élance au fond de la boutique d'une glissade de gardien de but, le visage illuminé d'amitié et de reconnaissance, disant : « Eh bien, Ferd, comment va ce matin? Je suis ravi de te voir. » Et le masque lourd de Ferd se détend pour un instant, en un vaste sourire aimable. Rien qu'une seconde, puis, élevant la voix, il se met à beugler si fort que même Tom Moffat de l'autre côté de la rue peut l'entendre : « FAUDRAIT VOIR A PAYER BIENTÔT, BOUGRE DE SALAUD, CROYEZ-VOUS QUE JE VENDE TOUT CE FOURBI POUR DES PRUNES? »

Sitôt l'ascenseur descendu, le petit Rubin sort de l'atelier, l'air égaré, et me dit : « Voulez-vous que je vous chante quelque chose? » Il sait foutre bien que oui! Donc, il retourne à son banc, ramasse le veston qu'il est en train de coudre, et poussant un cri de cosaque, il y va.

Si vous le rencontriez dans la rue, le petit Rubin, vous diriez « sale petit youpin » — et peut-être bien qu'il était un sale petit youpin, mais il savait chanter, et quand vous étiez à sec il savait mettre la main à la poche, et si vous aviez le noir il l'avait encore plus que vous, et si vous lui marchiez sur les pieds il vous crachait sur les souliers, et si vous vous excusiez, il les essuyait, il vous donnait un coup de brosse et vous faisait un magnifique pli au pantalon, comme Jésus H. Christ lui-même n'aurait pu le faire!

Ils étaient tous des moucherons à l'atelier — Rubin, Rapp et Chaimowitz. A midi, ils sortaient de grosses miches de pain juif qu'ils barbouillaient de beurre et de tranches de saumon fumé. Pendant que le vieux se commandait des pigeonneaux et du vin du Rhin, Bunchek le coupeur et les trois petits ouvriers étaient assis sur le banc, au milieu des carreaux des jambes et des manches, à parler avec grand sérieux de choses comme le loyer ou les ulcères que Mme Chaimowitz avait à l'utérus. Bunchek était un membre zélé du parti sioniste. Il croyait que les Juifs avaient un bel avenir devant eux. Mais malgré tout il ne pouvait arriver à prononcer un mot comme « foutre ». Il disait toujours : « Il l'a *fouchtrue.* » Outre sa passion pour le sionisme, Bunchek avait une autre obsession : c'était de faire un jour un veston qui prenne bien le cou. Presque tous les clients avaient le dos rond et le ventre rebondi — surtout les vieux cons qui n'avaient rien à foutre toute la sainte journée que de courir du chemisier au tailleur, du tailleur au bijoutier, du bijoutier au dentiste et du dentiste au pharmacien. Il y avait toujours tant de retouches à faire qu'au moment où les vêtements étaient enfin prêts, la saison était finie, et il fallait les renfermer jusqu'à l'année suivante, et l'année suivante ces vieux cons avaient pris vingt livres ou en avaient perdu autant, et entre le sucre qu'ils avaient dans les urines et l'eau qu'ils avaient dans le sang, c'était le diable pour les satisfaire, même quand les vêtements allaient bien.

Et puis, il y avait Paul Dexter, un type qui valait 10 000 dollars par an, mais qui était sempiternel chômeur. Une fois, il faillit trouver un emploi, mais de 9 000 dollars seulement, et sa fierté ne lui permit pas de l'accepter. Et puisqu'il était important d'être bien habillé, pour traquer ce boulot mythique, Paul se sentait obligé de donner sa clientèle à un bon tailleur, genre du vieux. Une fois qu'il aurait déniché sa place, on paierait tout l'arriéré. Paul n'avait pas le moindre doute à ce sujet. Il était foncièrement honnête, mais c'était un rêveur. Il venait d'Indiana, et comme tous les rêveurs d'Indiana, il avait un caractère si aimable, des manières si douces, si moelleuses, si mielleuses, que s'il avait commis le crime d'inceste, le monde le lui aurait pardonné. Quand il portait la cravate convenable, quand il avait bien choisi sa canne et ses gants, quand ses revers étaient gentiment roulés et que ses souliers ne criaient pas, quand il avait un flacon de whisky dans le bide et que le temps n'était pas trop humide ou maussade, c'est alors qu'émanait de sa personne un tel fluide de chaude sympathie et de compréhension, que même les voyageurs en mercerie, si endurcis qu'ils fussent aux suavités du langage, fondaient littéralement dans leurs souliers. Paul, lorsque toutes les circonstances étaient favorables, pouvait s'avancer vers quelqu'un, n'importe qui foulant la verte terre de

Dieu, et, le saisissant par le revers de son veston, le noyer dans des flots d'amitié. Je n'ai jamais vu personne ayant un tel pouvoir de persuasion, un tel magnétisme. Quand le flot montait en lui, il était irrésistible.

Paul avait coutume de dire : « Commencez par Marc Aurèle, ou Épictète, et le reste viendra de soi. » Il ne conseillait pas d'apprendre le Chinois ou le Provençal : il commençait à la chute de l'Empire Romain. Ma grande ambition dans ce temps-là était de mériter l'approbation de Paul — mais Paul était difficile à plaire. Il fronça le sourcil quand je lui montrai *Ainsi parlait Zarathoustra*. Il fronça le sourcil lorsqu'il me vit assis sur le banc avec les moucherons, essayant de leur faire comprendre *L'Évolution créatrice*. Par-dessus tout, il haïssait les Juifs. Quand Bunchek, le coupeur, se montrait, un centimètre autour du cou et un bout de craie à la main, Paul devenait extrêmement poli et condescendant. Il savait que Bunchek le méprisait, mais parce que Bunchek était le bras droit du vieux, il lui passait la brosse et le lardait de compliments. Tant et si bien qu'à la fin même Bunchek fut forcé d'admettre que Paul avait un quelque chose, quelque étrange note personnelle qui, en dépit de ses défauts, le rendait cher à tous.

Au-dehors, Paul était toute gaieté. Mais au fond, il était morose. De temps à autre, sa femme Cora s'amenait, les yeux débordants de larmes, et suppliait le vieux de prendre Paul en main. Ils se tenaient près de la table ronde devant la fenêtre, et bavardaient à voix basse. Elle était belle, sa femme, grande, sculpturale, avec une voix profonde de contralto qui semblait frémir d'angoisse toutes les fois qu'elle prononçait le nom de Paul. Je voyais le vieux qui lui mettait la main sur l'épaule, l'apaisait, lui promettant toutes sortes de choses sans doute. Elle aimait bien le vieux, c'était visible. Elle se tenait tout contre lui, et plongeait son regard dans ses yeux d'une manière irrésistible. Parfois le vieux prenait son chapeau, et ils descendaient tous deux dans l'ascenseur, se donnant le bras, comme s'ils allaient à un enterrement. A la recherche de Paul, une fois de plus. Personne ne savait où le trouver quand la folie de boire le prenait. Pendant des jours entiers il disparaissait. Puis, un beau matin, il s'aboulait, honteux, contrit, humilié, implorant le pardon de tous. En même temps, il apportait son costume pour un nettoyage à sec, pour qu'on enlève les taches de vomi, et qu'on répare un peu les genoux.

C'est après une bordée que Paul parlait avec le plus d'éloquence. Il s'installait tout à son aise dans un des grands fauteuils de cuir, ses gants dans une main, sa canne entre les jambes, et il discourait sur Marc Aurèle. Il parlait encore mieux au sortir de l'hôpital, après qu'on lui eut guéri sa fistule. La façon dont il se laissait couler dans le grand fauteuil de cuir, me faisait penser qu'il venait expressément à la boutique, parce que nulle part ailleurs il ne trouverait des sièges aussi confortables. S'asseoir ou se lever était une opération douloureuse. Mais une fois fait, Paul semblait nager dans la félicité, et les mots coulaient de ses lèvres comme du velours liquide. Le vieux pouvait l'écouter toute la journée. Il disait que Paul avait la langue bien pendue, mais ce n'était là qu'une façon détournée de dire que Paul était la plus adorable créature de la terre, et qu'il avait du cœur au ventre. Aussi, lorsque Paul était trop plein de scrupules pour se commander un autre costume, le vieux le cajolait jusqu'à ce qu'il le fît, ne cessant de lui répéter : « rien n'est trop beau pour vous, Paul, rien!... »

Paul, lui aussi, devait sentir entre eux une certaine parenté de nature. Je n'ai jamais vu deux hommes se contempler avec une aussi ardente admiration. Parfois, ils restaient l'un devant l'autre, les yeux dans les yeux, à s'adorer jusqu'à ce que les larmes leur vinssent. Ni l'un ni l'autre, en vérité, n'avait honte de montrer ses larmes, ce qui paraît bien extraordinaire aujourd'hui. Je revois la bonne figure de Paul, pleine de taches de rousseur, et ses grosses lèvres un peu bredouillantes qui se crispaient, tandis que le vieux lui répétait pour la millième fois quel type épatant il était. Paul ne parlait jamais au vieux de choses qu'il n'eût pas comprises. Mais dans les choses simples de tous les jours, dont il discourait avec tant de sérieux, il mettait une telle tendresse, que lorsque Paul s'en allait, l'âme du vieux semblait quitter son corps, et il demeurait là, comme privé de lui-même. Alors, il allait s'asseoir dans le petit réduit qui servait de bureau, et il restait tout seul à fixer un regard extasié sur la rangée de petits casiers, pleins de lettres à répondre et de factures impayées. Cela me touchait tellement de le voir dans un de ces états, que je descendais furtivement l'escalier et rentrais à pied par l'Avenue jusqu'à la Bowery, le long de la Bowery jusqu'au pont de Brooklyn, et, passé le pont, je longeais le chapelet de boîtes de nuit qui s'étendaient de City Hall jusqu'à Fulton Ferry. Et si c'était par un soir d'été, et que les entrées fussent bondées de flâneurs, j'interrogeais avidement ces corps harassés, me demandant combien il y avait de Paul parmi eux, et qu'est-ce qu'il y a donc bon Dieu qui rend ces ratés évidents si chers aux hommes. Les autres, ceux qui réussissent, je les avais vus pantalon bas. J'avais vu leurs échines tordues, leurs os fragiles, leurs veines à varices, leurs tumeurs, leurs poitrines creuses, leurs gros sacs-à-viande devenus informes après des années de boustifaille. Ah oui ! je les connaissais bien, tous ces couillons à doublure de soie ! Nous avions les meilleures familles d'Amérique sur nos listes. Et quelle puanteur, quelle ordure, quand ils ouvraient leur sale gueule ! Il semblait que se déshabiller devant leur tailleur les contraignît à décharger leurs cochonneries accumulées dans les égouts obstrués qu'étaient devenus leurs cerveaux. Toutes les belles maladies de la richesse et de l'ennui. Ils parlaient d'eux-mêmes jusqu'à la nausée. Toujours « moi », « moi ! » Moi et mes reins. Moi et ma goutte. Moi et mon foie. Quand je pense aux terribles hémorroïdes de Paul, à la merveilleuse fistule guérie, à tout l'amour et la sagesse qui résultèrent de ses atroces blessures, il me semble alors que Paul n'appartenait pas à notre âge, mais qu'il était le frère juré de Moïse Maimonides, qui, au temps des Mores, nous donna ces extraordinaires et savants traités sur « les hémorroïdes, les verrues, les boutons », etc.

Pour tous ces hommes que le vieux avait tant chéris, la mort fut prompte et inattendue. Dans le cas de Paul, cela se produisit au bord de la mer. Il se noya dans un pied d'eau. Arrêt du cœur, dit-on. C'est ainsi qu'un beau jour Cora sortit de l'ascenseur, vêtue de ses beaux voiles de deuil, et nous inonda de ses larmes. Jamais elle ne m'avait paru aussi belle, aussi svelte, aussi sculpturale. Son cul en particulier. Je me rappelle comme le velours moulait son corps. Les voici de nouveau près de la table ronde devant la fenêtre, et cette fois-ci, elle pleurait abondamment. Et de nouveau, le vieux prit son chapeau, et ils descendirent ensemble dans l'ascenseur, se tenant par le bras.

Un peu plus tard, le vieux, poussé par quelque étrange lubie, me pressa d'aller rendre visite à la femme de Paul, pour lui offrir mes condoléances. Quand je sonnai chez elle, j'étais tout tremblant. Je m'attendais presque à la voir paraître entièrement nue, avec peut-être une écharpe de deuil autour des seins. J'étais follement épris de sa beauté, de sa maturité, de cette somnolence végétale qu'elle avait apportée d'Indiana, et du parfum qui la baignait. Elle me reçut en robe de deuil décolletée, une belle robe de velours noir qui collait à son corps. C'était la première fois que je me trouvais en tête à tête avec une femme en deuil, une femme dont les seins semblaient sangloter tout haut. Je ne savais que lui dire, surtout à propos de Paul. Je me mis à bredouiller et à rougir, et quand elle me fit asseoir près d'elle sur le divan, je faillis tomber sur elle, tant je me sentais embarrassé.

Assis là, sur le divan bas, la pièce noyée dans une douce pénombre, ses flancs lourds et palpitants pressés contre moi, le malaga qui faisait battre mes tempes, et tout cet absurde bavardage au sujet de Paul et de ses vertus, je finis par me pencher sur elle, et sans dire un mot, je soulevai sa robe et le lui mis. A mesure que je la pénétrais et commençais de la besogner, elle se mit à gémir. C'était une sorte de délire triste et coupable, ponctué de soupirs haletants et de petits cris de joie et d'angoisse, répétant inlassablement : « Je n'aurais jamais cru que vous feriez cela... je n'aurais jamais cru que vous feriez cela... » Et quand ce fut fini, elle arracha la robe de velours, la belle robe de deuil décolletée, et elle m'abaissa la tête contre elle et me dit de l'embrasser, et de ses beaux bras vigoureux elle m'enfonça presque la tête entre ses cuisses, sans cesser de gémir et de sangloter. Enfin elle s'agenouilla près du divan où j'étais allongé et me dit d'une voix basse, tout éplorée : « Tu me promets de m'aimer toujours, n'est-ce pas? Tu me le promets? » Et je répondis oui, tandis que ma main fourrageait encore entre ses cuisses. Je répondis oui, tout en pensant en moi-même quel idiot tu as été d'attendre si longtemps. Elle était si mouillée, si juteuse là-dedans, et si enfantine, si confiante, eh quoi! n'importe qui aurait pu entrer et se servir. Une femme à culbuter.

Toujours vif et joyeux! Régulièrement, à chaque saison, quelques morts. Tantôt, c'était un bon type comme Paul, ou Julien Legree, tantôt un barman qui s'était curé le nez avec un clou rouillé — plein de santé aujourd'hui, mort le lendemain, mais régulièrement, comme la roue des saisons elle-même, les vieilles buses tombaient dans le néant, l'un après l'autre. *Alors*, rien à faire qu'à tirer un trait rouge sur le côté droit du grand livre en écrivant au-dessus : *décédé*. Chaque décès nous valait un peu de boulot — un complet noir, ou un brassard de deuil sur la manche de tous les costumes. Ceux qui ne commandaient que des brassards étaient des pingres, selon le vieux. Et il avait bien raison.

A mesure que les vieux mouraient, ils étaient remplacés par du sang frais. *Du sang frais!* C'était là le cri de guerre tout le long de l'Avenue, partout où se vendaient des costumes doublés de soie. Foutue bande qu'ils étaient, les sang frais! Joueurs, racoleurs du champ de course, agents de change, acteurs à la manque, boxeurs, etc. Riches un jour, fauchés le lendemain. Sans honneur, ni loyauté, ni sens des responsabilités. Belle bande de syphilitiques gangrenés, pour la plupart. Retour de Paris ou de Monte-Carlo avec des cartes postales obscènes, et un chapelet d'énormes ganglions bleus dans l'aine. Quelques-uns avec des couilles aussi grosses que de la fressure d'agneau.

L'un d'eux était le Baron Carola von Eschenbach. Il avait gagné un peu d'argent à Hollywood en posant pour le Kronprinz. C'était le temps où on croyait drôle à se tordre de voir le Kronprinz tout constellé d'œufs pourris. On doit bien dire en faveur du Baron qu'il faisait une excellente doublure du Kronprinz. Tête de mort au nez arrogant, démarche irascible, taille corsetée, maigre et extasié comme Martin Luther, sévère, renfrogné, fanatique, avec ce regard vide et effronté des Junkers. Avant d'aller à Hollywood, il n'était rien qu'un zéro, le fils d'un brasseur de Frankfort. Pas même un Baron. Mais avoir été bien roué de coups comme un ballon d'entraînement, les dents de devant enfoncées jusque dans la gorge et une profonde cicatrice à la joue gauche taillée avec un tesson de bouteille, après qu'on lui eut appris à arborer une cravate rouge, à faire tournoyer une badine et à couper sa moustache à la Charlot, alors il devint quelqu'un. Il se colla un monocle à l'œil et se fit appeler Baron Carola von Eschenbach. Tout aurait pu bien tourner pour lui, s'il ne s'était pas toqué d'une figurante rousse rongée de syphilis. Ce qui l'acheva.

Il sortit de l'ascenseur un jour, jaquette et guêtres, une belle rose rouge à la boutonnière et le monocle collé à l'œil. Il paraissait alerte et élégant, et la carte qu'il tira de son portefeuille était joliment gravée. Elle portait un blason qui appartenait à la famille depuis neuf cents ans, disait-il. Il appelait cela « le squelette de famille ». Le vieux fut aux anges de compter un baron parmi ses clients, surtout s'il payait comptant, comme celui-ci promettait de le faire. Et puis, c'était réjouissant aussi de voir débarquer le baron une petite femme sous chaque bras — et toutes les fois une nouvelle paire. Encore plus réjouissant lorsqu'il les faisait entrer dans le salon d'essayage pour l'aider à se déculotter. Habitude européenne, disait-il en guise d'explication.

Peu à peu, il fit la connaissance de tous les vieux compères qui traînaient devant le magasin. Il leur montrait comment le Kronprinz marchait, s'asseyait, souriait. Un jour il amena une flûte et nous joua la *Lorelei*. Un autre jour il entra avec un doigt de ses gants de pécari qui sortait de la braguette. Chaque jour, c'était une nouvelle plaisanterie. Il était gai, spirituel, amusant. Il connaissait mille histoires, quelques-unes tout à fait inédites. C'était un type roulant.

Et puis, un jour, il me prit à part, et me demanda si je pouvais lui prêter dix ronds — pour le tram. Il ajouta qu'il ne pouvait pas payer les costumes qu'il avait commandés, mais qu'il attendait pour bientôt une place de pianiste dans un petit cinéma de la Neuvième Avenue. Et brusquement, il se mit à pleurer. Nous étions dans le salon d'essayage, et les rideaux étaient tirés, heureusement. Je dus lui prêter un mouchoir pour s'essuyer les yeux. Il me dit qu'il en avait assez de faire le pitre, qu'il venait chez nous tous les jours parce qu'il y faisait chaud, et qu'il y avait de bons fauteuils. Il me demanda si je pouvais l'emmener déjeuner — il n'avait rien pris depuis trois jours que du café et des brioches.

Je l'emmenai dans un petit restaurant allemand de la Troisième Avenue, boulangerie et restaurant combinés. L'atmosphère de l'endroit le démoralisa complètement. Il ne put parler que du vieux temps, du bon vieux temps de l'avant-guerre. Il voulait se faire peintre, lorsque la guerre arriva. Je l'écoutai attentivement, et lorsqu'il eut fini de parler, je lui proposai de venir dîner chez moi le soir — peut-être pourrais-je le caser aussi. Il était débordant de reconnaissance. Bien sûr qu'il viendrait! A sept heures tapant! Magnifique!

A table, il amusa ma femme avec ses histoires. Je n'avais pas dit qu'il était fauché — seulement qu'il était Baron, le Baron von Eschenbach, un ami de Charley Chaplin. Ma femme — une des premières — fut grandement flattée de s'asseoir à la même table qu'un baron. Foutue puritaine qu'elle était, elle ne rougit même pas lorsqu'il raconta une de ses histoires osées. Elle les trouva délicieuses — *tellement européennes!* Mais finalement il fallut bien lâcher le morceau. J'essayai d'y aller avec délicatesse, mais comment être délicat sur un sujet comme la syphilis? Je ne prononçai pas le mot tout de suite. Je dis « maladie vénérienne ». *Maladie intime, quoi!* Mais rien que ce petit mot « vénérienne » fit frissonner ma femme d'épouvante. Elle regarda la tasse qu'il portait à ses lèvres, puis me lança un coup d'œil suppliant, qui semblait dire : — « Comment avez-vous pu inviter un homme pareil à s'asseoir à notre table ? » Je compris qu'il fallait régler l'affaire tout de suite. « Le Baron ici présent va rester avec nous pendant quelque temps », dis-je tranquillement. « Il est fauché, et il a besoin d'une piaule. » Ma parole ! Je n'ai jamais vu une femme changer aussi vite d'expression. « Toi ! », cria-t-elle, « c'est toi qui me demandes cela, à moi ? Et l'enfant ? Tu veux que nous attrapions tous la syphilis, c'est ça que tu veux ? N'est-ce pas assez qu'il l'ait, lui ? Tu veux que l'enfant l'attrape aussi ? »

Le Baron naturellement fut très embêté par cet éclat. Il voulait partir tout de suite. Mais je lui dis de ne pas s'en faire. J'étais habitué à ce genre de scènes. Mais il était si troublé, qu'il en avala son café de travers. Je lui tapai dans le dos à lui couper le souffle. La rose tomba de sa boutonnière dans l'assiette. Elle avait un air étrange, là, comme s'il l'avait crachée avec son propre sang. J'étais si emmerdé et si honteux de la conduite de ma femme, que je l'aurais étranglée sur place. Il s'étouffait toujours et crachouillait encore quand je le conduisis à la salle de bains. Je lui dis de se laver la figure à l'eau froide. Ma femme nous suivit et le regarda faire ses ablutions dans un silence meurtrier. Lorsqu'il eut fini de s'essuyer la figure, elle lui arracha la serviette des mains, et ouvrant brutalement la fenêtre, elle la jeta dehors. Cela me mit hors de moi. Je lui dis de foutre le camp et de se mêler de ses affaires. Mais le Baron s'interposa, et se mit à supplier ma femme. « Vous verrez, ma bonne dame, et vous, Henri, vous n'aurez à vous soucier de rien. J'apporterai mes seringues et mes onguents, et je les mettrai dans une petite valise, là, sous le lavabo. Il ne faut pas me mettre à la porte! Je ne saurais pas où aller! Je suis un homme désespéré. Je suis seul au monde. Vous avez été si bonne pour moi — pourquoi seriez-vous cruelle maintenant? Est-ce ma faute si j'ai la vérole? Tout le monde peut attraper la vérole. C'est humain. Vous verrez, je vous revaudrai ça mille fois. Je ferai tout pour vous, le lit, la vaisselle, la cuisine... » Il continuait sur ce ton, sans prendre le temps de respirer, de peur qu'elle ne dise Non! Et après avoir épuisé ses promesses, après lui avoir demandé pardon cent et cent fois, après s'être agenouillé devant elle, en essayant de lui baiser la main qu'elle retira brusquement, il s'assit sur le siège du cabinet, avec sa jaquette et ses guêtres, et se mit à sangloter, à sangloter comme un enfant. C'était affreux, ces lugubres murs blancs et vernis de la salle de bains, que la lumière éclaboussait comme si des milliers de miroirs eussent été brisés et vus à travers une loupe, et cette épave de Baron assis là, avec sa jaquette et ses guêtres, l'épine dorsale pleine de mercure, et ses sanglots pareils au souffle saccadé d'une locomotive qui prend son élan. Je ne savais que diable faire. Un homme assis sur le siège du cabinet, et qui sanglote! — c'était intolérable. Plus tard, je m'endurcis à ce genre de spectacle. Je devins de marbre. Je suis convaincu maintenant que sans les 250 malades qu'il était obligé de visiter deux fois par jour à l'hôpital de Lyon, Rabelais n'aurait jamais été d'une gaieté aussi turbulente. J'en suis sûr et certain.

En tout cas, à propos de sanglots... Un peu plus tard, lorsqu'un autre gosse était en route, et pas moyen de s'en débarrasser, tout en espérant, en espérant que quelque chose se produirait, un miracle peut-être, alors que son ventre était gonflé comme une pastèque mûre, vers le sixième ou septième mois, dis-je, ma femme avait des crises de neurasthénie, et, couchée sur le lit avec cette pastèque devant les yeux, elle se mettait à sangloter à vous fendre l'âme. Parfois j'étais dans l'autre chambre, étendu sur le divan, un bon gros livre à la main, et ces sanglots me rappelaient le Baron Carola von Eschenbach avec ses guêtres grises et sa jaquette aux revers bordés, et sa rose rouge sang à la boutonnière. Ses sanglots étaient musique à mes oreilles. Elle sanglotait à cœur perdu pour un peu de sympathie, et pas la moindre goutte de sympathie dans la maison ! C'était navrant. Plus sa nervosité s'accroissait, plus je devenais sourd. C'était comme d'écouter le grondement et le sifflement de la houle le long de la plage par un soir d'été : le bourdonnement d'un moustique peut noyer le mugissement de l'océan. Toutefois, lorsqu'elle s'était énervée jusqu'à l'effondrement total, lorsque les voisins, à bout de patience, frappaient à la porte, alors sa vieille mère se traînait hors de la chambre, et, les yeux pleins de larmes, me suppliait d'aller la calmer un peu. « Oh ! laissez-la tranquille, disais-je, ça lui passera. » Sur quoi, interrompant ses sanglots un moment, la bourgeoise sautait du lit, folle de rage, les cheveux défaits et en broussaille, les yeux gonflés, chassieux, et avec des sanglots coupés de hoquets, elle se mettait à me bourrer de coups de poing, à me houspiller tant et si bien que le fou rire me prenait. Et lorsqu'elle me voyait me tordre comme un dément, et que ses bras étaient fatigués et ses poings endoloris, elle se mettait à hurler comme une putain saoule — « Monstre ! Démon ! », puis elle s'esquivait comme un chien battu. Ensuite, lorsque je l'avais un peu calmée, sentant qu'elle avait vraiment besoin d'un peu de réconfort, je la bousculais sur le lit, et lui en mettais un bon coup. Que le diable m'emporte, si elle n'était pas le meilleur morceau imaginable après ces scènes de désespoir ! Je n'ai jamais entendu femme gémir et baragouiner comme elle. « Tu peux me faire ce que tu veux, disait-elle, ce que tu veux ! » Je pouvais lui mettre la tête en bas et l'enfiler, le lui mettre au cul, bref, tout ce que foutre je voulais — elle en délirait de joie tout simplement. Hystérie utérine, voilà ce que c'était ! Et que Dieu me damne, comme disait le bon maître, si je ne dis pas la pure vérité !

(Dieu, ci-dessus mentionné, étant défini par saint Augustin comme suit : « Une sphère infinie, dont le centre est partout, et la circonférence nulle part. »)

Toutefois, *toujours vif et joyeux !* Si c'était avant la guerre, et que le thermomètre fût à zéro ou au-dessous, ou bien jour du Seigneur, jour de l'an ou quelque anniversaire, toute excuse était bonne pour nous réunir, et nous voilà partis, toute la famille, pour rejoindre les autres caprices de la nature qui formaient les rameaux de l'arbre familial. J'ai toujours été ahuri de la gaieté qui régnait dans ma famille, malgré toutes les calamités qui ne cessaient de nous menacer. Gais, en dépit de tout ! Il y avait le cancer, l'hydropisie, la cirrhose du foie, la folie, le brigandage, le mensonge, la pédérastie, l'inceste, la paralysie, les vers solitaires, les avortements, les trijumeaux, les idiots, les pochards, les bons-à-rien, les fanatiques, les marins, les tailleurs, les horlogers, la scarlatine, la coqueluche, la méningite, les otites suppurantes, la danse de Saint-Guy, les bredouilleurs, le gibier de prison, les rêveurs, les fabulateurs, les barmans — et enfin il y avait l'oncle Georges et Tante Mélie. La morgue et l'asile d'aliénés. Une bande de rigolos, et la table toujours chargée de bonnes choses — choux rouges et salade verte, rôti de porc, dindon et choucroute, kartoffeln-klösze au jus noir et aigre, radis et céleri, oie farcie et pois et carottes, beaux choux-fleurs blancs, compote de pommes et figues de Smyrne, bananes aussi grosses qu'une matraque, gâteaux à la cannelle et Streussel Kuchen, gâteaux au chocolat et noix de toute espèce, noix simples, noix huileuses, noix pékan, noix hickory, amandes, bière en tonneau et bière en bouteille, vins rouges et blancs, champagne, kümmel, malaga, porto, schnaps, fromages très forts, fromages sans goût et innocents, Hollande insipide, limburger et schmierkäse, vins maison, vin de sureau, cidre sec et doux, puddings au riz et au tapioca, châtaignes rôties, mandarines, olives, cornichons, caviar rouge et noir, esturgeon fumé, meringues au citron, biscuits à la cuillère, éclairs au chocolat, macarons, millefeuilles à la crème, cigares noirs, longs Virginias maigres, tabac Bull Durham et tabac Long Tom, meerschaums, épis de maïs et cure-dents, cure-dents en bois qui vous donnaient des abcès aux gencives le lendemain, serviettes immenses avec les initiales brodées dans le coin, et un feu de charbon ronflant et les fenêtres couvertes de buée, tout au monde, sauf un rince-doigts.

Zéro dehors, et Georges le timbré, avec un bras arraché par un coup de dents d'un cheval, vêtu des frusques des morts. Zéro dehors, et Tante Mélie cherchant les oiseaux qu'elle a laissés dans son chapeau. Zéro, zéro, et les remorqueurs renâclent en bas dans le port, les blocs de glace sautent et replongent dans l'eau, tandis que se déroulent à l'avant et à l'arrière de longues et minces volutes de fumée. Le vent souffle à cent cinquante à l'heure, il charrie des tonnes et des tonnes de neige, hachée en flocons minuscules et chacun portant son poignard. Les glaçons en tire-bouchon pendent aux fenêtres, le vent hurle, les vitres sonnent. L'oncle Henri chante « Hourrah pour le Cinquième Allemand! » Son gilet est ouvert, ses bretelles défaites, les veines saillent sur ses tempes. *Hourrah pour le Cinquième Allemand!*

Là-haut dans le grenier, la table branlante est servie; en bas dans l'écurie chaude, les chevaux hennissent dans leurs stalles, hennissent et rongent leur frein, piaffent et piétinent le sol, et la bonne odeur aromatique du fumier et du pissat, du foin et de l'avoine, des couvertures fumantes et du crottin sec, l'odeur du houblon et du vieux bois, des harnais de cuir et du tan, monte et flotte autour de nous comme de l'encens.

La table est dressée sur des chevaux, et les chevaux sont debout dans la pisse chaude, et de temps en temps ils s'agitent, fouettent l'air de leur queue, pétaradent et hennissent. Le poêle est rouge comme du rubis, l'air est bleu de fumée. Les bouteilles sont sous la table, sur le buffet, dans l'évier. Georges le timbré essaye de se gratter le cou avec sa manche vide. Ned Martini, le propre-à-rien, tripote le phonographe. Sa femme Carrie se rince la dalle à même le broc. Les gosses sont en bas dans l'écurie, jouant à touche-pipi dans le noir. Dans la rue, là où commencent les bicoques, les mômes font des glissades. Tout est bleu, de fumée, de froid, de neige. Tante Mélie est assise dans un coin, un chapelet aux doigts. L'oncle Ned répare un harnais. Les trois grands-pères et les deux arrière-grands-pères sont entassés près du poêle, et parlent de la guerre franco-allemande. Georges le timbré lape le fond des verres. Les femmes se rapprochent, et à voix basse les langues vont leur train. Tout entre dans le jeu comme les morceaux d'un puzzle — visages, voix, gestes, corps. Chacun gravite dans sa propre orbite. Le phonographe s'est remis en marche, les voix se font plus fortes et plus aiguës. Le phono s'arrête brusquement. Je n'aurais pas dû être là quand elles ont lâché cela, mais j'y étais et je l'ai entendu. J'ai entendu que la grande Maggie, celle qui tenait un bistrot là-bas à Flushing, enfin que Maggie avait couché avec son propre frère, et voilà pourquoi Georges était timbré. Elle couchait avec tout le monde — sauf son mari. Et j'appris aussi qu'elle battait Georges avec une ceinture de cuir jusqu'à ce que l'écume lui vienne à la bouche. Voilà ce qui amena les crises. Et Mélie, assise là dans le coin — encore un autre cas! Elle était bizarre déjà, tout enfant. Sa mère aussi, du reste. Dommage que Paul soit mort. Paul était le mari de Mélie. Oui, tout aurait bien marché si cette femme de Hambourg ne s'était pas mêlée de corrompre Paul. Que pouvait Mélie contre une rusée coquine comme ça — une rien qui vaille, et maligne! Il faudrait bien faire quelque chose à son sujet. Ça devenait dangereux de la laisser aller et venir. Pas plus tard qu'hier, on l'avait trouvée assise sur le poêle. Heureusement le feu était bas. Mais imaginez qu'il lui vienne l'idée de mettre le feu à la maison — pendant que tout le monde dormirait! Dommage qu'elle ne puisse plus travailler — la dernière place qu'on lui avait trouvée était si bien, la patronne était si gentille. Mélie devenait paresseuse. Elle avait eu la vie trop facile avec Paul.

L'air était pur et glacé lorsque nous sortîmes. Les étoiles nettes et étincelantes, et partout, sur les rampes, les marches, l'appui des fenêtres, les grilles, s'étendait la blanche neige, la neige pure, la neige chassée par le vent, blanc manteau qui recouvre la sale terre du péché. Clair et glacial l'air, pur, comme de grandes bouffées d'ammoniaque, et la peau est lisse comme du chamois. Étoiles bleues, couches sur couches, parties à la dérive avec les antilopes. Belle nuit, profonde et silencieuse, comme si sous la neige reposaient des cœurs d'or, comme si ce chaleureux sang allemand s'écoulait dans le ruisseau pour rassasier la bouche des enfants affamés, pour laver à tout jamais le crime et la laideur du monde. Nuit profonde, et la rivière regorge de glace, les étoiles dansent, tournoient, tourbillonnent comme des toupies. Le long de la rue tailladée nous traînions, toute la famille. Le long de la pure, blanche croûte terrestre, nous marchions, laissant des empreintes, des traces de pieds. La vieille famille allemande balayait la neige avec un arbre de Noël. Toute la famille était là, oncles, cousins, frères, sœurs, pères, grands-pères. Toute la famille chaude et avinée, et personne ne pense à l'autre, ne pense au soleil qui se lèvera le matin, aux courses à faire, au verdict du médecin, à tous les cruels, à tous les affreux devoirs qui souillent la journée et rendent cette nuit sainte, sainte nuit d'étoiles bleues et de courants profonds, de fleurs d'arnica et d'ammoniaque, d'asphodèles et de papier verre.

Personne ne savait que Tante Mélie était en train de perdre complètement la boule, que lorsque nous tournerions le coin de la rue elle fondrait en avant comme un renne, et mordrait un morceau de la lune. Arrivée au coin, elle fondit en avant comme un renne, et se mit à hurler : « La lune! La lune! » — et sur ces mots son âme rompit ses liens, et jaillit tout net hors du corps. Quatre-vingt-six millions de kilomètres à la minute! là-haut, là-haut, vers la lune, et personne assez prompt de pensées pour l'arrêter. Voilà comment ça arriva. Le temps d'un clignement d'étoiles.

Et maintenant je vais vous raconter ce que ces cochons m'ont dit...

Ils m'ont dit — *Henri, tu vas la conduire à l'asile demain. Et ne dis pas qu'on peut payer.*

Magnifique! *Toujours vif et joyeux!* Le lendemain matin, nous prenons le tram ensemble, et nous voilà en route pour la campagne. Au cas où Mélie demanderait où nous allions, je devais répondre « voir Tante Monique ». Mais Mélie ne posa pas de questions. Elle était tranquillement assise près de moi, et de temps en temps me montrait les vaches. Elle voyait des vaches bleues, et des vaches vertes. Elle les connaissait par leur nom. Elle me demandait aussi ce que devenait la lune pendant le jour. Et si je n'avais pas par hasard un morceau de saucisson?

Durant le parcours, je pleurai — je ne pus m'en

empêcher. En ce monde, quand les gens sont trop bien, il faut les mettre sous clé. Il y a quelque chose d'anormal chez les gens trop bien. C'est vrai que Mélie était paresseuse. Elle était née ainsi. C'est vrai que Mélie était une piètre maîtresse de maison. C'est vrai que Mélie n'avait pas su garder le mari qu'on lui avait trouvé. Quand Paul s'enfuit avec la femme de Hambourg, Mélie resta dans son coin à pleurer. Les autres voulaient qu'elle fasse quelque chose — lui loger une balle dans la peau, faire du grabuge, demander une pension. Mélie resta tranquille ; Mélie pleura ; Mélie baissa la tête, et perdit le peu d'intelligence qu'elle avait. Elle était comme une paire de chaussettes trouées qu'on envoie de tous côtés, d'un coup de pied, d'ici, de là, partout. Et toujours au milieu, au mauvais moment.

Puis, un jour, Paul prit une corde et se pendit. Mélie dut comprendre ce qui se passait, car c'est alors qu'elle devint complètement toquée. La veille on la trouva qui mangeait ses excréments. L'avant-veille, on l'avait trouvée assise sur le poêle.

Et maintenant, elle est très calme. Elle appelle les vaches par leur petit nom. La lune la fascine. Elle n'a pas peur parce que je suis avec elle, et elle a toujours eu confiance en moi. J'étais son préféré. Même idiote, elle était gentille pour moi. Les autres étaient plus intelligents, mais le cœur était mauvais.

Quand le frère Adolphe l'emmenait faire une promenade en voiture, les autres disaient : « Mélie a jeté l'œil sur lui ! » Mais je crois que Mélie devait lui parler avec autant d'innocence qu'à moi maintenant. Je crois que Mélie, en remplissant ses devoirs conjugaux, devait rêver innocemment aux beaux cadeaux qu'elle ferait à tous. Je crois que Mélie n'avait aucune notion du péché, de la faute, ou du remords. Je crois que Mélie était née ange et folle. Je crois que Mélie était une sainte.

Parfois, quand on la chassait d'un emploi, on m'envoyait la chercher. Mélie ne retrouvait jamais le chemin de la maison. Je me souviens de sa joie lorsqu'elle me voyait arriver. Elle voulait rester avec nous, disait-elle innocemment. Et pourquoi ne pourrait-elle pas rester, me demandais-je souvent? Pourquoi ne pas lui faire une place près du feu? la laisser s'asseoir là et rêver, puisque c'est là ce qu'elle voulait? Pourquoi faut-il que tout le monde *travaille* — même les saints et les anges? Pourquoi les faibles d'esprit donneraient-ils le bon exemple?

Je songe qu'après tout Mélie sera peut-être bien là où je la mène. Plus de travail. Mais tout de même, j'aurais préféré qu'on lui fît un coin quelque part à la maison.

Comme nous descendons l'allée de gravier et nous rapprochons des grandes grilles, Mélie commence à s'inquiéter. Même un petit chien comprend quand on l'emporte à l'étang pour le noyer. Mélie commence à trembler. On nous attend au portail. La porte s'ouvre toute grande. Mélie est en dedans, et moi en dehors. Ils essaient de la faire avancer en la cajolant. Ils sont gentils avec elle. Ils lui parlent si gentiment. Mais Mélie est saisie de panique. Elle se retourne et court vers la grille. Je suis toujours là. Elle passe les bras à travers les barreaux et m'attrape par le cou. Je lui baise tendrement le front. Très doucement, je dénoue ses bras. Les autres vont la reprendre. Je ne peux pas supporter ce spectacle. Il faut que je parte. Il faut que je coure. Pourtant, une bonne minute, je reste là, je la regarde. Ses yeux sont devenus énormes. Deux grands yeux ronds, pleins et noirs comme la nuit, et qui me fixent sans comprendre. Aucun fou ne peut avoir un tel regard. Aucun idiot ne peut avoir un tel regard. Seuls les anges, ou les saints.

Mélie n'était pas bonne ménagère, ai-je dit, mais elle savait faire les *fricadellas*. Voici la recette, pendant que j'y pense : bouillie composée d'humus de pain trempé (pris dans un bon urinoir), ajoutez de la viande de cheval (les fanons seulement) hachée très fin avec un peu de chair à saucisse. Roulez à la main. Le bar qu'elle tenait avec Paul avant l'arrivée de la femme de Hambourg était tout près du tournant de la Deuxième Avenue L, pas loin de la pagode chinoise utilisée par l'Armée du Salut.

Après m'être sauvé en courant, je m'arrêtai près d'un grand mur, et cachant ma tête dans mes bras, appuyé au mur, je me mis à sangloter comme je ne l'avais pas fait depuis mon enfance. Pendant ce temps, on donnait un bain à Mélie, et on lui faisait endosser le vêtement réglementaire. On lui fit une raie au milieu, on lui aplatit ses cheveux qu'on ramena en arrière pour en faire un chignon sur la nuque. Ainsi, personne n'a l'air extraordinaire.

Tous ont l'air également fous, qu'ils le soient à demi, aux trois quarts, ou légèrement fêlés. Quand vous dites : « Puis-je avoir une plume et de l'encre pour écrire une lettre? », on vous répond « oui », et on vous passe un balai pour balayer le parquet. Si vous pissez par terre distraitement, on vous force à l'essuyer. Vous pouvez sangloter tout à votre aise, mais la règle ne peut être enfreinte. Une maison de fous doit être aussi bien tenue que n'importe quelle autre.

Une fois par semaine, Mélie pouvait recevoir. Pendant trente ans, Mélie et ses sœurs avaient visité des asiles. Elles en étaient saturées. Toutes petites, elles allaient voir leur mère à Blackwell's Island. La mère avait toujours recommandé de prendre soin de Mélie, de la surveiller. Et quand Mélie se tint devant la grille avec des yeux si ronds, son esprit dut retourner en arrière avec la vitesse d'un rapide. Tout avait dû lui revenir à l'esprit d'un seul coup. Ses yeux étaient si grands, si brillants — comme s'ils voyaient plus qu'ils ne pouvaient comprendre. Brillants de terreur, et sous la terreur, une confusion sans bornes. C'est ce qui les rendait si merveilleusement brillants. Seuls les fous peuvent saisir les choses avec tant de lucidité. Si vous êtes grand, ça va, et les gens croiront en vous, jureront par vous, et remueront la terre pour vous satisfaire. Mais si vous n'êtes grand qu'en partie, ou quelconque, alors ce qui vous arrive est perdu.

Le matin, une alerte promenade sous la voie

criarde du métro aérien, de Delancey Street vers le Waldorf où, la veille au soir, le vieux avait traîné dans Peacock Alley avec Julien Legree. Chaque matin, j'écris un nouveau livre, en allant de la station de Delancey Street vers le Waldorf. Sur la page de garde de chacun est écrit au vitriol : *L'Ile de l'inceste.* Chaque matin, il commence avec la vomissure de la veille. Ça fait un énorme gardénia que je porte à la boutonnière, la boutonnière de mon veston croisé, doublé tout soie. J'arrive à la boutique, porté par le noir souffle de la mélancolie, pour trouver peut-être Tom Jordan dans le salon d'essayage, attendant qu'on lui dégraisse sa braguette. Après avoir écrit 369 pages au trot, la futilité de dire « Bonjour » m'empêche d'être tout bonnement poli. J'ai justement fini ce matin le 23e volume du livre ancestral dont pas même une virgule n'est visible, puisqu'il a été improvisé sans même le secours d'un stylo. Moi, le fils du tailleur, je suis sur le point de dire « Bonjour » au drapier à la manque d'Endicott Mumford qui, debout en caleçon devant le miroir, examine les poches qu'il a sous les yeux. Chaque branche, chaque feuille de l'arbre familial se balance devant mes yeux : surgie du brouillard insane de l'Elbe, apparaît cette île mouvante de l'inceste qui produit ce merveilleux gardénia que je porte chaque matin à ma boutonnière. Je suis sur le point de dire « Bonjour » à Tom Jordan. Les mots tremblent sur mes lèvres. Je vois un arbre immense sortant du noir brouillard, et dans le creux du tronc est assise la femme de

Hambourg, le cul coincé et débordant à travers le dossier de la chaise. La porte est entrebâillée, et à travers la fente je vois sa face verte, lèvres serrées, narines distendues. Georges le timbré va de porte en porte offrir des cartes postales, le bras arraché par le cheval disparu et enterré, la manche vide claquant au vent. Quand toutes les pages du calendrier auront été arrachées, sauf les six dernières, Georges le timbré tirera la sonnette et, des glaçons pleins sa moustache, se tiendra sur le seuil, la casquette à la main, et s'écriera : « Joyeux Noël ! » Voici l'arbre le plus bizarre qui soit jamais sorti de l'Elbe, avec ses membres arrachés et ses feuilles flétries. Voici l'arbre qui s'écrie régulièrement une fois l'an : « Joyeux Noël ! » En dépit des calamités, en dépit de l'invasion du cancer, de l'hydropisie, du brigandage, du mensonge, de la pédérastie, de la paralysie, des vers solitaires, des otites suppurantes, de la danse de Saint-Guy, de la méningite, de l'épilepsie, *et cœtera.*

Je suis sur le point de dire « Bonjour ! » Les mots sont là. Ils tremblent sur mes lèvres. Les vingt-trois volumes du *Livre du Jugement dernier* sont écrits avec une fidélité incestueuse, reliés en très beau maroquin, chaque volume possédant serrure et clé. Les yeux injectés de sang de Tom Jordan sont collés au miroir ; ils frémissent comme un cheval qui chasse une mouche. Tom Jordan est toujours en train d'enlever ou de remettre son pantalon. Toujours à déboutonner ou reboutonner sa braguette. Toujours à faire dégraisser et repasser son pantalon. Tante Mélie est assise au plus frais, sous l'ombre de l'arbre familial. Maman lave les taches de vomissure du linge sale de la semaine écoulée. Le vieux repasse son rasoir. Les Juifs sortent de l'ombre du pont, les jours raccourcissent, les remorqueurs renâclent ou coassent comme des crapauds géants, le port est obstrué de gâteaux de glace. Chaque chapitre du livre qui est écrit dans l'air épaissit le sang; sa musique assourdit l'angoisse sauvage de l'air extérieur. La nuit tombe comme un coup de tonnerre et me dépose sur la grand-route qui ne mène nulle part, mais qui est bordée du vif éclat de roues tourbillonnantes qui vous interdisent de revenir sur vos pas ou de demeurer immobile.

Sortie de l'ombre du pont, la foule monte, de plus en plus dense, comme un herpès, laissant une grande plaie suppurante qui coule de fleuve en fleuve le long de la 14e Rue. Cette ligne de pus, qui court dans l'invisible d'un océan à l'autre, d'un siècle à l'autre, sépare nettement le monde des Gentils que j'ai connu par le Grand Livre, du monde Juif que je vais connaître par la vie. Entre ces deux mondes, au milieu de la ligne de pus qui coule d'un fleuve à l'autre, se dresse un petit pot de fleurs rempli de gardénias. Passé ce point, les mastodontes ne peuvent venir rôder, ni les buffles paître; ici s'élève le monde abstrait, rusé — falaise où sont enfouies les flammes de la révolution. Chaque matin, je traverse la ligne, un gardénia à la boutonnière, un nouveau volume écrit dans les airs.

Chaque matin, je patauge dans une tranchée pleine de vomissure, pour atteindre la belle île de l'inceste. Chaque jour, la falaise s'élève, plus imposante; les lignes des fenêtres droites comme une voie de chemin de fer, et leur éclat encore plus éblouissant que l'éclair de crânes polis. Chaque matin, la tranchée bâille, plus menaçante.

Je devrais maintenant dire bonjour à Tom Jordan, mais les mots s'arrêtent, tremblants, sur mes lèvres. Quel matin est-ce donc, que je doive le gaspiller en salutations? Est-il *bon,* ce matin entre les matins? Je perds tout pouvoir de distinguer un matin d'un autre. Dans le Grand Livre, il y a le monde des buffles, en voie de rapide disparition; tout à côté, on coud, à grand renfort de rivets, les côtes des gratte-ciel à venir. Des Orientaux malins, aux souliers de plomb et aux crânes de verre, organisent le monde en carton de demain, monde entièrement fait de marchandises qui s'entassent, boîte sur boîte, comme une usine de boîtes de carton, f. o. b. Canarsie. Aujourd'hui, on a encore le temps d'assister aux funérailles des morts récents; demain, on n'aura plus le temps, car les morts seront abandonnés sur l'heure, et malheur à celui qui versera une larme! Voici un bon matin pour une révolution, si seulement on avait des mitrailleuses au lieu de pétards. Ce matin serait magnifique si hier matin n'avait pas été un fiasco complet. Le passé s'éloigne au galop; la tranchée s'élargit. Demain est plus éloigné qu'il n'était hier, parce que le cheval d'hier a pris le mors aux dents et que les hommes aux semelles de plomb ne peuvent le rattraper. Entre le bon du matin et le matin lui-même, il y a une ligne de pus qui exhale sa puanteur sur hier et empoisonne demain. Ce matin-ci est si confus, que s'il était un vieux parapluie le plus léger éternuement le retournerait complètement.

Toute ma vie s'étire en une matinée sans fin. Chaque jour, je fais table rase. Chaque jour, un monde neuf est créé, séparé, complet, et je suis là parmi les constellations, Dieu si fou de lui-même qu'il ne fait rien que chanter et façonner d'autres mondes. Pendant ce temps, le vieil univers tombe en ruine. Le vieil univers ressemble à un atelier où l'on repasse les pantalons, où l'on enlève les taches et recoud les boutons. Le vieil univers sent comme une couture humectée qui reçoit le baiser d'un fer brûlant. Toujours des retouches, des réparations, une manche qu'on rallonge, un col qu'on baisse, un bouton qu'on avance, un fond qu'on remplace. Mais jamais un complet neuf, jamais une création. Il y a le monde matinal, qui sort du néant chaque jour, et l'atelier, où les choses sont éternellement transformées et réparées. Et ainsi de ma vie, que traverse l'égout de la nuit. Toute la nuit j'entends le sifflement des fers chauds baisant les coutures mouillées ; les pelures du vieil univers tombent à terre, et leur puanteur est âcre comme du vinaigre.

Les hommes que mon père aimait étaient faibles et attachants. Ils s'éteignirent l'un après l'autre comme des étoiles brillantes devant le soleil. Ils s'éteignirent tranquillement et catastrophiquement. Rien d'eux ne demeura — rien que le souvenir de leur rayonnement et de leur gloire. Ils coulent en moi maintenant comme un vaste fleuve tout strié d'étoiles filantes. Ils forment le fleuve noir qui maintient l'axe de ma vie en état de révolution constante. De cette noire ceinture de nuit, éternelle et toujours élargie, jaillit l'aube éternelle, perdue dans la création. Chaque matin, le fleuve déborde de ses rives, laissant les manches, les boutonnières et toutes les pelures d'un univers mort joncher la grève où je contemple l'océan de l'aube de la création.

Debout sur la grève de l'océan, je vois Georges le timbré appuyé au mur dans le magasin des pompes funèbres. Il porte une drôle de petite casquette, un col en celluloïd, et pas de cravate. Il est assis sur le banc près du cercueil, ni triste ni gai. Il est assis là tranquillement, comme un ange descendu d'un tableau juif. L'homme étendu dans le cercueil, dont le corps est encore frais, est vêtu d'un modeste costume poivre et sel, juste de la taille de Georges. Il a un col et une cravate et une montre dans son gousset. Georges le sort, le déshabille, et tout en changeant de vêtements, le dépose sur la glace. Ne voulant pas voler la montre, il la dépose sur la glace à côté du corps. L'homme est étendu sur la glace avec un col en celluloïd autour du cou. Il fait presque nuit lorsque Georges sort du magasin. Il a une cravate maintenant, et un bon costume. Au pharmacien du coin, il s'arrête pour acheter un livre de blagues qu'il a vu dans la vitrine. Debout dans le métro, il évoque quelques blagues. Ce sont celles de Joe Miller.

Précisément à la même heure, Tante Mélie est en train d'écrire une Valentine [1] à la famille. Elle porte un uniforme gris, et a la raie au milieu. Elle écrit qu'elle est très heureuse avec ses nouveaux amis, et que la nourriture est bonne. Pourtant elle aimerait qu'on se rappelle qu'elle a demandé des *Fastnacht Kuchen* la dernière fois — pourrait-on lui en envoyer par la poste? Elle dit qu'il y a de jolis pétunias qui poussent autour de la boîte à ordures devant la grande cuisine. Elle dit qu'elle a fait une longue promenade dimanche dernier, et qu'elle a vu des tas de rennes, des lapins et des autruches. Elle dit qu'elle fait beaucoup de fautes, mais qu'elle n'a jamais été forte pour écrire, alors tant pis. Tout le monde est très gentil et il y a beaucoup de travail. Elle voudrait les *Fastnacht Kuchen* aussitôt que possible, par avion si possible. Elle avait demandé au Directeur de lui en faire pour sa fête, mais ils ont oublié. Elle réclame des journaux parce qu'elle aime regarder les annonces. Il y avait un chapeau qu'elle avait vu une fois, de chez Bloomingdale, croit-elle, et il était soldé. Peut-être qu'on pourrait le lui envoyer avec les *Fastnacht Kuchen?* Elle les remercie tous pour les jolies cartes reçues à la Noël — elle s'en souvient encore,

1. Message sentimental ou satirique que l'on envoie le 14 février.

surtout celle avec les étoiles d'argent. Tout le monde l'a trouvée charmante. Elle dit qu'elle va bientôt aller se coucher, et qu'elle priera pour eux tous, parce qu'ils ont toujours été si gentils pour elle.

Il commence à faire sombre, toujours vers la même heure, et je suis là, à contempler le miroir de l'océan. Il gèle à pierre fendre, ni trop ni pas assez, mais une forme roide est étendue sur la glace avec un col de celluloïd. Si seulement il avait une érection, ce serait miraculeux, trop miraculeux! Dans le hall obscur en bas, Tom Jordan attend que le vieux descende. Il est avec deux grosses joufflues, et l'une d'elles rajuste sa jarretière; Tom Jordan lui aide à le faire. A la même heure, vers la brune, Mme Lawson traverse le cimetière pour jeter un dernier coup d'œil sur la tombe de son fils chéri. Son cher petit Jack, dit-elle, encore qu'il eût trente-deux ans quand il fit la culbute sept ans plus tôt. On a dit que c'était un rhumatisme du cœur, mais le fait est que le cher garçon avait bousculé tant de vierges vénériennes, que lorsqu'on lui sortit le pus qu'il avait dans le corps, il puait comme une pompe à merde. Mme Lawson ne se rappelle pas du tout cela. C'est son cher petit Jack chéri, et sa tombe est toujours soignée. Elle porte une petite peau de chamois dans son sac, afin de polir la pierre tous les soirs.

Même heure crépusculaire — le cadavre roide sur la glace là-bas, et le vieux debout dans une cabine téléphonique, le récepteur dans une main, et dans l'autre quelque chose de chaud et de mouillé avec du poil dessus. Il téléphone pour dire qu'on ne l'attende pas pour dîner, qu'il faut qu'il sorte avec un client, et qu'il rentrera tard, qu'on ne s'inquiète pas. Georges le timbré feuillette le livre des blagues de Joe Miller. Plus bas, vers Mobile, des nègres répètent le Saint Louis Blues, sans une note de musique devant les yeux, et les gens se préparent à devenir fous à l'entendre hier, aujourd'hui, demain. Tout le monde se prépare à être enlevé, drogué, violé, noyé par cette musique nouvelle qui suinte de la sueur de l'asphalte. Bientôt il sera la même heure partout, il suffira de tourner un cadran ou d'être suspendu au-dessus de la terre dans un ballon. C'est l'heure des petits fours — ces dames sont assises autour de la table de famille, chacune opérée pour une maladie différente, celle aux moustaches et aux lourdes bagues a passé de plus sales moments que quiconque, parce qu'elle pouvait se le payer.

C'est d'une beauté bouleversante à cette heure où chacun semble suivre son propre chemin. L'amour et le meurtre sont encore séparés de quelques heures. L'amour et le meurtre, je les sens se rapprocher avec la nuit : nouveaux-nés issus des matrices, rose et tendre chair qui sera prise dans les barbelés et hurlera toute la nuit, et pourrira à des milliers de kilomètres de nulle part. Vierges folles, aux veines pleines de jazz congelé, poussant les hommes à construire de nouveaux buildings, hommes aux colliers de chiens autour du cou, pataugeant dans la merde jusqu'aux yeux, afin que le tsar de l'électricité puisse régner sur les ondes. Ce qui est encore dans la graine, me fait pisser le sang d'épouvante : un monde flambant neuf sort de l'œuf, et si vite que j'écrive le vieux monde ne meurt pas assez vite. J'entends les mitrailleuses nouvelles, et les millions d'os qui éclatent en même temps. Je vois des chiens devenir enragés, et des pigeons qui s'abattent avec des lettres attachées aux pattes.

Toujours vif et joyeux, que j'aille au nord de Delancey Street, ou au sud vers la ligne de pus. Mes deux mains fourragent doucement dans le corps du monde, labourent ses entrailles chaudes, arrangent et dérangent, taillent et recousent. La sensation du corps tiède que le chirurgien connaît bien, de pair avec les huîtres, les ulcères, les hernies, les bourgeonnements du cancer, les épinards en herbe, les pinces et les forceps, les ciseaux et les poussées tropicales, les poisons et les gaz, enfermés à l'intérieur et soigneusement recouverts de peau. Des tuyaux crevés, l'amour jaillit comme un gaz d'égout. L'amour féroce aux gants noirs et aux jarretières brillantes, l'amour qui ronge son frein et renâcle, l'amour caché dans un tonneau et qui, nuit après nuit, fait sauter tout le bazar. Les hommes qui traversaient le magasin de mon père exhalaient tous les relents de l'amour : ils étaient ardents et avinés, faibles et indolents, yachts rapides gréés de sexe, et lorsqu'ils me doublaient la nuit, toutes voiles dehors, ils purifiaient mes rêves. Au centre de New York, je pouvais entendre le tintement des clochettes des vaches, ou, en détournant la tête, la douce, douce musique des râles, ligne rouge au bas des pages, et sur chaque manche un brassard de deuil. Rien qu'en tordant un peu le cou, je pouvais dominer le plus haut des gratte-ciel, et abaisser mon regard sur les ornières laissées par les énormes roues du progrès moderne. Rien n'était trop difficile pour moi, pourvu que cela contienne un peu de douleur et d'angoisse. Chez nous, il y avait tous les maux organiques — et quelques-uns d'inorganiques. Comme le cristal de roche, nous nous propagions, de crime en crime. Une joyeuse ronde! et au beau milieu, mes vingt et un ans, déjà tout vert-de-grisés.

Et dussé-je perdre la mémoire, je me rappellerai toujours le soir où j'avais attrapé la chaude-pisse, et où le vieux était tellement saoul qu'il fit coucher son ami Tom Jordan dans son lit. Magnifique et touchant, ça! sortir attraper la chaude-pisse quand l'honneur de la famille était en jeu, était *au pair*, pourrait-on dire. Ne pas être là pour la bagarre, quand papa et maman s'empoignent sur le parquet, et que le balai vole! Ne pas être là, dans la froide lumière du matin, quand Tom Jordan, à genoux, supplie qu'on lui pardonne, mais on ne lui pardonne pas, même à genoux, car le cœur inflexible d'une luthérienne ignore le sens du pardon. Beau et touchant de lire dans le journal le lendemain matin qu'à la même heure la veille au soir le pasteur qui avait installé le jeu de boules avait été pincé dans l'obscurité avec un garçon tout nu sur ses genoux! Mais ce qui donne à tout cela un sens atrocement touchant et très beau, c'est que, ignorant tout de ces incidents, je m'amenai le lendemain pour demander la permission d'épouser une femme qui aurait pu être ma mère. Et lorsque je parlai de « mariage », la vieille saisit le couteau à pain et se lança sur moi. Je me souviens qu'en quittant la maison, je m'arrêtai près de la bibliothèque pour chiper un livre. Et le titre du livre était : *Origine de la Tragédie*. Drôle d'histoire! entre le balai de la veille au soir, le couteau à pain, la chaude-pisse, le pasteur pris la main dans le sac, les pâtés qui refroidissent, les bourgeonnements du cancer, etc. Je pensais en ce temps-là que tous les événements tragiques de la vie ne se passaient que dans les livres, et que ce qui arrivait dans la vie n'était que de la petite bière. Je pensais qu'un beau livre était un lobe malsain du cerveau. Je ne savais pas que le monde entier pouvait être malsain!

Je fais les cent pas, un paquet sous le bras. Très belle journée, dirons-nous, et les crachoirs sont propres et astiqués. Je marmotte tout seul en entrant dans le Woolworth Building. — « Bonjour, M. Thorndike, belle journée, M. Thorndike. Vous intéressez-vous aux vêtements, M. Thorndike? » M. Thorndike ne s'intéresse pas aux vêtements ce matin; il me remercie d'être venu le voir et jette ma carte au panier. Pas du tout découragé, j'essaye le American Express Building. « Bonjour, M. Hathaway, belle journée!... » M. Hathaway n'a pas besoin d'un bon tailleur — il en a un depuis trente-cinq ans. M. Hathaway est un peu grognon, et il a foutrement raison, pensé-je, en dégringolant l'escalier. Belle journée, il n'y a pas à dire, et donc pour me changer les idées, et aussi pour voir le port, je prends le tram qui traverse le pont, et débarque chez un client de quat'sous du nom de Dyker. Dyker est un homme occupé. Le genre d'homme qui se fait monter son déjeuner et cirer les bottes pendant qu'il mange. Dyker souffre de désordres nerveux dus à des coïts incomplets. Il me dit que nous pouvons lui faire un costume quelconque, à condition de ne pas le harceler tous les mois pour la facture. La fille n'avait que seize ans, et il ne voulait pas lui faire un gosse. Oui, des poches rapportées, s'il vous plaît! Et puis, il a une femme et trois enfants. Et puis, il va bientôt poser sa candidature comme magistrat — juge à la Cour des Héritages.

La matinée s'étire vers l'après-midi. D'un saut, me revoilà à New York, et je m'arrête au Burlesk, où l'ouvreuse me connaît. Les trois premiers rangs sont toujours remplis de juges et de politiciens. La salle est plongée dans l'obscurité, et sur la scène, Margie Pennetti, un maillot collant un peu sale, se trémousse. Elle a le plus beau cul que l'on puisse voir au théâtre, et tout le monde le sait, y compris elle-même. Après le spectacle, je déambule au hasard, regardant les cinémas et les charcuteries juives. Je m'arrête un instant dans un passage boutiquier pour écouter les voix des sirènes qui m'arrivent au mégaphone. La vie est un perpétuel voyage de noces, plein de gâteaux au chocolat et de tartes aux airelles. Mettez deux sous dans la fente, et vous verrez une femme qui se déshabille sur l'herbe. Mettez deux sous dans la fente, et vous gagnerez un râtelier. Le monde est remis à neuf chaque jour — les parties tachées sont envoyées au dégraisseur, les parties usagées sont rafistolées et vendues au rabais.

Je remonte et dépasse la ligne de pus, et je flâne à travers les couloirs des grands hôtels. Si ça me plaît, je m'assieds et regarde les gens qui traversent le hall. Tout le monde est sur le qui-vive. De tous côtés, des choses se passent. La tension de l'attente touche au délire. Le métro aérien passe à toute allure, les taxis klaxonnent, les ambulances font marcher leur trompe, les ouvriers posent des rivets. Des chasseurs en livrée somptueuse cherchent des gens qui ne répondent pas à l'appel de leurs noms. En bas, dans la toilette luxueuse, une file d'hommes attend pour pisser un coup. Tout est peluche et marbre, les odeurs sont raffinées et agréables, la chasse d'eau chasse magnifiquement. Sur le trottoir, un kiosque à journaux dont les manchettes sont encore toutes fraîches de meurtres, de viols, d'incendies, de grèves, de faux, de révolutions. Les gens s'écrasent dans les passages souterrains. Là-bas, à Brooklyn, une femme m'attend. Assez vieille pour être ma mère, et elle m'attend pour que je l'épouse. Son fils est tubar, et si malade qu'il ne peut plus se traîner hors du lit. L'oiselle coriace monte au galetas pour faire l'amour, pendant que le fils dans la chambre à côté crache ses poumons. Et puis, elle sort à peine d'un avortement, et je n'ai pas envie de l'engrosser à nouveau — pas tout de suite, en tout cas.

L'heure de la ruée! et le métro vous mène à tous les Paradis. Pressé contre une femme si étroitement que je sens les poils de son chat. Sommes si étroitement collés l'un à l'autre, que mes poings s'enfoncent en éperon dans son aine. Elle regarde droit devant elle, un point microscopique juste sous mon œil droit. A Canal Street, j'arrive à caser mon pénis à la place de mes poings. Le machin saute en diable, et quels que soient les cahots du train, elle est toujours dans la même position vis-à-vis de mon oiseau. Même lorsque la cohue diminue, elle est toujours là, le pubis tendu en avant, et ses yeux rivés sur le point microscopique juste sous mon œil droit. A Borough Hall, elle descend sans m'avoir jeté un seul regard. Je la suis dans la rue, pensant qu'elle se retournera et me dira peut-être bonjour, ou me laissera lui offrir un chocolat glacé (en admettant que je le puisse!). Mais non! elle file comme une flèche, sans détourner la tête d'un millimètre. Comment font-elles, je n'en sais rien. Des millions et des millions tous les jours, qui sont collées là, debout, nues sous leurs robes, à jouir sans danger. Quelle est la conclusion? douche? masturbation? Dix contre un qu'elles se jettent sur leur lit et finissent le truc avec leurs doigts!

En tout cas, le soir tombe, et voilà que je déambule avec un braquemard à me crever le froc. La foule est de plus en plus dense. Tout le monde a son journal maintenant. Le ciel étouffe d'affiches lumineuses, et chaque article est garanti agréable, sain, durable, bon au goût, silencieux, imperméable, inusable, le *nec plus ultra* sans lequel la vie serait intolérable, n'était le fait que la vie est déjà intolérable parce qu'il n'y a pas de vie. C'est l'heure à peu près où le vieux Henschke quitte la boutique du tailleur pour aller au tripot en ville. Agréable petite occupation en marge qui le retient jusqu'à deux heures du matin. Pas grand-chose à faire — tout juste prendre les pardessus et les chapeaux de ces messieurs, servir des boissons sur un petit plateau, vider les cendriers et veiller aux allumettes. Vraiment un boulot très agréable, tout bien considéré. Vers minuit, préparer un petit repas pour ces messieurs s'ils ont faim. Il y a les crachoirs, bien sûr, et les cabinets. Mais ces messieurs sont si bien élevés qu'il n'y a vraiment rien à faire. Et puis, il y a toujours un rabiot de fromage et des biscuits à grignoter, et parfois un dé à coudre de porto. De temps à autre, un sandwich de veau froid pour le lendemain. De vrais messieurs! Pas à discuter. Fument les meilleurs cigares. Même les mégots ont bon goût. Un boulot très, très agréable.

L'heure du dîner s'avance. La plupart des tailleurs ont fermé boutique. Quelques-uns, ceux qui n'ont que des vieux miteux pour clients, attendent pour un essayage. Ils vont et viennent, les mains derrière le dos. Tout le monde est parti, sauf le patron, et peut-être le coupeur ou l'essayeur. Le patron se demande s'il devra mettre encore des marques à la craie, et si le chèque arrivera à temps pour le loyer. Le coupeur se dit à lui-même : « Oui, M. Un tel, oui, bien sûr..., oui, je crois qu'il faut remonter un peu de ce côté-là, oui... vous avez raison..., c'est un peu trop à gauche..., oui, ça sera prêt dans quelques jours... oui, M. Un tel, oui..., oui..., oui, oui, oui... » Les vêtements achevés et inachevés sont suspendus au portemanteau. Les rouleaux de drap sont bien rangés sur la table. Seul le salon d'essayage est éclairé. Soudain, le téléphone sonne. M. Un tel est au bout du fil et dit qu'il ne peut pas venir ce soir, mais qu'il attend sa queue de morue au plus tôt, celle avec les boutons neufs qu'il a choisis la semaine dernière, et il espère pour Dieu qu'elle lui tiendra aux épaules. Le coupeur met son chapeau et son pardessus et dégringole l'escalier pour aller à une réunion sioniste au Bronx. Le patron reste seul pour fermer la boutique, et veiller à ce que toutes les lumières soient éteintes. Le livreur qui va porter la queue de morue, c'est lui-même, et cela n'a pas d'importance parce qu'il passera par l'escalier de service et personne n'en saura rien. Personne ne ressemble plus à un millionnaire qu'un patron tailleur qui va livrer une queue de morue à M. Un tel. Tiré à quatre épingles, souliers luisants, chapeau bien brossé, gants frais, moustache cirée. Ils commencent à avoir l'air harassé lorsqu'ils s'asseyent au repas du soir. Pas d'appétit. Pas de commandes aujourd'hui. Pas de chèques. Ils sont si découragés qu'ils tombent de sommeil à dix heures, et quand il faut aller se coucher, ils ne peuvent plus fermer l'œil.

Je traverse le pont de Brooklyn... Est-ce donc cela le monde, ces allées et venues, ces buildings illuminés, ces hommes et ces femmes qui passent? Je regarde leurs lèvres remuer, les lèvres de ces hommes et de ces femmes qui passent. De quoi parlent-ils? — avec tant de sérieux parfois? Je déteste voir des gens aussi mortellement sérieux, lorsque moi-même je souffre plus qu'aucun d'eux. Une seule vie! Et il y a des millions et des millions de vies à vivre! Jusqu'à présent, je n'ai pas eu une seule chose à dire de ma vie à moi, pas une! Faut croire que je n'ai pas de cœur au ventre. Devrais retourner dans le métro, saisir une poule, et la violer dans la rue. Devrais retourner chez M. Thorndike demain matin, et lui cracher à la face. Devrais me tenir au milieu de Times Square, ma queue à la main, et pisser dans le ruisseau. Devrais saisir un revolver et tirer à bout portant dans la foule. Le vieux mène une vie de bâton de chaise. Lui et ses chers copains. Et moi je me promène au hasard, vert de haine et d'envie. Et quand je rentrerai, la vieille sera en train de sangloter à fendre l'âme. Peux pas dormir la nuit à l'entendre. Je la déteste avec ses sanglots. L'un me vole, l'autre me brime. Comment pourrais-je la consoler, quand la seule envie que j'aie est de lui briser le cœur?

Je me promène le long de la Bowery... Beau pâturage vert morve qu'elle est à cette heure. Maquereaux, escrocs, roulures, mendiants, racoleurs, entremetteurs, Chinois, macaronis, ivrognes irlandais. Tout à la recherche d'une pitance et d'une turne. *Marcher, marcher, marcher.* J'ai vingt et un ans, je suis de race blanche, né et élevé à New York, bons muscles, intelligence solide, bon baiseur, pas de mauvaises habitudes, etc. A inscrire au tableau. Vente au pair. N'a pas commis de crimes, sauf d'être né ici.

Dans le passé, tout membre de notre famille travaillait de ses mains. Je suis le premier fils de pute qui ne foute rien. Langue agile, et cœur corrompu.

Je nage dans la foule, chiffre parmi les autres. Tailleur, et retailleur. Les lumières clignotent, s'allument, s'éteignent, se rallument. Tantôt c'est un pneu de caoutchouc, tantôt un morceau de gomme à mâcher. Le tragique, c'est que personne ne remarque le désespoir que je porte au visage. Nous sommes des milliers et des milliers ainsi, et nous nous croisons sans nous reconnaître. Les lumières dansent comme des aiguilles électriques. Les atomes perdent la boule de lumière et de chaleur. Un incendie brûle derrière la vitre, et rien n'est détruit. Des hommes se rompent l'échine, des hommes se font éclater le cerceau, pour inventer une machine qu'un enfant pourra faire fonctionner. Si seulement je trouvais l'hypothétique marmot qui doit manœuvrer cette machine, je lui mettrais un marteau entre les mains et lui dirais : Bousille-moi ça ! Bousille-moi ça !

Bousille-moi ça ! Bousille-moi ça ! C'est tout ce que je puis dire. Le vieux se balade en voiture découverte. Je lui envie sa tranquillité d'esprit, l'animal ! Un bon copain à ses côtés, et un quart de whisky dans le bide. Les orteils m'en démangent de colère. Vingt ans devant moi, et les choses empirent d'heure en heure. Ça m'étouffe ! Dans vingt ans il n'y aura plus un seul homme aimable et tendre pour m'accueillir. Chaque copain qui claque est un buffle à jamais perdu. L'acier et le ciment armé me cernent de toutes parts. Le trottoir se fait de plus en plus dur. Le monde nouveau me ronge, m'exproprie. Bientôt je n'aurai même plus besoin d'un nom.

J'ai cru jadis que des choses merveilleuses m'attendaient sur le chemin. J'ai cru que je pourrais me construire un monde dans les airs, un château de pure et blanche salive qui m'élèverait au-dessus des buildings les plus hauts, entre le tangible et l'intangible, me mettrait dans un espace pareil à la musique, où tout s'effondre et disparaît, mais où je serais à jamais intact, puissant, pareil à Dieu, le saint des saints. C'est moi qui imaginais cela, moi, le fils du tailleur ! Moi, né du petit gland d'un chêne immense et robuste. Dans le creux de ce gland, je percevais le plus léger frémissement de la terre : je faisais partie du grand arbre, partie du passé, avec blason et lignée, et l'orgueil, *l'orgueil !* Et lorsque je tombai à terre et que j'y fus enseveli, je me rappelai *qui* j'étais, *d'où* je venais. Maintenant, je suis perdu, *perdu,* vous entendez? Vous n'entendez pas? Je hurle, je crie à tue-tête, n'entendez-vous pas? Éteignez les lumières! Brisez les ampoules! M'entendez-vous maintenant? *Plus fort,* dites-vous. *Plus fort!* Par le Christ, vous moquez-vous de moi? Êtes-vous sourds, muets, aveugles? Faut-il que j'arrache mes vêtements? Faut-il que je danse sur la tête?

Très bien! Je vais danser! Un joyeux rondeau, mes frères, et que tout tourne, tourne, tourne! Ajoutez une paire de pantalons de flanelle en plus, puisque vous y êtes, et n'oubliez pas, les gars, que je culotte à droite. Vous m'entendez? Lâchez tout! *Toujours vif et joyeux!*

Jabberwhorl Cronstadt

Cet homme, ce crâne, cette musique...

Il habite au fond d'un jardin encaissé, une sorte de clairière boisée, ombragée de génufliers et de spinozas, de déodars et de baobabs, une sorte de nauséeux Boisdormant, diapré d'élytres et de felouques. Vous passez par une guérite, où le concierge frise sa moustache *con furioso*, comme au dernier acte d'*Ouida*. Ils habitent au troisième étage, derrière un belvédère à meneaux, filigrané d'épagneuls bridonnés et de goitres sébacés, d'obligations et de migraines, pendus dehors à sécher. Au-dessus de la sonnette, on lit : JABBERWHORL CRONSTADT, poète, musicien, herboriste, météorologue, linguiste, océonographe, vieux habits, colloïdes. Et au-dessous : Essuyez vos pieds et mouchez-vous ! Et encore au-dessous, une rosette enlevée à un veston d'occasion.

« Il y a quelque chose d'étrange dans tout ça », dis-je à mon compagnon qui se nomme Dschilly Zilah Bey. « Il doit de nouveau avoir ses règles. »

Après avoir pressé le bouton, nous entendons les

cris d'un enfant, gémissement piaulant, grinçant, comme la fin d'un rêve d'équarrisseur.

Enfin Katya vient ouvrir — Katya de Hesse-Cassel — et, derrière elle, plate comme un pain à cacheter, tenant une poupée en celluloïd à la main, la petite Pinochinni. Et Pinochinni dit : « Faudrait aller au salon, ils ne sont pas encore habillés. » Et quand je demande s'ils seront bientôt prêts, parce que nous mourons de faim, elle dit : « Oh non ! Il y a des heures qu'ils s'habillent. Il faut que vous lisiez le nouveau poème que papa vient d'écrire aujourd'hui — il est sur la cheminée. »

Et pendant que Dschilly déroule son écharpe serpentine, Pinochinni risotte et gigote tout en disant — oh, ma chère, ce que le monde va de travers, c'est sûr, tout est tellement en retard, et avez-vous lu l'histoire de la petite fille qui cachait ses cure-dents sous son matelas ? C'est très curieux, papa me l'a lue un jour dans un gros livre de fer.

Il n'y a pas de poème sur la cheminée, mais il y a autre chose — l'*Anatomie de la mélancolie,* une bouteille vide de Pernod Fils, *La Mer d'opale,* une tranche de tabac en carotte, des épingles à cheveux, un répertoire des rues, un ocarina, et... une machine à rouler les cigarettes. Sous la machine, des notes griffonnées sur des menus, des cartes de visite, du papier hygiénique, des boîtes d'allumettes..., « voir la con — tesse Cathcart à quatre heures » ... « le mucus opalescent de Michelet » ... « défluxions ... cotylédons ... phtisique » ... « Si Pâques tombe au Jour de l'An, t'auras la queue pleine de bran » ... « et de cette sanie jaillit son successeur » ... « le renne, la loutre, la martre, le vison ».

Le piano est dans un coin près du belvédère, fragile boîte noire aux chandeliers d'argent ; les touches noires ont été dévorées par les épagneuls. Il y a des albums marqués Beethoven, Bach, Liszt, Chopin, remplis de factures, d'ustensiles de manucure, de pièces d'échecs, de billes et de dés. Lorsqu'il est de bonne humeur, Cronstadt ouvre un album marqué « Goya » et vous joue quelque chose en *do* majeur. Il sait jouer des opéras, des menuets, des scottiches, des rondos, des sarabandes, des préludes, des fugues, des valses, des marches militaires ; il sait jouer du Czerny, du Prokofief ou du Granados, il peut même improviser et siffler un air provençal en même temps. *Mais il faut que ce soit en* do *majeur*.

Aussi, peu importe qu'il manque des touches noires, ou que les épagneuls prolifèrent ou non. Si la sonnette se détraque, si la chasse d'eau est bloquée, si le poème n'est pas écrit, si le chandelier tombe, si le loyer n'est pas payé, si l'eau est coupée, si les bonnes sont soûles, si l'évier est bouché et si les ordures pourrissent, si les pellicules tombent et si le lit craque, si les fleurs moisissent, si le lait tourne, si l'évier est graisseux et la tapisserie fanée, si les nouvelles sont éventées et si les calamités font défaut, si l'haleine est fétide et les mains poisseuses, si la glace ne fond pas, si les pédales ne marchent pas, c'est tout un et vive Noël, parce qu'on peut tout jouer en *do* majeur, pourvu qu'on s'habitue à regarder le monde sous ce jour-là !

Soudain, la porte s'ouvre devant une énorme bête épileptoïde aux moustaches fongoïdes. C'est Jocaste, le chat affamé, un grand bougre de matou, au pelage de taupe, avec deux grosses noix foncées cachées sous sa queue sans pompon. Il court de tous les côtés comme un léopard, il lève la patte comme un chien, il urine comme une chouette.

« J'arrive à l'instant », dit Jabberwhorl à travers la porte. « J'enfile un pantalon. »

Voici Elsa qui entre — Elsa de Bad Nauheim — elle pose un plateau avec des verres rouge sang sur la cheminée. La bête bondit, miaule, se roule, à vous déchirer le tympan. Il a quelques grains de poivre de Cayenne sur la truffe douce et liliale de son museau, truffe aussi douce qu'une balle dum-dum. Il se démène, agité d'un grand courroux siamois, et les vertèbres de sa queue sont plus déliées que les plus fines sardines. Il griffe le tapis et mord la tapisserie, il se roule en spirale et se déroule comme une corolle, il dénoue sa queue en petits coups furieux, et fait tomber les champignons de ses moustaches. Il mord le poème jusqu'à l'os. Il est en *do* majeur et complètement fou. Il a des yeux mauve magenta, comme des boutons de gilets démodés ; il est cafardeux et crapouillard, foncé comme de l'arnica, et puis vert comme le Nil ; il est nerveux et nauséeux, faquin et coquin ; il mâchonne des manchettes et roupette des ron-rons.

Voici Anna maintenant — Anna de Hanover-

Minden — elle apporte du cognac, du poivre rouge, de l'absinthe et une bouteille de sauce Worcestershire. Et avec Anna, entrent les petits chats Temples : Lahore, Mysore et Cawnpore. Tous mâles, y compris la mère. Ils se roulent par terre, avec leurs petits crânes rabougris, et se bagarrent sans pitié. Enfin le poète lui-même apparaît, demandant quelle heure est-il, encore qu'il ait rayé le mot « heure » de son vocabulaire, car « heure égale mort ». Mort égale zéro, et temps égale mort, et maintenant petit entracte, pendant lequel l'homme sensé se prépare un apéritif pour faire se tortiller les muscles de l'estomac. Le Temps, le Temps, dit-il, en faisant tomber un peu de poivre de Cayenne dans son cognac. Il y a temps pour tout, bien que je ne me serve plus guère de ce mot — et ce disant, il examine la queue de Lahore qui est ornée d'un pompon, et se grattant le coccyx, il ajoute que le W.-C. vient d'être refait tout en argent, et que vous y trouverez un numéro de *L'Humanité*.

« Vous êtes très belle », dit-il à Dschilly Zilah Bey, et sur ces mots la porte s'ouvre à nouveau et entre Jill dans une chlamyde vert Nil.

« N'est-ce pas qu'elle est très belle ? » dit Jab.

Tout est subitement devenu beau, même ce grand bougre de matou Jocaste, avec ses deux noix brunes comme de la cannelle et douces comme de la réglisse.

Soufflez dans la conque et chatouillez la clavicule ! Jab a mal dans le ventre, là où sa femme devrait avoir mal. Une fois par mois, ponctuellement comme la lune, ça lui vient et ça l'abat, et aucun onguent ne peut le soulager. Rien, sauf du cognac et du poivre de Cayenne — pour mettre les muscles de l'estomac en branle. « Je vais vous donner trois mots, dit-il, pendant que l'oie mijote dans la casserole : fantastique, hydropique, et phtisique ».

« Asseyez-vous donc, dit Jill, il a ses règles. »

Cawnpore est couché sur le recueil des 24 Préludes. « Je vais vous en jouer un rapide », dit Jab, et faisant claquer le couvercle de la petite boîte, il y va — *plink, plank, plonk!* « Je vais vous faire un trémolo », dit-il, et se servant successivement de tous les doigts de sa main droite, il frappe avec vélocité le *do* du milieu du clavier, et les pièces d'échecs et les ustensiles de manucure et les factures impayées dansent bruyamment comme des jetons qui auraient trop bu. « Ça, c'est de la technique », dit-il, et ses yeux sont glauques et cerclés de givre. « Il n'y a qu'une chose qui voyage aussi vite que la lumière, et ce sont les anges. Seuls les anges peuvent voyager aussi vite que la lumière. Il faut mille années-lumière pour arriver jusqu'à Uranus, mais personne n'y est jamais allé, et personne n'ira jamais. Voici un journal du dimanche, américain. Avez-vous remarqué comment on lit les journaux du dimanche? D'abord, les gravures, puis la page amusante, puis la colonne des sports, puis la page magazine, puis les spectacles, puis la critique des livres, puis les manchettes. Récapitulons. Ontogénie-philogénie. Définissez vos termes, et vous n'emploierez jamais des mots comme temps, mort, monde, âme. Dans chaque proposition il y a une légère erreur, et l'erreur grossit et grossit, jusqu'à ce qu'on ait entaillé le serpent. Le poème est la seule chose sans faille, à condition de savoir l'heure qu'il est. Un poème est une toile que le poète dévide de son propre corps, selon un calcul logarithmique de sa propre invention. Il est toujours juste, parce que le poète part du centre pour aller vers l'extérieur. »

Le téléphone sonne.

« Pythagore avait raison... Newton avait raison... Einstein a raison... »

« Réponds au téléphone, veux-tu ? » dit Jill.

« Allô ! Oui, c'est le monsieur Cronstadt. Et votre nom s'il vous plaît ? *Bimberg ?* Dites-moi, vous parlez anglais, n'est-ce pas ? Moi aussi... *Quoi ?* Oui, j'ai trois appartements — à louer ou à vendre. *Quoi ?* Oui, salle de bains, cuisine et un W.-C... Non ! un W.-C. indépendant. Non ! Pas dans le vestibule, dans l'appartement. Un où on peut s'asseoir. Le voudriez-vous en feuilles d'or ou d'argent ?... *Quoi ?...* Non, le W.-C... J'ai un type ici de Munich... un réfugié... *Réfugié ! Hitler !... Hitler !... Compris ?...* Oui, c'est ça !... Il a une swastika sur la poitrine... en bleu... *Quoi ?* Non, je suis sérieux. Et *vous ? Quoi ?...* Écoutez, si vous parlez affaires, ça veut dire payer comptant... *Comptant !...* Il faut payer *comptant... Quoi ?* C'est l'habitude ici. Les Français ne croient pas aux chèques. J'ai eu un type la semaine dernière, il a essayé de me refaire de 750 francs. Oui, un chèque américain. *Quoi?* Si celui-là ne vous plaît pas, j'en ai un autre avec un buffet. Il n'est pas en état, mais on pourrait l'arranger. *Quoi?* Oh, environ mille francs. Il y a une salle de billard au-dessus... *Quoi?* Non! non! non! connaissons pas ces trucs-là ici. Écoutez, M. Bimberg, faut comprendre que vous êtes en France maintenant. Oui, c'est ça... A Rome... Écoutez, appelez-moi demain matin, voulez-vous? Je suis à table maintenant... A table! Je dîne! *Quoi?* Oui, *comptant*... Bonsoir! »

« Vous voyez, dit-il en raccrochant, voilà comment on fait les choses dans cette maison! Travail enlevé, hein? C'est du solide! Vous autres, vous vivez dans le pays du rêve. Vous croyez que la littérature c'est tout. Vous *mangez* la littérature! Mais nous, ici, nous mangeons de l'oie, par exemple! Oui, elle est presque cuite. Anna! *Wie geht es?... Nicht fertig?... Merde alors!* Trois filles... des réfugiées. Je ne sais d'où elles viennent. Quelqu'un leur a donné notre adresse. Belles filles. Vigoureuses, enjouées, gaillardes, saines comme de beaux fruits. Pas de place pour elles en Allemagne. Einstein est occupé à écrire des poèmes sur la lumière. Ces jeunes filles veulent un boulot, un endroit où habiter. Connaissez-vous quelqu'un qui cherche une bonne? Beaux brins de filles! Bien élevées. Mais il faut qu'elles s'y mettent à trois pour cuire un repas. Katya, c'est la mieux : elle sait repasser. Celle-là, Anna, elle m'a emprunté ma machine à écrire hier..., elle voulait écrire un poème. Je ne vous entretiens pas ici pour écrire des poèmes, lui ai-je dit. Dans cette maison, c'est moi qui écris les poèmes, si poèmes il y a. Vous, apprenez à faire la cuisine et à repriser les chaussettes. Elle a eu l'air vexé. Écoutez, Anna, lui ai-je dit, vous vivez dans un monde imaginaire. Le monde n'a plus besoin de poèmes. Le monde a besoin de pain et de beurre. Pouvez-vous en produire en plus ? Voilà ce que le monde réclame. Apprenez le français, et vous pourrez m'aider à gérer l'immeuble. Oui, les gens ont besoin de toits. C'est drôle, mais le monde est comme ça maintenant. Il a toujours été comme ça, mais les gens ne le croyaient pas. Le monde est fait pour l'avenir... pour la planète Uranus. Personne ne visitera jamais la planète Uranus, mais ça ne fait rien. Les gens ont besoin de toits, et de pain et de beurre. Pour l'avenir ! Voilà comment c'était dans le passé. Voilà comment ça sera dans l'avenir. *Le présent ?* Ça n'existe pas, le présent. Il y a un mot appelé Temps, mais personne n'est capable de le définir. Il y a un passé, il y a un avenir, et le Temps les traverse comme un courant électrique. Le présent est une condition imaginaire, un état de rêve... un *oxymoron.* Voilà un mot pour vous — je vous en fais cadeau. Écrivez un poème dessus ! Moi, je suis trop occupé. L'immeuble me réclame... Il me faut de l'oie et de la sauce aux airelles... Dis-moi, Jill, quel était ce mot que je cherchais hier ? »

« Omoplate ? » dit Jill vivement.

« Non, pas ça. Omo... Omo... »

« Omphalos? »

« Non, non! Omo... Omo... »

« J'y suis, crie Jill, *Omophagie!* »

« Omophagie! c'est ça! Le mot vous plaît? Emportez-le! Mais qu'est-ce qui se passe? Vous ne buvez pas! Jill, où diable est ce *shaker* que j'ai trouvé l'autre jour dans le buffet? Imaginez ça! Un *shaker!*... En tout cas, vous avez tous l'air de croire que la littérature est quelque chose d'essentiel. Pas du tout! Ce n'est que de la littérature. Moi aussi, je pourrais en faire, si je n'avais pas ces réfugiés à nourrir. Vous voulez savoir ce qu'est le présent? Regardez cette fenêtre, là-bas. Non, pas là! Celle au-dessus... Là! Tous les jours ils sont assis à cette table et ils jouent aux cartes. Rien que tous les deux. Elle porte toujours une robe rouge. Et c'est toujours lui qui bat. Voilà le présent! Et si vous ajoutez un autre mot, ça devient le subjonctif... »

« Seigneur Dieu, je vais voir ce que font ces filles », dit Jill.

« Non! N'y va pas! C'est justement ce qu'elles veulent! Que tu ailles leur aider. Il faut qu'elles apprennent ce que c'est que le monde réel! Je veux qu'elles le comprennent! Après, je leur trouverai des places. J'en connais des tas. D'abord, qu'elles me cuisent un repas! »

« Elsa dit que tout est prêt. Allons, entrons. »

« Anna, Anna, apporte ces bouteilles, et mets-les sur la table! »

Anna lance à Jabberwhorl un regard impuissant.

« Et voilà! Elles n'ont pas encore appris à parler

anglais ! Qu'est-ce que je vais en faire ! *Anna... hier ! 'Raus mit'em ! Versteht ?* Et verse-toi à boire, espèce d'idiote ! »

La salle à manger est doucement éclairée. Il y a un candélabre sur la table, et l'argenterie étincelle. Comme nous nous asseyons, le téléphone sonne. Anna ramasse le long fil, et transporte l'appareil du piano sur la desserte, juste derrière Cronstadt. « Allô !, glapit-il, et, déroulant le long cordon, ça ressemble à des intestins... Allô ! Oui, oui, Madame... Je suis le monsieur Cronstadt... et votre nom s'il vous plaît ?... Oui, il y a un salon, un entresol, une cuisine, deux chambres à coucher, une salle de bains, un cabinet... oui, madame... Non, ce n'est pas cher, pas cher du tout... on peut s'arranger facilement... comme vous voulez, madame... A quelle heure ?... Oui, avec plaisir... Comment ? Que dites-vous ? Ah non ! au contraire ! Ça sera un plaisir... un grand plaisir !... Au revoir, madame ! » — Et en raccrochant : « *Küss die Hand,* madame ! Voulez-vous que je vous gratte le dos, madame ? Prenez-vous du lait dans votre café, madame ? Voulez-vous... »

« Dis donc, coupe Jill, qui diable était-ce ? Tu en faisais un plat ! Oui, madame..., non, madame... Elle t'a promis de te payer à boire aussi ? » — Et se tournant vers nous : « Imaginez ! Hier, il a fait monter une actrice pendant que j'étais dans mon bain... quelque traînée du Casino de Paris... et voilà qu'elle l'emmène boire !... »

« Tu ne dis pas la vérité, Jill. Voici l'histoire... Je

lui fais visiter un bel appartement — avec un buffet — et elle me dit si je ne voudrais pas lui montrer mes poèmes — mes *poésies,* c'est plus joli comme ça... Donc, je l'amène ici, et elle me dit je vous les ferai imprimer en Belge. »

« Pourquoi en Belge ? »

« Parce que c'est ce qu'elle était, Belge, ou Belgesse. En tout cas, qu'est-ce que ça peut faire la langue où on les imprime ? Il faut bien qu'on les imprime, sinon personne ne les lira. »

« Oui, mais pourquoi a-t-elle dit ça, si vite ? »

« Est-ce que je sais ! Parce qu'ils sont bons, sans doute. Pourquoi d'autre les gens voudraient imprimer des poèmes ? »

« Farceur ! »

« Voyez-vous ça ? Elle ne me croit pas ! »

« Naturellement que non ! Si je te pince à amener ici des primas donnas, ou des ballerines, ou des trapézistes, bref tout ce qui est français et porte jupon, il y aura de la casse ! Surtout si elles t'offrent d'imprimer tes poèmes ! »

« Et voilà ! dit Jabberwhorl, glauque et morose. Voilà pourquoi je suis dans les immeubles... Allez-y ! Bouffez, vous autres !... Je suis de garde ! »

Il se prépare une autre ration de cognac et de poivre.

« Je crois que ça suffit, dit Jill. Bon Dieu, combien en as-tu pris aujourd'hui ? »

« C'est drôle, dit Jabberwhorl, je lui ai donné son plein tout à l'heure, juste avant que vous arriviez — mais je peux pas arriver à me satisfaire... »

« Seigneur! Où en est cette oie! dit Jill. Excusez-moi, je vais voir ce que font ces filles. »

« Non! N'y va pas, dit Jab, la forçant à se rasseoir. On va rester ici et attendre... attendre et voir ce qui va arriver. Peut-être que l'oie ne viendra jamais. On va attendre ici, attendre éternellement... comme ça, avec les bougies et les assiettes à soupe vides et les rideaux et... Je peux très bien imaginer que nous restons assis là, pendant que quelqu'un bâtit un mur autour de nous. Nous sommes là, assis, attendant qu'Elsa apporte l'oie et le temps passe et il fait noir et nous restons assis des jours et des jours... Voyez-vous ces bougies? Nous les mangerions. Et ces fleurs là-bas? Aussi. Nous mangerions les chaises, nous mangerions le buffet, nous mangerions le réveil, nous mangerions les chats, les rideaux, les factures, l'argenterie, et la tapisserie et les punaises qui sont dessous... nous mangerions nos excréments et ce beau petit fœtus que Jill a dans le ventre... nous nous mangerions entre nous... »

Juste à ce moment, Pinochinni entre pour dire bonne nuit. Elle baisse la tête et a une drôle d'expression dans les yeux.

« Qu'est-ce que tu as ce soir? dit Jill. Tu as l'air toute chose. »

« Oh! je ne sais pas, dit la fillette. Il y a quelque chose que je veux vous demander... C'est terriblement compliqué. Je ne sais pas si je pourrai expliquer... »

« Qu'est-ce que c'est, poulette? dit Jab. Parle

devant le monsieur et la dame. Tu le connais, lui, n'est-ce pas? Allons, accouche! »

La fillette est là, toujours tête baissée. Du coin de l'œil, elle lorgne son père d'un air rusé, puis subitement elle éclate : « Oh! Qu'est-ce que ça veut dire, tout ça? Qu'est-ce que nous venons faire ici! Sommes-nous forcés d'avoir un monde? Est-ce que ce monde est le seul qui existe, et pourquoi? C'est ça que je voudrais savoir! »

Si Jabberwhorl fut quelque peu surpris, il n'en montra rien. Il saisit son cognac avec nonchalance, et ajoutant un peu de poivre, il répondit avec entrain : « Écoute, ma gosse, avant de répondre à cette question — si tu insistes absolument pour que j'y réponde — il faut d'abord que tu définisses tes termes. »

Au même instant, nous entendîmes un long coup de sifflet strident qui venait du jardin.

« Mowgli! dit Cronstadt. Dis-lui de monter. »

« Montez! » dit Jill de la fenêtre.

Pas de réponse.

« Il doit être parti, dit Jill, je ne le vois plus. »

Maintenant, c'est une voix de femme qui s'élève. « *Il est saoul... complètement saoul!* »

« Ramenez-le chez lui! Dis-lui de le ramener chez lui! » hurle Cronstadt.

« *Mon mari dit qu'il faut rentrer chez vous... oui, chez vous.* »

« *Y en a pas!* » s'élève la réponse du jardin.

« Dis-lui de ne pas perdre mon exemplaire des *Cantos* de Pound, hurle Cronstadt. Et ne leur dis pas de monter encore! Nous n'avons pas de place ici. Juste assez pour les réfugiés allemands! »

« Quelle honte! » dit Jill revenant s'asseoir.

« Tu te trompes encore, dit Jab. Ça lui fait du bien. »

« Oh! tu es saoul! dit Jill. Mais que devient cette sacrée oie? Elsa! Elsa! »

« T'en fais pas pour l'oie, chérie! C'est un jeu. On va rester là, et on les aura! La règle c'est : confiture hier, confiture demain — mais pas confiture aujourd'hui! Ça serait-il pas merveilleux si vous autres vous restiez là assis comme vous êtes, et si je commençais à rapetisser, à rapetisser... jusqu'à ce que je devienne un tout petit petit minuscule petit point... et il vous faudrait une loupe pour me voir? Je serais un petit point sur la nappe, et je dirais — Timoor... *Ti-moor!* Et vous diriez, où est-il? Et je dirais — Timoor... logodédale, glycérophosphates, Billancourt, Timoor!... O gargouillard barbouillis au fond du folâtre fourré... et vous diriez... »

« Seigneur Dieu, Jab, tu es saoul! » dit Jill. Et Jabberwhorl glousse avec un glairieux régal, et ses orbes ombreux pépillent d'étincelles.

« Il va prendre froid », dit Jill, et elle se lève pour aller chercher la cape espagnole.

« C'est juste, dit Jab, tout ce qu'elle dit est juste... Vous pensez que ze suis un monzieur bien gondrariant. *Vous,* ajoute-t-il, se tournant vers moi, vous avec vos verbes mongols, vos transitifs et vos intransitifs, ne voyez-vous pas quel être affable je suis ? Vous parlez de la Chine tout le temps... C'est ici la Chine, ne voyez-vous pas ?... Ici... Ici quoi ? Donne-moi le cape, Jill, j'ai froid. C'est un froid terrible, sub-glacial. Vous autres, vous avez chaud, moi je gèle. Je sens les capuchons de glace qui reviennent. C'est un fait. Tout gaze très bien, le dollar baisse, les appartements sont loués, les réfugiés ont tous un refuge, le piano est accordé, les factures sont payées, l'oie est cuite, et qu'attendons-nous ? *Le Nouvel Age glaciaire !* Il arrive demain matin. Vous irez à la fenêtre, et tout sera gelé à bloc. Plus de problèmes, plus d'histoire, plus rien. Réglé. Nous serons installés ici, attendant qu'Anna apporte l'oie, et soudain la glace déferlera sur nous. Je sens déjà le froid mortel, le pain tout glaçonné, le beurre blanchi, l'oie glacifiée, les murs atrocement blêmes. Et ce petit ange, cet embryon tout neuf que Jill porte sous sa ceinture, sera gelé dans la matrice, gafouilleur glaireux, aux ailes de glace et aux lèvres d'escargot. Gigue jogue, et tout ira bien ! Dites quelque chose qui réchauffe ! J'ai les jambes glacées. Hérodote prétend qu'à la mort de son père, le phénix embaume le corps dans un œuf fait de myrrhe, et que tous les cinq cents ans ou à peu près, il transporte le petit œuf embaumé dans la myrrhe des déserts de l'Arabie jusqu'au temple du Soleil, à Héliopolis. *Comment trouvez-vous ça ?* D'après Pline, il n'y a qu'un œuf à la fois, et quand l'oiseau sent que sa fin approche, il se construit un nid fait de branches de quassia et d'encens, et il y meurt dessus. De la matière même du nid naît un petit ver qui devient phénix. D'où *bennu*, le symbole de la résurrection. *Comment cela?* Il me faut quelque chose de plus fort! En voici une autre... Les danseurs du feu en Bulgarie s'appellent *Nistingares*. Ils dansent dans le feu le 21 mai, pendant la fête de sainte Catherine et de saint Constantin. Ils dansent sur les tisons ardents jusqu'à ce que leurs faces se révulsent, alors, ils profèrent des prophéties. »

« Je n'aime pas ça du tout », dit Jill.

« Moi non plus, dit Jab. Mais j'aime l'histoire des petits vers d'âme qui s'envolent du nid pour la résurrection. Jill aussi en a un en elle. Il germe, il germe. Impossible de l'arrêter. Hier c'était un têtard, demain ce sera une liane de chèvrefeuille. Peux pas encore savoir ce que ça donnera... pas encore. Ça meurt dans le nid chaque jour, et le lendemain, ça ressuscite. Appuyez votre oreille contre son ventre... vous entendrez ronfler ses ailes. Rrrr... Rrrr... Sans moteur. Merveilleux! Elle en a des millions en elle qui ronflent là-dedans, et qui meurent d'envie de sortir. Rrrr... Rrrr... Et si vous enfonciez seulement une aiguille dans le sac, les voilà qui sortiraient tous en ronflant! Imaginez ça! Un grand nuage de vers d'âmes... des millions... Et si épais le nuage qu'on ne se verrait pas au travers... C'est un fait! Inutile d'écrire sur la Chine. Parlez de cela! De ce qui est en vous... la grande vertébration vertigineuse... les zoospores et les leucocytes... les wamroths et les hohenlinden..., tout est poème. La méduse aussi est un poème —

de la plus belle espèce. Vous la piquez par ici, piquez par là, elle se tortille et se glisse, se ramasse et se clabousse, elle a un colon et des intestins, elle est vermiforme et ubiquiste... Et Mowgli dans le jardin, qui siffle pour le loyer, c'est un poème lui aussi, un poème aux longues oreilles, un poème dégueulard et bretzulard, avec des logomidondaines, à la gagaïsme. Il est plein de dédales ronds et auriculaires, de ruches rondes de rouge-gorge qui s'ouvrent comme une calèche. Il dégobille dans le dégobilloir, tandis que le buccin beugle et buccine... il beugle dans le buccinoir et fourgonne le plus fou fourbi qu'il vous fout dans les fouilles... Mowgli... owgli..., ouste, pignouffe... »

« Il perd l'esprit », dit Jill.

« Erreur, dit Jab. Je viens de le trouver, seulement c'est un autre genre d'esprit que ce que vous pouvez imaginer. Vous pensez qu'un poème doit se trouver entre deux couvertures. Dès que vous écrivez, le poème cesse. Le poème, c'est le présent qu'on ne peut définir. On le vit. Tout est poème, s'il y a du temps dedans. Inutile de prendre le ferry-boat ni d'aller en Chine pour écrire un poème. Le plus beau poème que j'aie jamais vécu était un évier de cuisine. Vous en ai-je jamais parlé? Il y avait deux robinets, l'un appelé Froid, et l'autre Chaud. Froid vivait sa vie *in extenso,* grâce à un tuyau de caoutchouc attaché à son museau. Chaud était astiqué et modeste. Chaud dégouttait tout le temps, comme s'il avait la chaude-pisse. Le mardi et le vendredi il allait à la Mosquée, où il y avait une clinique pour les robinets vénériens. Le mardi et vendredi, Froid devait faire tout le turbin. Il trimait comme un bougre. C'était là tout son univers. Chaud, au contraire, avait besoin d'être choyé, caressé. Il fallait lui dire « pas si vite! », sans quoi il vous emportait la peau. De temps en temps, ils travaillaient à l'unisson, Froid et Chaud, mais c'était rare. Le samedi soir, quand je me lavais les pieds à l'évier, je me mettais à penser à la perfection de ce monde sur lequel régnaient ces deux-là. Rien de plus que cet évier de fer avec ses deux robinets. Ni commencement, ni fin. Perpétuité. Les Gémeaux, régnant sur la vie et la mort. Alpha-Chaud coulant à tous les degrés Fahrenheit et Réaumur, à travers tous les courants magnétiques et les queues des comètes, à travers le chaudron bouillant de Mauna Loa dans la lumière sèche de la lune Tertiaire; Oméga-Froid coulant à travers le Gulf Stream jusque dans le lit paludéen de la mer des Sargasses, coulant à travers les marsupiaux et les foraminifères, à travers les baleines mammifères et les fissures polaires, coulant à travers des univers d'îles, à travers des cathodes mortes, à travers des os morts et des ordures desséchées, à travers les follicules et les tentacules des mondes informes, mondes vierges, mondes invisibles, mondes à naître et à jamais perdus. Alpha-Chaud dégoutte, dégoutte; Oméga-Froid trime, trime. Mains, pieds, cheveux, faces, plats, légumes, poissons lavés et disparus; désespoir, ennui, haine, amour, jalousie, crime..., dégoutte,

dégoutte. Moi, Jabberwhorl et ma femme Jill, et après nous légion sur légion... tous devant l'évier de fer. Graines qui tombent dans les tuyaux : jeunes cantaloups, citrons, caviar, macaroni, bile, salive, morve, feuilles de laitue, arêtes de sardines, sauce Worcestershire, bière rance, urine, caillots de sang, sels Kruschen, gruau d'avoine, chiques de tabac, pollen, poussière, graisse, laine, bouts d'allumettes, vers vivants, grumeaux de farine, lait brûlé, huile de ricin; graines perdues qui éternellement tombent et éternellement reviennent, transformées en pures, miraculeuses substances chimiques qui refusent d'être nommées, classées, étiquetées, analysées, dessinées et cataloguées. Qui reviennent comme Froid et Chaud perpétuellement, comme une vérité qu'on ne peut abattre. Vous pouvez la prendre brûlante ou froide, ou encore tiède. Vous pouvez vous laver les pieds ou vous gargariser; vous pouvez rincer le savon que vous avez dans les yeux ou vous pouvez nettoyer les feuilles de salade; vous pouvez baigner le nouveau-né ou éponger les membres roides des morts; vous pouvez tremper du pain pour faire des fricadellas ou arroser votre vin. Chose première et dernière. Élixir. Moi, Jabberwhorl, je goûte à l'élixir de vie et de mort. Moi, Jabberwhorl, composé de déchets et de H_2O, de froid et de chaud, y compris tous les règnes intermédiaires, d'écume et d'écorce, de la plus fine, de la plus infime substance jamais perdue, de grandes sutures et d'os compacts, de fissures de glace et d'éprouvettes, de semence et d'ovules mêlés, dissous, dispersés, de museau de caoutchouc et de robinets de cuivre, de cathodes mortes et d'infusoires grouillants, de feuilles de laitue et de soleil en bouteille... Moi, Jabberwhorl, assis devant l'évier de fer, je suis perplexe et exalté, ni plus ni moins qu'un poème, une stance de fer, un follicule bouillant, un leucocyte perdu. L'évier de fer où je crachai mon cœur, où je baignai mes tendres pieds, où je tins mon premier enfant, où je lavai mes gencives douloureuses, où je chantai comme une tortue diamant, et où je chante encore et chanterai éternellement, même si les tuyaux se bouchent et les robinets se rouillent, même si le temps s'écoule et qu'il ne reste que moi dans le présent, le passé et l'avenir. Chante, Froid, chante transitif! Chante, Chaud, chante intransitif! Chantez Alpha et Oméga! Chantez Alléluia! Chante, O Evier! Chante, tandis que le monde s'évanouit... »

Et chantant haut et clair comme un cygne frappé à mort, sur son lit nous l'étendîmes.

Plongée dans la vie nocturne...

Un Coney Island de l'esprit.

Au pied du lit tombe l'ombre de la croix. Des chaînes m'attachent au lit. Le cliquetis des chaînes fait un grand vacarme, on jette l'ancre. Soudain, je sens une main sur mon épaule. On me secoue vigoureusement. Je lève les yeux : c'est une vieille sorcière dans un peignoir sale. Elle va au buffet, ouvre un tiroir, y cache un revolver.

Il y a trois pièces, en enfilade, comme dans un wagon. Je suis couché dans la chambre du milieu, où il y a une bibliothèque en noyer et une coiffeuse. La vieille sorcière enlève son peignoir et se tient devant le miroir en chemise. Elle tient une houpette à la main, et se tamponne les aisselles, la gorge, les cuisses. Sans cesser de pleurer comme une idiote. Finalement, elle vient vers moi tenant un vaporisateur, et m'asperge copieusement. Je remarque que sa chevelure est pleine de rats.

J'observe les mouvements de la vieille. Elle a l'air d'être en transe. Debout devant la coiffeuse, elle ouvre et ferme les tiroirs, l'un après l'autre, mécaniquement. Elle semble avoir oublié ce qu'elle cherche. De nouveau, elle prend la houppe, et se poudre un peu les aisselles. Sur la coiffeuse, il y a une petite montre en argent attachée à un long cordon de ruban noir. Elle enlève sa chemise et se passe la montre autour du cou. La montre arrive juste au triangle du pubis. On entend un léger tic-tac, et la montre tourne au noir.

Dans la pièce à côté, qui est le salon, tous les parents sont réunis. Ils sont assis en demi-cercle, attendant que j'arrive. Ils sont là, droits et raides, empaillés comme les chaises. Au lieu de verrues et de loupes, ils ont du crin de cheval au menton.

Je saute du lit en chemise, et je commence à danser la danse du Roi Kotschei. Je danse en chemise de nuit, un parasol sur la tête. Ils me regardent sans sourire, sans même un pli dans leurs bajoues. Je marche sur les mains, je fais des cabrioles, je me mets les doigts entre les dents et je siffle comme un merle. Pas le plus faible murmure d'approbation ou de désapprobation. Ils sont là, graves, imperturbables. Finalement, je me mets à ronfler comme un taureau, puis je me cabre comme un elfe, je fais la roue comme un paon, mais comprenant que je n'ai pas de queue, je m'arrête. La seule chose qui me reste à faire est de lire le Koran à la vitesse de l'éclair, après quoi les prévisions météorologiques, le *Lai du vieux marin*, et le Livre des Nombres.

Soudain, la vieille sorcière arrive en dansant, complètement nue, les mains en flammes. Dès qu'elle a renversé le porte-parapluies, c'est un tapage infernal. Du porte-parapluies renversé jaillit une procession continue de cobras grouillants, qui filent à la vitesse de l'éclair. Ils s'enroulent aux pieds des tables, ils emportent les soupières, ils grimpent dans le buffet, et coincent les tiroirs, ils se tortillent à travers les tableaux pendus au mur, à travers les anneaux des rideaux, à travers les matelas, ils se logent dans les chapeaux de femmes, sans cesser de siffler comme des chaudières.

J'enroule une paire de cobras autour de mes bras, et je m'avance vers la sorcière, le regard assassin. De sa bouche, de ses yeux, de ses cheveux, et même de son vagin, les cobras ruissellent, avec toujours cet effroyable sifflement de vapeur, comme s'ils venaient d'être vomis par un cratère bouillonnant. Au milieu de la pièce où nous sommes enfermés, s'ouvre une immense forêt. Nous sommes dans un nœud de cobras et nos corps se défont.

Je suis dans une étrange petite chambre, très étroite, étendu sur un lit très haut. J'ai un énorme trou dans le flanc, un trou net, sans une goutte de sang. Je ne sais plus qui je suis, ni d'où je viens, ni comment je suis ici. La pièce est très petite et mon lit est tout près de la porte. J'ai la sensation que quelqu'un est sur le seuil, à me regarder. Je suis pétrifié de terreur.

Quand je lève les yeux, je vois un homme debout sur le seuil. Il porte un derby gris, planté de travers sur sa tête. Il a la moustache pendante ; il est vêtu d'un costume à carreaux. Il me demande mon nom, mon adresse, ma profession, ce que je fais et où je vais, et ainsi de suite. Il me pose d'innombrables questions indiscrètes, auxquelles je suis incapable de répondre, d'abord parce que j'ai perdu ma langue, ensuite parce que je ne peux pas me rappeler quelle langue je parle. « Pourquoi ne dites-vous rien ? » dit-il, se penchant vers moi en ricanant, et saisissant sa canne de rotin, il me perce un trou dans le flanc. De mes deux mains, j'essaie de me desserrer les mâchoires, mais les dents sont bloquées. Mon menton s'effrite comme de l'argile sèche, laissant le maxillaire à nu. « Parlez ! » dit-il, avec ce sourire cruel et railleur, et reprenant sa canne, il me perce le flanc d'un deuxième trou.

Me voici éveillé dans une chambre froide et obscure. Le lit touche presque au plafond. J'entends le grondement des trains, le bondissement rythmé, régulier, des wagons sur le pont de fer gelé ; j'entends le souffle court, étranglé, de la locomotive, comme si l'air était piqueté d'éclats de givre. Dans ma main, les débris d'argile sèche tombés de mon menton, mes dents sont plus verrouillées que jamais ; je respire par les trous dans mon flanc. Par la fenêtre de la petite chambre où je suis, j'aperçois le pont de Montréal. A travers les poutres du pont, chassées par le blizzard aveuglant, volent les étincelles. Les trains s'élancent sur la rivière glacée en guirlandes de feu. J'aperçois les boutiques le long du pont, où luisent des pâtés et des sandwiches aux saucisses. Brusquement, je me rappelle quelque chose. Je me rappelle qu'au moment de traverser la frontière, ils m'ont demandé ce que j'avais à déclarer, et, comme un idiot, j'ai répondu : *Je déclare que je suis un traître à la race humaine.* Je me souviens nettement que ceci se passa alors que je tournais sur la roue de supplice derrière une femme en jupe à ballons. Il y avait des miroirs tout autour de nous, et au-dessus des miroirs, une balustrade en lattes de bois, pile après pile de lattes entassées les unes sur les autres, penchées, dégringolantes, vision de cauchemar. Au loin, je voyais le pont de Montréal, et, sous le pont, des blocs de glace par-dessus lesquels couraient les trains. Je me rappelle maintenant que lorsque la femme se retourna pour me regarder, elle avait un crâne sur les épaules, et sur le front décharné était gravé le mot SEXE, pétrifié comme un lézard. Je vis les paupières retomber sur les yeux, et puis les cavernes aveugles, sans fond. Comme je la fuyais, j'essayai de lire ce qui était écrit sur une voiture qui dévalait à côté de moi, mais je ne pus saisir que la fin d'un mot qui n'avait pas de sens.

Au pont de Brooklyn, je suis planté comme d'habitude, à attendre que le tram tourne le coin. Dans la chaleur de cette fin d'après-midi, la cité se dresse comme un grand ours polaire qui ferait tomber ses rhododendrons. Les formes vacillent, le gaz envahit les poutres, la fumée et la poussière flottent comme des amulettes. Du chaos mouvant des buildings s'écoule une mélasse de corps chauds, vêtus de jupes et de culottes, agglutinés les uns aux autres. La houle déferle devant les voies incurvées, et se brise comme des peignes de verre. Sous les enseignes mouillées, les jambes diaphanes des amibes cafouillent pour monter sur les trottoirs roulants, belles jambes, robustes, jambes de joueurs de tennis enveloppées de cellophane, montrant leurs veines blanches à travers des mollets d'or et des muscles d'ivoire. La ville halète dans la sueur de l'après-midi. Du haut des gratte-ciel, sortent des panaches de fumée, doux comme les plumes de Cléopâtre. L'air est étouffé, les chauves-souris battent des ailes, le ciment se ramollit, les rails de fer s'aplatissent sous les larges rebords des roues des tramways. La vie est écrite en caractères de douze pieds de haut, avec paragraphes, virgules et points-virgules. Le pont oscille sur les lacs de gazoline au-dessous. Melons californiens venus de la Vallée Impériale roulent, ordures qui sombrent au-delà de la Porte des Enfers, les ponts des bateaux sont nets, les étançons luisent, les grelins sont serrés, les débarcadères craquent, la mousse s'effrite et se dégorge sur les pontons des bacs. Une brume tiède et étouffante s'étend sur la ville comme une coupe de graisse, la sueur dégouline entre les jambes nues, autour des fines chevilles. Masse visqueuse de bras et de jambes, de demi-lunes et de girouettes, de rouges-gorges et de rondes-gorges, de volants et de bananes luisantes, avec la pulpe légère d'un citron dans le calice de l'écorce. Cinq heures sonnent dans la saleté et la sueur de l'après-midi, raie d'ombre brillante projetée par les poutres de fer. Les trams roulent en rond avec leurs mandibules de fer, croquant le papier mâché de la foule; et l'avalent en spirale comme un ruban de tickets poinçonnés.

Au moment de m'asseoir, je vois un homme que je connais, debout sur la plate-forme arrière, un journal à la main. Son chapeau de paille est rejeté sur sa nuque, son bras est appuyé sur le frein de cuivre du conducteur. Derrière ses oreilles, le réseau des câbles s'étend comme les cordes d'un piano. Son canotier est juste à la hauteur de Chambers Street; il est posé comme une tranche d'œuf sur les épinards verts de la baie. J'entends le déclic de l'engrenage glisser contre le bout du soulier du conducteur. Les fils télégraphiques bourdonnent, le pont gémit de joie. Sur le siège devant moi, deux petits bouts de caoutchouc, comme les touches noires d'un piano. De la forme d'une gomme à peu près, pas ronds comme le bout d'une canne. Deux machins choses élastiques pour amortir les chocs. Coup sourd d'un marteau de caoutchouc frappant un crâne de caoutchouc.

Le paysage est désolé. Ni chaleur, ni agrément, ni intimité, ni densité, ni opacité, ni numérateur, ni dénominateur. C'est comme un journal du soir qu'on lirait à un sourd-muet debout sur un porte-chapeau une feuille de palmier à la main. Dans tout ce pays desséché, aucun signe de la main de l'homme, ni de l'œil ni de la voix de l'homme. Rien que des lettres capitales écrites à la chaux et que la pluie délave. Une toute petite promenade en tram, et me voici dans un désert d'épines et de cactus.

Au milieu du désert, un établissement de bains, et dans l'établissement, un cheval de bois avec une scie posée en travers. Près de la table à dessus de zinc, une femme que j'ai connue regarde par la fenêtre pleine de toiles d'araignée. Elle se dresse au milieu du désert comme un rocher de camphre. Son corps a le fort et blanc arôme du chagrin. Elle se dresse, statue qui dit adieu. Elle est là, me dominant de la tête et des épaules, sa croupe est d'une coulée grandiose et d'une taille disproportionnée. Tout est disproportionné — mains, pieds, cuisses, chevilles. C'est une statue équestre sans cheval, fontaine de chair réduite aux proportions d'un œuf de mammouth. Dans la salle de bal de sa chair son corps chante comme du fer. Fille de mes rêves, quelle belle cage tu fais ! Mais où donc est le petit perchoir pour tes oreilles à trois griffes ? Le petit perchoir qui se balançait, avant arrière, entre les barreaux de cuivre ? Tu es là, devant la fenêtre, morte comme un canari, les pattes raides, le bec bleu. Tu as le profil d'un dessin au trait qu'on aurait fait au tranchoir. Ta bouche est un cratère bourré de feuilles de laitue. Pouvais-je rêver que tu serais si monstrueusement chaude et disproportionnée ? Laisse-moi contempler tes belles pattes de chacal ; que j'entende le repoussant croassement qui sort de ta gorge sèche !

A travers les toiles d'araignée, je regarde les criquets agiles, les longues vertèbres feuillues des cactus d'où suinte du lait de chaux, les cavaliers aux sacoches vides, les pommeaux aux protubérances de chameaux. Désert aride de mon pays natal, avec ses hommes gris et décharnés, aux vertèbres tordues, aux pieds chaussés de molettes et d'éperons. Dominant la floraison des cactus, la ville est suspendue la tête en bas, et ses hommes gris et décharnés grattent les cieux de leurs bottes à éperons. J'étreins ses contours bombés, ses angles rocailleux, ses seins puissants de dolmen, ses pieds fourchus, sa queue en panache. Je la serre contre moi dans l'écume étouffante des cañons sous les versants encaissés, veinés de sable d'or, tandis que l'heure s'écoule. Dans la houle aveuglante de tristesse, lentement le sable envahit mes os.

Sur la table de zinc à côté de nous, gît une paire de ciseaux rouillés et émoussés. Le bras qu'elle lève est comme entravé de fils contre son flanc. L'inflexible et blafard mouvement de ce bras est pareil au cri rauque et sourd du jour qui meurt, et la corde qui nous lie est comme un câble rugueux. La sueur gicle de mes tempes, y forme des caillots et bat comme une pendule. La pendule à bout de course s'épuise dans la sueur. Les ciseaux s'ouvrent et se ferment lentement sur des charnières rouillées. Mes nerfs exaspérés courent le long des dents du peigne, mes ergots se hérissent, mes veines s'échauffent. Toute douleur est-elle ainsi, sourde et supportable? Le long du fil des ciseaux, je sens l'angoisse émoussée, rouillée, du jour qui meurt, le lent cheminement palmé de la faim satisfaite, de l'espace pur et du ciel étoilé entre les bras d'un automate.

Au milieu du désert, j'attends le train. Dans mon cœur, une petite cloche de verre, et sous la cloche un edelweiss. Tous mes soucis se sont dissipés. Même sous la glace, je sens la floraison que la terre prépare pendant la nuit.

Enfoncé dans le luxueux fauteuil de cuir, j'ai la vague impression que je voyage sur une ligne allemande. Je suis assis près de la portière, et je lis un livre ; je sens que quelqu'un lit par-dessus mon épaule. C'est mon livre à moi, et il y a un passage qui m'intrigue. Les mots sont incompréhensibles. A Darmstadt, nous descendons un moment pendant qu'on change de machine. Le hangar de verre se transforme en une nef supportée par de noires poutres ajourées. La sévérité du hangar de verre ressemble beaucoup à mon livre — quand il était ouvert sur mes genoux, montrant ses côtes. Dans mon cœur, je sens fleurir l'edelweiss.

La nuit en Allemagne, quand on se promène sur le quai, il y a toujours quelqu'un pour vous expliquer les choses. Têtes longues et têtes rondes se rapprochent dans un nuage de vapeur, et toutes les roues sont démontées et remontées. Le son de leur langage semble plus pénétrant que d'autres, comme s'il était nourriture pour le cerveau, substantiel, appétissant, nourrissant. Des particules agglutinées se détachent et se dissipent lentement des mois après le voyage, comme un fumeur qui rejette un mince nuage de fumée par les narines après qu'il a bu un verre d'eau. Le mot « *gut* » est, de tous, celui qui dure le plus longtemps. « *Es wär gut* », dit quelqu'un, et son « *gut* » gronde dans mes entrailles comme un savoureux faisan. Certainement rien ne vaut comme de prendre un train la nuit quand tous les habitants dorment, et de drainer de leurs bouches ouvertes les riches et succulents morceaux de leur langage inexprimé. Quand on dort, le cerveau est encombré d'événements ; l'esprit voyage dans un essaim, comme ces moucherons qu'aspire le train.

Soudain me voici au bord de la mer, sans que je me souvienne que le train se soit arrêté. Aucun souvenir même, qu'il soit reparti. Projeté sur le bord de l'océan tout comme une comète.

Tout est sordide, camelote, mince comme du carton. Un Coney Island de l'esprit. Les attractions fonctionnent à plein gaz, les étagères sont remplies de porcelaine, de poupées bourrées de son, de réveils et de crachoirs. Toutes les boutiques sont surmontées de trois balles, et tous les jeux sont des jeux de balle. Les Juifs se promènent en imperméable, les Japonais sourient, l'air pue l'oignon haché et la saucisse grillée. Baragouin, baragouin, et dominant tout dans un mugissement étouffé arrive le souffle continu et le tonnerre des vagues, ronflement poussif, prolongé, ininterrompu, adénoïde, qui étale une sorte de catarrhe visqueux sur tout le sale bazar. Derrière les devantures de carton, les vagues labourent la nuit de leurs lumineuses dents argentées. Les mollusques gisant sur le dos éjectent de l'ozone par leur orifice anal. Dans la nuit océane, le champ de courses a l'air d'une barbe hiémale. Tout glisse et s'émiette, tout étincelle, titube, tinte et titille...

Où donc est le beau jour d'été où je vis pour la première fois tourner la terre au vert tapis, et les hommes et les femmes aux mouvements de panthères ? Où la douce musique que j'entendais sourdre et gargouiller d'entre les racines juteuses de la terre ? Où puis-je aller si partout je trouve des trappes, des squelettes grimaçants, un monde à l'envers dépouillé de sa chair ? Où reposer ma tête s'il n'y a rien que des barbes et des imperméables, des sifflets d'un sou et des lattes brisées ? Dois-je marcher éternellement le long de cette interminable rue de carton, carton que je puis poinçonner, que je puis faire écrouler en soufflant dessus, que je puis incendier d'une allumette ? Le monde est devenu un labyrinthe mystique, érigé au cours de la nuit par une nuée de menuisiers. Tout est mensonge, tout est truqué. Carton-pâte.

Je marche le long de la plage océane. Le sable est jonché de mollusques humains, qui attendent qu'on écarte leurs coquilles. Dans le grondement et le tumulte des vagues, leur mesquine angoisse passe inaperçue. Les lames les heurtent, les lumières les assourdissent, la marée les noie. Ils gisent derrière la rue de carton, dans la nuit aux couleurs d'onyx, et ils écoutent rissoler les saucisses. Baragouin, baragouin, éternuement et souffle d'asthme, les balles roulent sur les longues glissières lisses jusque dans les petits trous remplis de bric-à-brac, porcelaines, crachoirs, pots de fleurs et poupées de son.

Japonais graisseux essuient les plantes de caoutchouc d'un chiffon mouillé, Arméniens hachent des oignons en particules microscopiques, Macédoniens aux bras de mélasse jetant le lasso. Chaque homme, chaque enfant, chaque femme sous l'imperméable a des ganglions adénoïdes, propage le catarrhe, le diabète, la coqueluche, la méningite. Tout ce qui se tient debout, ce qui glisse, roule, dégringole, tournoie, tire, titube et oscille et s'émiette est fait d'écrous et de boulons. Le monarque de l'esprit est une clé anglaise. Souveraine puissance du carton-pâte.

Les mollusques se sont endormis, les étoiles s'éteignent. Tout ce qui est fait d'eau, sommeille maintenant dans la poche d'une hyène. Le matin monte comme un toit de verre sur le monde. L'océan vitreux ondule dans ses profondeurs, sommeil paisible et transparent.

Il ne fait ni jour ni nuit. C'est l'aube qui chemine en vagues courtes, avec un battement d'ailes d'albatros. Les sons qui me parviennent sont ouatés, feutrés, assourdis, comme si le labeur de l'homme s'accomplissait sous l'eau. Je sens la marée refluer sans avoir peur d'être aspiré; j'entends les vagues clapoter sans avoir peur de me noyer. Je marche parmi les déchets et les débris du monde, mais je ne meurtris pas mes pieds. Le ciel n'en finit pas, aucune limite entre la terre et la mer. J'avance à travers écluse et abîme, les pieds gluants et glissants. Je ne sens rien, je n'entends rien, je ne vois rien, je n'éprouve rien. Sur le dos ou sur le ventre, de travers comme le crabe ou en spirale comme l'oiseau, tout est béatitude duveteuse et indéterminée.

Le souffle crayeux de Plymouth remue les vertèbres géologiques ; le bout de sa queue de dragon s'enroule autour du continent brisé. Terre indiciblement brune et hommes aux vertes chevelures, vieille image recréée dans une douce blancheur laiteuse. Un dernier frétillement de la queue, dans une indifférence inhumaine ; indifférence à l'espoir, au désespoir, à la mélancolie. La terre brune, le vert oxydé, n'appartiennent pas à l'air ni au ciel, pas à la vue ni au toucher. La paix solennelle, le calme intangible et lointain des falaises de craie, distillent un poison, un souffle nocif, croassant, suspendu sur la terre comme le bout de la queue d'un dragon. Je sens les griffes invisibles qui s'agrippent aux rochers. Le vert lourd, profond, de la terre, n'est pas le vert de l'herbe ou de l'espoir, mais celui du limon, celui du courage ignoble et invincible. Je vois les noirs capuchons des martyrs, leurs cheveux emmêlés, leurs griffes aiguës voilées de bure rugueuse, la laine brune de leur haine, de leur ennui, de leur néant. J'ai une immense nostalgie pour ce pays qui s'étend à l'extrémité de la terre, île aux contours irréguliers, pareille à un alligator se chauffant au soleil. Ses paupières lourdes, asexuées, dégagent un calme trompeur et empoisonné. Sa gueule béante s'ouvre comme une vision. C'est comme si la mer avec tous ses noyés, avec leurs ossements, leurs espoirs, leurs édifices de rêve, avaient formé cet amalgame blanc qui a nom Angleterre.

Mon esprit s'épuise à chercher quelque souvenir qui soit antérieur à tout souvenir, à chercher le mythe gravé sur une tablette de pierre enfouie sous une montagne. Sous l'ossature aérienne, les vitrines remplies de pâtés et de saucisses, les rails aux courbes rapides, les vieilles sensations, les vieux souvenirs m'envahissent de nouveau. Tout ce qui se rapporte aux docks et aux quais, aux cheminées des navires, aux grues, aux pistons, aux roues, aux amarres, aux ponts, tout l'attirail des voyages et de la faim se répète comme un mécanisme aveugle. Quand j'arrive à la croisée des chemins, la rue vivante s'étend comme une carte incrustée de devantures et de marchands de vin. La chaleur de midi craquèle la surface vernie de la carte. Les rues se gonflent et éclatent.

Là où une étoile rouillée marque la frontière du passé, s'élève un chaos de bâtiments aigus et triangulaires, aux bouches noires, aux dents cassées. Cela sent l'iodoforme et l'éther, le formol et l'ammoniaque, le fer-blanc frais et les moules de fonte humide. Les bâtiments s'affaissent, les toitures délabrées s'écrasent. L'air est si lourd, si âcre, si étouffant, que les murs ne peuvent plus se tenir debout. Les portes se sont effondrées au-dessous du niveau de la rue. Il y a quelque chose de coassant dans l'atmosphère qui évoque des grenouilles. Une vapeur moite, empoisonnée, enveloppe les alentours, comme s'il y avait un marécage sous les fondations mêmes.

Quand j'arrive chez mon père, je le trouve devant la fenêtre en train de se raser, ou plutôt non en train de repasser son rasoir. Jamais encore il ne m'avait fait défaut — mais maintenant, j'ai besoin de lui, et il demeure sourd. Je remarque maintenant combien la lame dont il se sert est rouillée. Le matin, avec mon café, il y avait toujours l'éclair brillant de sa lame, l'éclat de l'acier allemand contre le cuir doux et lisse de l'affûtoir, le clapotement mousseux du blaireau comme de la crème dans mon café, la neige entassée sur le rebord de la fenêtre, et qui feutrait ses paroles. Maintenant la lame est ternie, et la neige n'est plus que boue. Les cristaux de givre des vitres dégouttent en graisse liquide, qui pue le crapaud et le marécage. « Apporte-moi de gros vers, dit-il, d'un ton suppliant, et nous labourerons les vairons. » Pauvre père désespéré que j'ai! Mes mains vides essayent d'étreindre à travers une table cassée.

La nuit est glacée. Une grue qui se promène la tête basse m'accoste, passe son bras sous le mien, et me conduit vers un hôtel qui porte une enseigne en émail bleu. Là-haut dans la chambre, je la regarde soigneusement. Elle est jeune et athlétique, et surtout, elle est ignorante. Elle ne connaît pas le nom d'un seul roi. Elle ne parle même pas sa propre langue. Quoi que je lui raconte, elle l'avale sans discuter. Elle s'en gorge et s'en regorge. Le seul problème est de se réchauffer, de se faire une couche de graisse pour l'hiver, comme elle me l'explique avec simplicité. Quand elle a extrait toute la graisse de ma moelle, elle rejette la couverture, et avec la plus extraordinaire vivacité elle commence ses exercices trapézoïdes. La chambre ressemble à un nid d'oiseau-mouche. Nue comme un ver, elle se roule en boule, la tête enfouie dans ses seins, ses bras collés entre ses cuisses. Elle a l'air d'une cosse verte de laquelle va jaillir un pois.

Tout à coup, avec cet air idiot des Américains, elle s'écrie : « Regarde, je peux faire *ça*, mais pas *ça* ! » Et elle le fait. Fait quoi ? Dame, elle commence à faire claquer les lèvres de son vagin, tout comme un oiseau-mouche. Elle a une petite tête fourrée avec des yeux francs de bon chien. On dirait une image du diable, du temps où le Palatinat était en fleur. L'incongruité de tout cela m'abrutit. Je m'assieds sous un marteau mécanique : chaque fois que je regarde son visage, je vois une fente de fer, et derrière, un homme au masque de fer qui me regarde en clignant de l'œil. Ce qui est d'une drôlerie terrifiante, parce qu'il cligne de son œil aveugle, aveugle et larmoyant, qui menace de se changer en cataracte.

Si ses bras et ses jambes n'étaient pas si emmêlés, si elle n'était pas un serpent glissant et lové, étranglé dans un masque, je jurerais que c'est ma femme Alberta, ou sinon Alberta, du moins une autre — quoique je penche pour Alberta. Je pensais que je reconnaîtrais toujours le chat d'Alberta, mais entortillé ainsi avec un masque entre les jambes, tous les chats se ressemblent, et sur chaque trou d'égout il y a une grille, et dans chaque cosse il y a un pois, et derrière chaque fente il y a un homme au masque de fer.

Assis sur la chaise près du lit en fer, mes bretelles défaites et un marteau à vapeur qui me pilonne le crâne, je commence à rêver des femmes que j'ai connues. Celles qui se détraquaient le pubis rien que pour que le médecin leur enfonce un doigt de caoutchouc dedans, et leur tapote les rugosités de l'épiglotte. Celles qui avaient des membranes si minces qu'une égratignure d'épingle retentissait dans leur vessie descendue comme les chutes du Niagara. Celles qui passaient des heures à se retourner l'utérus afin de le piquer avec une aiguille à repriser. Drôles de femmes, un peu chien, avec des têtes fourrées, et toujours un réveille-matin ou un puzzle caché au mauvais endroit; juste au mauvais moment, le réveil se mettait à sonner; juste quand le ciel flamboie de chandelles romaines, et que des crabes et des étoiles de mer jaillissent des étincelles mouillées, juste alors, immanquablement, un morceau du puzzle se casse, un fil de fer claque, un clou vous perce le doigt, un corset pourrit de transpiration. Étranges femmes au faciès de chiens, portant des cols raides, les lèvres tombantes, les yeux contractés. Danseuses démons, venues du Palatinat avec leurs grosses croupes, et la porte est toujours entrouverte, et un crachoir à la place du porte-parapluies. Athlètes en celluloïd, qui éclatent comme des balles de ping-pong, quand elles s'élancent à travers la lumière des lampes à gaz. Étranges femmes — et je suis toujours assis près d'un lit de fer. Si adroits leurs doigts, que le marteau retombe toujours au beau milieu de mon crâne, et fait craquer la glu des jointures. La boîte crânienne est comme une saucisse de Hambourg dans un étalage fumant.

En traversant le vestibule de l'hôtel, je vois une foule rassemblée autour du bar. J'entre, et soudain j'entends un enfant qui hurle de douleur. Il est debout sur une table au milieu des gens. C'est une fillette, et elle a une fente dans la tête, juste sur la tempe. Le sang gicle. Il gicle, sans couler le long de sa figure. Chaque fois que la fente s'écarte, je vois quelque chose qui bouge à l'intérieur. On dirait un poussin. Je regarde attentivement. Cette fois, j'ai bien vu. C'est un coucou! Les gens rient. Pendant ce temps, l'enfant hurle de douleur.

Dans l'antichambre, j'entends les malades tousser et se racler les pieds; j'entends les pages d'un magazine qu'on ferme et une voiture de laitier qui roule sur le pavé, dehors. Ma femme est assise sur un tabouret blanc, la tête de l'enfant repose contre ma poitrine. La blessure de sa tempe palpite, palpite, comme un pouls appuyé contre mon cœur. Le chirurgien est en blouse blanche, il marche de long en large, tirant sur sa cigarette. De temps à autre, il s'arrête près de la fenêtre pour regarder le temps qu'il fait. Enfin il se lave les mains et passe ses gants de caoutchouc. Une fois ganté, il allume une flamme sous les instruments ; puis il regarde sa montre distraitement et feuillette les factures qui sont sur le bureau. L'enfant gémit maintenant ; tout son corps frémit de douleur. Je lui ai attaché les bras et les jambes. J'attends que les instruments aient bouilli.

Enfin le chirurgien est prêt. Assis sur un petit tabouret blanc, il choisit un long, délicat instrument, en rougit la pointe à la flamme, et sans un mot d'avertissement il le plonge dans la plaie ouverte. L'enfant pousse un cri si terrifiant que ma femme tombe par terre, évanouie. « Ne faites pas attention à *elle,* dit le chirurgien plein de sang-froid, en repoussant son corps du pied. Tenez bon maintenant ! » Et trempant son instrument atroce dans un antiseptique bouillant, il plonge la lame dans la tempe et l'y maintient jusqu'à ce que des flammes jaillissent de la blessure. Puis, avec la même rapidité diabolique, il retire brusquement l'instrument, auquel est attaché par un œillet un long cordon blanc qui peu à peu se transforme en flanelle rouge, puis en gomme à mâcher, puis en coquelicot, et enfin en sciure. Comme le dernier flocon de sciure sort de la plaie, celle-ci se referme, propre et de bonne chair, sans laisser la moindre trace de cicatrice. L'enfant me regarde avec un sourire paisible, et glissant de mes genoux, va tranquillement jouer dans un coin de la pièce.

« Voilà qui est excellent ! dit le chirurgien, vraiment tout à fait excellent ! »

« Oh vraiment? hurlé-je. Et bondissant comme un fou, je le renverse de son tabouret, et mes genoux solidement enfoncés dans sa poitrine, je saisis l'instrument le plus proche, et je me mets à le larder avec. Je le laboure comme un démon. Je lui fais sauter les yeux, je lui crève les tympans, je lui fends la langue, je lui casse la trachée, je lui aplatis le nez. Je lui arrache ses vêtements pour lui brûler la poitrine jusqu'à ce qu'elle fume, et pendant que la chair est encore à vif et frémissante du fer chaud, je déroule l'épiderme et je verse de l'acide nitrique à l'intérieur — jusqu'à ce que j'entende rissoler le cœur et les poumons. Jusqu'à ce que la fumée me fasse presque défaillir et tomber à genoux.

Pendant ce temps, l'enfant folle de joie bat des mains. Je me lève pour chercher un marteau, et je remarque ma femme assise dans l'autre coin. Elle paraît trop paralysée par la peur pour se lever. Tout ce qu'elle peut faire est de murmurer : « Démon! Démon! » Je cours en bas chercher le marteau.

Dans l'obscurité, il me semble distinguer une forme debout à côté du petit piano d'ébène. La lampe fume, mais il y a juste assez de lumière pour mettre un halo autour de la tête de l'homme. Il lit à haute et monotone voix dans un grand livre de fer. Il lit comme un rabbin qui psalmodie ses prières. Sa tête est rejetée en arrière en extase, comme si elle était définitivement disloquée. On dirait un réverbère cassé qui luit dans le brouillard. A mesure que l'obscurité augmente, sa lamentation devient de plus en plus monotone. Finalement, je ne vois plus que le halo autour de sa tête. Cela aussi disparaît, et je m'aperçois que je suis devenu aveugle. Je suis comme un noyé qui verrait surgir tout son passé. Non seulement mon passé personnel, mais celui de toute la race humaine, que je traverse sur le dos d'une énorme tortue. Nous cheminons avec la terre à une allure d'escargot. Nous atteignons les limites de son orbite, puis, avec une curieuse démarche déhanchée, nous titubons rapidement à travers toutes les maisons vides du zodiaque. Nous voyons les étranges formes fantastiques du règne animal, les races perdues qui n'étaient parvenues au sommet de l'échelle que pour sombrer au fond de l'océan. Surtout ce doux oiseau rouge, dont le plumage est tout flamboyant. L'oiseau rouge, rapide comme une flèche, et qui va toujours vers le nord. A tire-d'aile vers le nord, survolant les corps des morts et dans son sillage, toute une nuée de vers d'anges, essaim aveuglant qui voile la lumière du soleil.

Lentement, comme si on écartait des voiles, l'obscurité se dissipe et je discerne la silhouette d'un homme debout près du piano, le grand livre de fer à la main, la tête rejetée en arrière. Sa voix monotone psalmodie la litanie des morts. Bientôt, il se met à marcher de long en large, d'un pas vif et mécanique, comme s'il faisait distraitement de l'exercice. Ses mouvements obéissent à un rythme saccadé, automatique, qui est exaspérant à voir. Il se conduit comme un animal de laboratoire, à qui l'on a ôté une partie du cerveau. Chaque fois qu'il arrive devant le piano, il frappe quelques accords au hasard — plink! plank! plonk! — tout en marmonnant quelque chose à voix basse. S'approchant vivement du mur est, il marmonne : « théorie de la ventilation »; puis du mur ouest, il marmonne : « théorie des contraires »; virant nord-nord-ouest, il marmonne : « théorie de l'air frais tout mouillé ». Et ainsi de suite. Il va comme un vieux schooner quatre-mâts aux prises avec la tempête, ses bras pendent sans force, sa tête s'incline légèrement d'un côté. Mouvement vif, infatigable, comme une navette qui vole sur un métier. Soudain, cap plein nord, il marmonne : « Z comme zèbre..., zeb, zuet, Zacharie..., pas de signe b comme bretzels... »

Tournant les pages du livre de fer, je m'aperçois que c'est un recueil de poèmes du Moyen Age sur les momies. Chaque poème contient un remède pour le traitement des maladies de la peau. C'est le *Journal de la Grande Peste,* écrit par un moine juif. Une sorte de chronique compliquée des maladies de la peau chantée par les troubadours. L'écriture est en forme de notes de musique, représentant toutes les bêtes qui rampent et portent malheur, comme la taupe, le crapaud, le basilic, l'anguille, l'escarbot, la chauve-souris, la tortue, la souris blanche. Chaque poème contient une formule pour exorciser le corps des démons qui infestent les couches internes de la peau.

Mon regard erre de la page de musique à la chasse au loup qui a lieu au-delà des grilles. Le sol est couvert de neige, et dans le champ ovale près du mur du château, deux chevaliers armés de longues rapières harcèlent le loup à mort. Avec une grâce et une dextérité miraculeuses, le loup est peu à peu amené dans la position voulue pour recevoir le coup mortel. J'éprouve une sensation voluptueuse à regarder le coup de grâce longtemps différé. Au moment où la lance va être enfoncée, cheval et cavalier sont ramassés en une détente d'une élasticité bouleversante : d'un seul mouvement simultané, le loup, le cheval et son cavalier tournent autour du pivot de la mort. Comme la lance vole à travers le corps du loup, le sol se soulève doucement, l'horizon s'incline, le ciel est bleu comme un couteau.

Traversant la colonnade, j'arrive aux rues en contrebas qui mènent à la ville. Les maisons sont entourées de hautes cheminées noires qui vomissent une fumée sulfureuse. Finalement j'arrive à l'usine de caisses, et par une fenêtre j'aperçois les estropiés alignés dans la cour. Aucun d'eux n'a de pieds, rares ceux qui ont des bras. Leurs visages sont couverts de suie. Tous ont des médailles sur la poitrine.

Avec horreur et stupéfaction, je m'aperçois peu à peu que de la longue glissière qui descend contre le mur de l'usine, une coulée ininterrompue de cercueils se vide dans la cour. A mesure qu'ils dégringolent, un homme s'avance sur ses moignons, et s'arrêtant un moment pour hisser le fardeau sur son dos, s'en va péniblement avec son cercueil. Ce manège continue sans arrêt, sans la moindre interruption, sans le moindre bruit. Mon visage est ruisselant de sueur. Je veux m'enfuir, mais mes pieds sont rivés au sol. Peut-être n'ai-je pas de pieds. Je m'accroche au cadre de la fenêtre et sans oser baisser les yeux, je lève prudemment et craintivement mon pied jusqu'à ce que je puisse toucher le talon de mon soulier de la main. Je répète l'expérience avec l'autre pied. Puis, saisi de panique, je cherche vivement la sortie. La pièce où je me tiens est jonchée de caisses d'emballage ; il y a des marteaux et des clous de tous côtés. Je me faufile entre les caisses vides, à la recherche de la porte. A peine l'ai-je trouvée, que mon pied bute contre une caisse vide. J'y jette un coup d'œil, et voici qu'elle n'est pas vide ! Vite, j'inspecte les autres. Aucune n'est vide ! Dans chaque caisse il y a un squelette enveloppé de papier d'emballage. Je cours d'un corridor à l'autre, cherchant frénétiquement l'escalier. Dans ma fuite à travers les vestibules, je sens l'odeur des liquides à embaumer qui suinte des portes. Enfin j'arrive à l'escalier, et comme je le descends quatre à quatre, j'aperçois un index en émail blanc à l'étage inférieur qui désigne : La Morgue.

Il fait nuit, et je rentre chez moi. Mon chemin traverse un parc abandonné pareil à ceux que je traverse souvent dans l'obscurité quand je ferme les yeux et que je n'entends que la respiration des murs. J'ai l'impression d'être dans une île entourée de criques rocheuses et de goulets. Mêmes petits ponts avec leurs lanternes de papier, bancs rustiques jetés le long des allées sablées, pagodes où l'on vend des objets de confection, balançoires brillantes, parasols, rochers escarpés au-dessus des criques, léger papier chinois qui enveloppe les pétards. Tout est exactement comme avant, même le bruit du carrousel et des cerfs-volants voletant dans les branches enchevêtrées des arbres. *Sauf que maintenant c'est l'hiver.* Plein hiver, et toutes les routes sont couvertes de neige, neige épaisse qui les rend presque impraticables.

Je m'arrête un moment au sommet de l'un de ces ponts japonais en dos d'âne, penché sur la balustrade, pour rassembler mes idées. Toutes les routes s'étendent nettement devant moi. Elles courent en lignes parallèles. Dans ce parc boisé que je connais si bien, je me sens en parfaite sécurité. Je pourrais me tenir là sur ce pont éternellement, sûr de ma destination. Il me paraît à peine nécessaire d'aller plus loin, car je suis maintenant sur le seuil, pourrais-je dire, de mon royaume, et son imminence me tranquillise. Comme je le connais bien ce petit pont, ce bouquet d'arbres, le ruisseau qui coule dessous! Je pourrais y rester éternellement, perdu dans une sécurité sans bornes, bercé et à jamais ravi par le murmure liquide du ruisseau. Sur les pierres moussues, il roule inlassablement ses eaux. Ruisseau de neige fondue, paresseux à la surface, rapide au-dessous. Clair comme de la glace sous le pont. Si clair que j'en mesure la profondeur du regard. Clair de glace jusqu'au cou.

Maintenant, sortant du bois épais et sombre, parmi les cyprès et les arbres toujours verts, apparaît un couple de fantômes se donnant le bras, aux mouvements lents et langoureux. Ils sont en tenue de soirée, la femme en robe décolletée, lui avec des boutons de manchette qui luisent. Ils vont à travers la neige à pas aériens, les pieds de la femme si doux et si secs, ses bras nus. Pas de crissement de neige, pas de hurlement de vent. Une éclatante lumière de diamant, et des ruisselets de neige qui se dissolvent dans la nuit. Des ruisselets de neige poudreuse, qui glissent sous les arbustes verts. Pas de grincement de mâchoire, pas de hurlement de loup. Ruisselets et ruisselets dans la clarté glacée de la lune, frémissement de l'eau blanche qui court, pétales léchant le pont, et l'île flotte à la dérive sans fin, ses rochers emmêlés de cheveux, ses criques et ses vallons d'un noir éclatant sous le scintillement argenté des étoiles.

En avant toujours dans le flux fantastique, en avant vers les genoux du vallon et les eaux aux blanches moustaches. Ils s'enfoncent, mes fantômes, dans les profondeurs claires et glacées du ruisseau, dos nu de la femme, parure luisante de l'homme, et de très loin arrive le tintement plaintif des rideaux de verre qui effleurent les dents de métal du carrousel. L'eau se précipite en une mince nappe de verre entre les monticules blancs des berges ; au-dessous des genoux, elle entraîne les pieds amputés comme des piédestaux brisés devant une avalanche. En avant toujours, ils glissent maintenant sur leurs moignons glacés, étendant leurs ailes de chauves-souris, leurs vêtements collés à leurs membres. Et toujours l'eau monte, plus haut, plus haut, et l'air se refroidit, et la neige étincelle comme de la poudre de diamants. Des cyprès qui dominent, suinte un vert mat et métallique, ombre verte qui déferle sur les rives et tache les profondeurs glaciales de la rivière. La femme est assise comme un ange sur une rivière de glace, ailes étendues, cheveux rejetés en arrière en ondes raides et vitreuses.

Soudain, comme du verre filé sous l'action d'une flamme bleue, le ruisseau s'avive en langues de feu. Le long d'une rue flamboyante de couleur, se meut une dense foule d'équinoxe. C'est la rue des anciens chagrins, où les taudis s'égrènent comme des wagons de chemin de fer, et où toutes les maisons sont flanquées de pieux de fer. Rue qui descend en pente douce vers le soleil, et puis, comme une flèche, se perd dans l'espace. Là où, autrefois, il s'incurvait avec un bruit sinistre et grinçant, avec ses toits raides et pompeux et ses murs nus et morts, le ruisseau de la rue maintenant glisse à sa place comme une aiguille qu'on ouvre, les maisons s'alignent, les arbres fleurissent. Le Temps ni le but ne m'inquiètent maintenant. J'avance dans un ronronnement doré à travers un sirop de corps chauds et indolents.

Tel un fils prodigue, je redescends tout à loisir la

rue de ma jeunesse. Je ne suis ni surpris ni déçu. Du périmètre des six extrémités, je suis revenu en flânant par des chemins détournés au moyeu où tout est changement et transformation, agneau candide qui change continuellement sa toison. Quand je hurlais de douleur sur les crêtes des montagnes, quand je suffoquais d'alcali dans les blanches vallées étouffantes, quand, traversant à gué les torrents indolents, mes pieds se meurtrissaient aux roches et aux coquillages, quand je léchais la sueur salée des champs de citronniers, ou que je gisais dans des fours en feu, attendant d'y être rôti..., *quand donc se passait tout cela, pour que je n'aie jamais oublié ce qui n'est plus?*

Quand le corbillard que j'accueillis avec joie parcourut cette froide et funéraire rue, avais-je déjà fait peau neuve? J'étais l'agneau, et on m'avait chassé. J'étais l'agneau, et on fit de moi un tigre rayé. Je suis né dans un fourré avec un blanc manteau de douce laine. Rien un bref moment j'ai pu paître paisiblement, puis une patte s'est abattue sur moi. Dans la chaleur suffocante de la fin du jour, j'ai entendu un souffle derrière les rideaux; j'ai rôdé lentement au-delà des maisons, attentif à l'épais battement de mon sang. Et puis un soir je me suis réveillé sur un banc dur, dans un jardin glacé du Sud. J'ai entendu le sifflement lugubre du train, j'ai vu les blanches routes sablonneuses qui luisaient comme des pistes de crânes.

Si je parcours la terre sans joie ni peine, c'est

parce que à Tallahassee on m'a arraché les entrailles. Dans un coin, contre une palissade délabrée, ils m'ont fouillé le ventre avec leurs pattes sales, et d'un coup de surin rouillé ils ont tranché tout ce qui était à moi, tout ce qui était sacré, privé, tabou. A Tallahassee, ils m'ont arraché les entrailles; ils m'ont traîné autour de la ville et m'ont rayé comme un tigre. Jadis, je sifflais de mon plein droit. Jadis, je me promenais de par les rues, en écoutant le sang battre à travers la lumière tamisée des volets. Maintenant, il y a un rugissement en moi comme d'un carnaval en plein délire. Mes flancs éclatent d'un million d'airs d'orgue de Barbarie. Je descends la rue des anciens chagrins, tandis que le carnaval donne à plein. Je me traîne péniblement égrenant les airs que j'ai appris. Dépravé joyeux et fainéant qui roule d'un bord à l'autre du trottoir. Écheveau de chair humaine qui se balance comme une pesante corde.

Dans les jardins suspendus en spirale du casino où les cocons éclatent, une femme qui monte lentement l'allée des fleurs s'arrête un moment pour assener sur moi tout le poids de son sexe. Ma tête oscille automatiquement d'un côté à l'autre, cloche folle collée dans un beffroi. Comme elle s'éloigne, le sens de ses paroles me devient clair. *Le cimetière,* dit-elle, *avez-vous vu ce qu'ils ont fait du cimetière?* Déambulant dans le pressoir chaud, volets grands ouverts, les perrons grouillants d'enfants, je ne cesse de penser à ses paroles. Déambulant avec la fantaisie insouciante des nègres, chemise ouverte, les pieds plats, orteils étalés, scrotum tendu. Une suave fragrance des pays chauds m'enveloppe, je me sens de bonne humeur, mon sang épais comme de la molasse bat de ses ailes de condor.

Ils ont fait à la rue ce que Joseph a fait à l'Égypte. Ce qu'*ils* ont fait? Plus de *vous*, et plus de *ils* désormais. Terre du blé mûr et doré, terre des Peaux-Rouges et des beaux gars noirs. Qui *ils* sont, qui ils étaient, je ne sais pas. Je sais seulement qu'ils se sont emparés du pays et qu'ils l'ont fait sourire, qu'ils ont pris le cimetière et en ont fait un champ fertile et gémissant. Chaque pierre a été enlevée, toutes les couronnes, toutes les croix ont disparu. A côté de chez moi, il n'y a plus qu'un grand échiquier en contrebas, tout gémissant de fourrage. La glèbe est riche et noire, des mulets patients et robustes enfoncent leurs minces sabots dans la glaise humide que la charrue découpe comme du fromage mou. Le cimetière entier chante sa riche et grasse récolte. Chante dans les tiges de blé, d'avoine, de seigle, d'orge. Le cimetière est gorgé de choses à manger, les mulets fouettent l'air de la queue, les grands gars noirs bourdonnent et psalmodient, et la sueur coule de leurs tibias.

Toute la rue maintenant vit des terrains du cimetière. L'abondance pour tous. Plus qu'il n'en faut. L'excès de fourrage passe en vapeur, en chansons et en danses, en dépravité, en insouciance.

Qui aurait cru que les pauvres bougres aux poitrines aplaties pourrissant sous les pierres tombales, possédassent tant de fertilisante sagesse ! Qui aurait cru que ces Luthériens décharnés, ces Presbytériens aux jambes en fuseau, eussent encore de si bonne viande grasse sur les os, et, qu'ils pussent donner si merveilleuse récolte de corruption, si riches nichées de vers ? Même les épitaphes sèches, gravées par les tailleurs de pierre, ont eu leur pouvoir de fécondation. Tout tranquillement, sous le gazon frais, ces vampires lubriques, ces fornicateurs exercent leur puissance et leur gloire. Nulle part au monde ai-je vu cimetière ainsi fleurir. Nulle part dans le vaste monde, existe-t-il fumier aussi riche, aussi plein d'exhalaisons. Rue des anciens chagrins, je vous embrasse ! Plus de visages blêmes, plus de crânes de Beethoven, plus de tibias croisés, plus de jambes en fuseau. Je ne vois que blé et maïs, tournesols et lilas. Je vois la houe universelle, le mulet dans ses traits, de larges pieds plats aux doigts étalés et la riche glaise soyeuse qui glisse entre les orteils. Je vois des mouchoirs rouges, des jupes bleues fanées et de vastes sombreros tout luisants de sueur. J'entends des mouches bourdonner, et des voix paresseuses bourdonnent aussi. L'air ronfle d'une joie insouciante et déchaînée ; l'air ronfle d'insectes et leurs ailes poudrées sèment le pollen et la dépravation. Je n'entends ni cloches, ni sifflets, ni gongs, ni freins qui grincent. J'entends le bruit clair de la houe, l'égouttement de l'eau qui s'égoutte, le vrombissant et tranquille pandemonium du labeur.

J'entends la guitare et l'harmonica, un doux tam-tam, un crépitement de pantoufles ; j'entends les stores qu'on baisse, et le braiement profond d'un baudet absorbé dans son picotin.

Plus de blêmes visages blancs, Dieu merci ! Je vois le coolie, le beau gars noir, la squaw. Je vois les teintes de chocolat et de cannelle ; je vois un vert olive méditerranéen, un or fauve hawaiien ; je vois chaque teinte pure et croisée — mais *pas de blanc !* Le crâne et les tibias ont disparu avec les pierres tombales, les ossements blancs d'une race blanche ont donné leur moisson. Je vois que tout ce qui appartient à leur nom et à leur souvenir s'est effacé, et cela, *cela* me rend fou de joie. Dans le bourdonnement des champs, là où la terre autrefois était bosselée en absurdes petits tumulus, je flâne le long des sillons humides avec des pieds avides et tintants. A droite, à gauche, je suis éclaboussé de glaise juteuse et végétale ; boue écrasée par la roue, larges feuilles vertes des choux, baies qui éclatent, jus acide de l'olive. Piétinant les vers repus de morts, les refoulant de nouveau dans la terre, je vais dans la félicité. Comme un marin ivre, je titube d'un côté à l'autre, les pieds trempés, les mains sèches. A travers les champs de blé, je cherche les flocons des nuages ; mes yeux voyagent le long du fleuve avec ses dhaws chargés bas, et la lente dérive de ses voiles et de ses mâts. Je vois le soleil dardant ses larges rayons, suçant doucement le sein de fleuve. Sur la rive lointaine, les perches pointues des wigwams, les lentes volutes de fumée. Je vois le tomahawk qui vole à travers les airs au son des hurlements familiers qui glacent le sang. Je vois les visages peints, les perles brillantes, la douce danse des mocassins, les longues tétines flasques, et le papoose à soutaches.

Delaware et Lackawanna, Monongahela, le Mohawk, le Shenandoah, Narrangansett, Tuskagee, Oskaloosa, Kalamazoo, Seminole et Pawnee, Cherokee, le Grand Manitou, Pied Noir, la chaîne de Navajo : pareils à un immense nuage rouge, colonne de feu, vision d'une magnificence proscrite de notre terre qui passe devant mes yeux. Je ne vois ni Lettons, ni Croates, ni Finnois, ni Danois, ni Suédois, ni Irlandais, ni macaronis, ni Chinois, ni Polonais, ni grenouillards, ni boches, ni youpins. Je vois les Juifs assis dans leurs nids d'aigles, faces de cuir parcheminé, crânes ratatinés et mous.

De nouveau le tomahawk étincelle, les scalps volent, et du lit de la rivière roule un éclatant et houleux nuage de sang. Des flancs de la montagne, des profondes cavernes, des marécages et des Jardins Éternels de la Floride, s'écoule un déluge d'hommes maculés de sang. Des Sierras jusqu'aux Appalaches, la terre fume du sang des tués. Mon scalp est enlevé, la chair grise pend en lambeaux sur mes oreilles ; on me rôtit les pieds, on me perce de flèches. Prisonnier contre une palissade brisée, je gis, mes tripes à côté de moi ; tout mutilé et tout sanglant, le beau temple blanc qui était tendu de peau et de muscles. Le vent rugit à travers un rectum arraché, et hurle comme une kyrielle de lépreux. Une flamme blanche, un jet de glace bleue, un rameau de torche tournoie dans mes boyaux vides. Mes bras sont arrachés de leurs jointures. Je suis plein de gemmes à vif qui saignent avec un éclat de glace. Mon corps est un sépulcre que violent des vampires. Avec ses milliers de lances acérées, le soleil perce mes blessures, les gemmes étincellent, les tripes hurlent. Jour ou nuit, je ne sais plus; la tente du monde s'affaisse comme un ballon crevé. Dans une flamme de sang, je sens le contact froid d'une tenaille : on me traîne à travers la gorge de la rivière, aveugle et impuissant, j'étouffe, je halète, je hurle d'impuissance. Au loin, j'entends la ruée de l'eau glacée, le gémissement des chacals sous la verdure; à travers la verte et sombre forêt, une tache de lumière s'étend, lumière vernale, prussique, qui tache la neige et les profondeurs glacées du ruisseau. Un gargouillement agréable, étouffé, un calme pandémonium, comme lorsque l'ange aux ailes déployées flottait sans jambes sous le pont...

Les ruisseaux des rues sont remplis de neige. C'est l'hiver et le soleil a cet éclat atténué d'or luisant qu'il a à midi. Je descends la rue, longeant les maisons. Pendant une heure ou deux, tant que le soleil dure, tout se change en eau, tout coule, ruisselle, gargouille. Entre les bords des trottoirs et les masses de neige, monte une crue d'eau claire et bleue. En moi, c'est une crue qui remplit l'étroit goulet de mes veines. Bleu ruisseau limpide qui circule en moi de mes orteils à la racine de mes cheveux. Je suis à la merci du dégel des pieds à la tête, et j'étouffe d'une gaieté bleu de glace.

Je descends la rue, je longe les maisons, avec cette gaieté bleu de glace qui bat dans mes veines étroites et m'étouffe. La neige de l'hiver fond, les ruisseaux des rues débordent. Douleur et joie avec elle, fondues, goutte à goutte, et se déversant dans l'égout. Soudain les cloches se mettent à sonner, cloches déchaînées, funèbres, aux langues obscènes, aux cruels battants de fer qui fracassent les hémorroïdes en verre des veines. A travers la neige qui fond règne le carnage : poneys chinois avec leur moisson de scalps, longs insectes aux fines jointures et aux mandibules vertes. Devant chaque maison, une grille de fer barbelée de fleurs bleues.

Dans la rue des premiers chagrins descend la vieille mégère, prenant le vent, ses vastes voiles déployées, sa robe gonflée de crânes. Terrifiés, nous fuyons la nuit, penchés sur l'album vert, avec son riche décor de jambes frontales, le sourcil proéminent. De tous les perrons qui s'en vont en pourriture, sortent des sifflements de serpents qui grouillent dans le sac, la corde liée, les boyaux noués. Fleurs bleues, tachetées comme des léopards, écrasées, sucées jusqu'au sang, la terre comme une tache vernale, or, moelle, brillante poussière d'ossements, trois ailes là-haut et la course du cheval blanc, aux yeux d'ammoniaque.

La neige fondue fond de plus belle, le fer se rouille, les feuilles fleurissent. Dans le coin, sous le chemin de fer aérien, se tient un homme en chapeau tube, serge bleue et guêtres de toile, moustache blanche hachée très fin. Tournez le bouton, et voilà que sort tout le jus de tabac, les citrons d'or, les défenses d'éléphant, les candélabres. Moishe Pippik, le marchand de citrons, constellé de pigeons, qui couve des œufs propres dans la poche de son gilet, et des cravates pourpres, et des pastèques, et des épinards aux courtes tiges, filandreux et souillés de goudron. Sifflement des glands qui s'agitent bruyamment, fébrile agitation des filles aux pansements de lysol, d'ammoniaque et de camphre, petites cahutes de mica, cosses de cacahouètes, triangulaires et froncées, tout cela défile triomphalement sous la brise du matin. La lumière matinale arrive toute froissée, les carreaux des fenêtres sont rayés, les couvertures déchirées, la toile cirée fanée. Passe un homme aux cheveux hérissés, sans courir, sans respirer, portant une girouette, qui tourne le coin brusquement et part comme un trait. Un homme qui ne pense ni comment ni pourquoi, mais qui marche seulement dans la nuit terne, avec toutes les étoiles à tribord, et des favoris chargés bien parés. Les boyaux bouillonnants, il réveille la nuit plaignante avec des chausse-trapes qui s'accordent de gauche à droite, plein midi sur l'océan hiémal, plein midi à la ronde matelots et gabiers jusqu'à tribord. Voici encore la girouette avec de longs avirons qui traversent les sabords, tous bruits assourdis. Silencieuse la nuit à quatre pattes, comme l'ouragan. Silencieuse, avec des caramels chargés et des dés de nickel. Sœur Monica joue de la guitare, chemise ouverte, lacets défaits, de larges rebords à chaque oreille. Sœur Monica, striée de chaux, de pâte dentifrice, les yeux moisis, crépue, crêpée, crénelée.

La rue des anciens chagrins s'élargit, les lèvres bleues pleurnichent, l'albatros fonce à tire-d'aile, son col sanglant déclenché, ses dents claquetantes. L'homme au melon fait craquer sa jambe gauche, à deux crans plus loin sur la droite, sous les plats-bords, le drapeau cubain tout épuisé de nouilles et de fausses oranges, avec des magnolias sauvages et de jeunes pousses de palmier, saupoudrées de craie et de bave verte. Sous le lit d'argent, le bol de géraniums blancs, deux raies pour le matin, trois pour le soir. Les castors roucoulent leur soif de sang. Le sang vient par goulées blanches, goulées étouffantes d'argile pétrie de dents cassées, de mucilage et de déchets d'ossements. Le sol est tout glissant d'allées et de venues, de ciseaux luisants, de longs couteaux, de tenailles chaudes et froides.

Dehors, sous la neige qui fond, la ménagerie

s'échappe, d'abord les zèbres aux somptueuses planches blanches, puis les oiseaux de proie et les corneilles, puis les acacias et les tortues diamant. La verdure bâille, orteils écartés, l'oiseau rouge tournoie et plonge, la hupparde se casse le bec, le lézard micturionne, le chacal ronronne, les hyènes hoquettent, s'esclaffent et hoquettent à nouveau. Tout le vaste cimetière bien saupoudré fait craquer ses jointures dans la nuit. Les automates craquent aussi, tout empêtrés de puissantes armures, de gongs rouillés, de goupilles défaites, abandonnés par le trust du fer-blanc. Le beurre s'épanouit en immenses gerbes d'éventails, le beurre gras, oléagineux, marqué de pattes-d'oie et deux fois épicé par le Bourreau Jean la Crapule. Le beurre rancit à la Morgue, de pâles rayons de lune filtrent, les estuaires sont bouchés, les cargaisons se révulsent, les voies de garage sont bloquées. Des bantams bassets bruns garnis de jabots rouges et de fourrure de loutre broutent les terres basses. L'alouette fait une hémorragie. Les puits de magnésie entrent en ignition, l'aigle s'essore, là-haut, un couperet dans la cheville.

Sanglante et farouche, la nuit, avec tous les pieds d'épervier tailladés et parés. Sanglante et farouche la nuit, avec tous ses beffrois qui hululent, toutes les lattes arrachées et toutes les conduites de gaz éventrées. Sanglante et farouche la nuit, avec tous les muscles tordus, les orteils croisés, les cheveux hérissés, les dents rouges, l'échine brisée. Le monde entier, yeux grands ouverts, gazouille comme l'aube, et une lueur rouge rampe sur ses gencives. Durant toute la nuit, les peignes se brisent, les côtes chantent. Deux fois l'aube se lève, puis se sauve à nouveau. Dans la neige qui s'égoutte, les oxydes fument. Tout le long de la rue, les corbillards passent et repassent, vont et viennent, les cochers grignotent leurs longs fouets, leur crêpe blanc, leurs gants de coton.

Au nord, vers le pôle blanc, au sud vers le héron rouge, le pouls bat, sauvage et net. Une par une, avec d'étincelantes dents de verre, on coupe les cordes. Le canard arrive avec son large bec, et puis la belette au ventre bas. L'un après l'autre ils arrivent, sortis du fungus, leurs queues emplumées, les pieds palmés. Ils arrivent par vagues, courbés comme des perches de tramway, et passent sous le lit. Boue par terre et d'étranges signes, les fenêtres qui flambent, rien que des dents, puis des mains, puis des carottes, puis d'énormes oignons nomades aux yeux d'émeraude, comètes qui vont et viennent, passent et repassent.

A l'est vers les Mongols, à l'ouest vers les forêts rouges, le pouls bat, aller-retour. Oignons en marche, œufs jacassant, la ménagerie tourne comme une toupie. A des kilomètres de haut, sur les plages, gisent des lits de caviar rouge. Les brisants écument, font claquer leurs longs fouets. La marée rugit sous les glaciers verts. Plus vite, plus vite tourne la terre.

Du noir chaos sortent des spirales de lumière aux sabords coincés. Du néant, du vide statique, sort un équilibre définitif. Des fanons de baleine et de la toile de jute, cette chose folle appelée le sommeil, et qui marche comme une pendule perpétuelle.

Promenade en Chine

Maintenant, je ne suis jamais seul. Au pire, je suis avec Dieu!

A Paris, hors Paris, quittant Paris ou y revenant, c'est toujours Paris, et Paris c'est la France, et la France c'est la Chine. Tout ce qui m'est incompréhensible court comme une immense muraille par-dessus les collines et les vallées où je m'égare. Dans l'enceinte de cette immense muraille, je peux vivre ma vie chinoise dans la paix et la sécurité.

Je ne suis pas un voyageur, pas un aventurier. C'est en cherchant le moyen d'en sortir que les choses me sont arrivées. Jusqu'à maintenant, j'avais travaillé comme un forcené dans un tunnel sans issue, creusant les entrailles de la terre à la recherche de lumière et d'eau. Je ne pouvais pas croire, moi, homme du continent américain, qu'il existât un lieu sur terre où l'on pût être soi-même. Par la force des choses, je suis devenu un Chinois — Chinois dans mon propre pays! Je m'adonnai à l'opium du rêve, afin d'affronter la hideur d'une vie qui ne me concernait en rien. Aussi tranquillement, aussi naturellement qu'une brindille tombant dans le Mississippi, je m'évadai du courant de la vie américaine. Tout ce qui m'est arrivé, je m'en souviens, mais je n'ai nul désir de retrouver le passé, ni ai-je nostalgies ou regrets. Je suis pareil à l'homme qui s'éveille d'un long sommeil pour s'apercevoir qu'il rêve. Une sorte d'état prénatal — l'homme né qui vit sans l'être, l'homme à naître qui meurt en naissant.

Naissant et renaissant encore et toujours. Né en parcourant les rues, né assis au café, né en chevauchant une grue. Né, et à renaître encore et toujours. A très vive allure, et comme châtiment pas simplement la mort, mais des morts répétées. Ainsi, à peine suis-je au ciel que les portes s'ouvrent, et sous mes pieds je découvre des pavés. *Comment ai-je appris à marcher si vite? A qui sont ces pieds avec lesquels je marche?* Me voici en route vers la tombe, je suis mon propre enterrement. J'entends le grincement de la bêche, la pluie des pelletées de terre. Mes yeux sont à peine clos, je n'ai que le temps de sentir les fleurs sous lesquelles ils m'ont étouffé, et hop! voilà que j'ai vécu une autre immortalité. Revenir ainsi sur la terre me met la puce à l'oreille. Je dois veiller à me garder le corps en bonne forme pour les vers. Et l'âme intacte pour Dieu.

Certains après-midi, assis à la Fourche, je me demande calmement : « Où va-t-on d'ici? » A la tombée de la nuit, j'ai peut-être touché la lune, et en suis revenu. Assis là, à la croisée des chemins, je retourne en rêve à tous mes « moi » distincts et immortels. Je pleure dans ma bière. La nuit, en revenant vers Clichy, c'est le même sentiment. Dès que j'arrive à la Fourche, je vois des rues à l'infini qui rayonnent de mes pieds, et de mes propres souliers surgissent les « moi » innombrables qui peuplent mon univers personnel. Bras dessus, bras dessous, je les accompagne par les sentiers qu'autrefois je parcourus tout seul : c'est ce que j'appelle les grandes randonnées obsessionnelles de ma vie et de ma mort. Je parle à ces compagnons fils de leurs œuvres, comme je me parlerais à moi-même si j'avais eu l'infortune de vivre et de mourir une seule fois, et d'être ainsi éternellement seul. *Maintenant, je ne suis jamais seul. Au pire, je suis avec Dieu!*

Il y a quelque chose dans le petit parcours entre la place Clichy et La Fourche, qui fait immédiatement fleurir toutes les grandioses randonnées obsessionnelles. C'est comme voyager d'un solstice à un autre. Supposons que je sorte du Café Wepler, un livre sous le bras, un livre sur la Volonté et le Style. Il se peut qu'en lisant ce livre je n'en aie compris qu'une phrase ou deux. Il se peut que j'aie lu la même page toute la soirée; peut-être même n'étais-je pas au Café Wepler du tout, mais en écoutant la musique voilà que j'avais quitté mon corps et m'étais envolé. *Et où suis-je donc alors?* Dame! en route pour une promenade obsessionnelle, une petite promenade de quelque cinquante années... le temps de tourner une page.

C'est en sortant du Café Wepler que j'entends comme un bruit étrange, comme un sifflement. Inutile de me retourner — je sais que c'est mon corps qui se précipite pour me rejoindre. C'est généralement l'heure où les pompes à merde sont alignées dans l'Avenue. Les tuyaux gisent dans la contre-allée comme d'énormes vers gémissants. Ces gros vers aspirent la merde dans les fosses. C'est cela qui me donne l'allant spirituel voulu pour me regarder de profil. Je me vois penché sur le livre au café. Je vois la grue à côté de moi qui lit par-dessus mon épaule, je sens son souffle sur mon cou. Elle attend que je lève les yeux, peut-être pour que j'allume la cigarette qu'elle tient à la main. Elle va me demander ce que je fais là tout seul, et si je ne m'ennuie pas. C'est un livre sur la Volonté et le Style et je l'ai apporté ici parce que c'est un régal de lire dans un café bruyant — et aussi une protection contre la maladie. La musique aussi est exquise dans un café bruyant — elle augmente l'impression de solitude, d'isolement. Je vois la lèvre supérieure de la grue qui tremble par-dessus mon épaule. Rien qu'un triangle de chair, lisse et soyeux. Elle tremble sur les notes aiguës, en équilibre comme un chamois au bord d'un précipice. Et maintenant, je cours sous le fouet, moi et mon autre moi-même, solidement agglutinés ensemble. Tout le long du petit espace entre la place Clichy et La Fourche. Des impasses qui bordent ce parcours, d'épaisses grappes de grues jaillissent, comme des chauves-souris aveuglées par la lumière. Elles se fourrent dans mes cheveux, mes oreilles, mes yeux. Elles s'accrochent avec leurs pattes de vampires. Toute la nuit durant, elles pourrissent dans les ruelles; elles ont l'odeur des plantes après une grosse pluie. Elles émettent de petits sons de végétaux, imbéciles cris de tendresse qui font se révulser la chair. Elles grouillent sur moi comme des poux, des poux aux longues vrilles végétales qui pompent la sueur de mes pores. Les grues, la musique, la foule, les murs, la lumière sur les murs, la merde et les pompes à merde, tout cela forme une nébuleuse qui se condense en sueur fraîche et consciente.

Chaque nuit, lorsque je me dirige vers La Fourche, je cours sous le fouet. Chaque nuit, on me scalpe et on m'assomme à coups de tomahawk. Si cela n'était pas ainsi, ça me manquerait. Je rentre chez moi, et je secoue les poux de mes vêtements, je lave le sang sur mon corps. Je me mets au lit, et je pars d'un ronflement sonore. *Exactement le monde qu'il me faut!* Ça me garde la chair tendre et l'âme intacte.

La maison que j'habite est en démolition. Toutes les pièces sont à nu. Ma maison est comme un corps humain qu'on aurait écorché. Le papier des murs pend en loques, les lits n'ont pas de matelas, les éviers ont disparu. Chaque soir, avant d'entrer dans la maison, je reste là à la regarder. Son horreur me fascine. Après tout, pourquoi pas un peu d'horreur? Tout homme vivant est un musée qui abrite les horreurs de la race. Chaque homme ajoute une aile nouvelle au musée. Et ainsi, chaque soir, contemplant la maison que j'habite, la maison qu'on démolit, j'essaye d'en saisir la signification. Plus les pièces sont à nu, plus j'en arrive à aimer ma maison. J'aime jusqu'au vieux pot de chambre sous le lit, dont personne ne se sert plus.

En Amérique, j'ai vécu dans bien des maisons, mais je ne me rappelle pas les intérieurs. Il me fallait accepter ce que le hasard me donnait, et va te faire fiche avec! Une fois, je louai une calèche découverte et je descendis la Cinquième Avenue. C'était un après-midi d'automne, et je me promenais dans ma ville natale. Hommes et femmes déambulaient sur les contre-allées : drôles de bêtes, mi-humaines, mi-celluloïd. Allant et venant sur l'Avenue, à moitié timbrées, les dents bien astiquées, les yeux vernis. Les femmes vêtues de belles robes, chacune armée d'un sourire glacé sorti du frigidaire. Les hommes souriaient aussi de temps en temps, comme s'ils allaient dans leur cercueil à la rencontre du Divin Rédempteur. Ils traversaient la vie en souriant, avec ce regard dément, vitreux, dans les yeux, tous drapeaux déployés, et le sexe qui coule doucement à travers les égouts. J'avais un pétard avec moi, et quand nous arrivâmes à la 42e Rue, j'ouvris le feu. Personne ne fit attention. Je les fauchais à droite et à gauche, mais la foule ne se clairsemait pas. Les vivants piétinaient les morts, sans cesser de sourire, pour exhiber leurs belles dents blanches. C'est ce cruel sourire blanc qui s'incruste dans ma mémoire. Je le vois en dormant, quand je tends la main pour mendier — sourire à la Georges C. Tilyou, qui flotte au-dessus des bananes étoilées à Steeplechase. L'Amérique sourit à la pauvreté. Ça coûte si peu de sourire — pourquoi ne pas sourire en se promenant en calèche découverte? Souriez, souriez! Souriez et le monde est à vous. Souriez au milieu du râle de l'agonie — ça rend la chose plus supportable pour ceux qui restent. Souriez, nom de Dieu! *Toujours le sourire!*

Un jeudi après-midi, et me voici debout dans le métro, face à face avec les toutes simples femmes d'Europe. Leurs visages ont une beauté usée, comme si, de même que la terre, elles avaient participé à tous les cataclysmes de la nature. L'histoire de leur race est gravée sur leur figure; leur peau est comme un parchemin où s'inscrit toute la lutte de la civilisation. Les migrations, les haines, les persécutions, les guerres de l'Europe — tout a laissé son empreinte. Elles ne sourient pas — leurs visages sont graves, et ce qui est inscrit dessus l'est en termes de race, de caractère, d'histoire. Je vois sur leurs visages la carte déchiquetée et multicolore de l'Europe, carte striée de rails, de lignes maritimes et aériennes, avec des frontières nationales, avec des préjugés et des rivalités indélébiles, indéracinables. La dentelure même des contours, les grands vides qui indiquent mers et lacs, les chaînons brisés que forment les îles, les curieux surplombs mythologiques que sont les péninsules, tout cet effort et cette érosion indiquent le conflit perpétuel entre l'homme et le réel, conflit dont ce livre n'est qu'une autre carte. Je suis impressionné en regardant cette carte de constater que le continent est beaucoup plus vaste qu'il ne paraît, qu'en fait ce n'est pas du tout un continent, mais une partie du monde que les eaux ont envahie, une terre envahie par les eaux. A certains points faibles, la terre a cédé. Il n'est pas nécessaire de savoir un mot de géologie pour comprendre les vicissitudes que ce continent d'Europe a traversées, avec ses enchevêtrements de rivières, de lacs et de mers intérieures. On situe d'un coup d'œil les efforts titanesques qui furent faits à certaines époques, de même qu'on peut détecter les efforts avortés et stériles. On peut positivement sentir les grands changements de climat qui ont suivi les divers soulèvements. Si l'on regarde cette carte avec les yeux d'un cartologue, on peut imaginer ce qu'elle sera dans cinquante ou cent mille ans d'ici.

C'est ainsi que, regardant les mers et les terres qui composent les continents de l'homme, je vois certaines formations ridicules, monstrueuses, et d'autres qui témoignent d'efforts héroïques. Je peux suivre à la trace, dans les longs fleuves sinueux, la perte de la foi et du courage, la glissade loin de la grâce, la lente, graduelle attrition de l'âme. Je vois que les frontières sont marquées de lourdes lignes naturelles, et parfois d'autres, légères, variables, changeantes comme le vent. Je sens exactement *où* le climat va changer, je perçois qu'inévitablement certaines régions fertiles vont se dessécher, et que d'autres lieux stériles vont fleurir.

Je suis sûr que, en de certains endroits, le mythe deviendra vérité, qu'ici et là on trouvera un chaînon entre les hommes inconnus que nous étions et les hommes inconnus que nous sommes, que la confusion du passé sera marquée d'une plus grande confusion à venir, et que seuls le tumulte et la confusion ont quelque importance, et que nous devons nous incliner et les vénérer. En tant qu'hommes nous contenons tous les éléments qui font la terre, sa substance réelle et ses mythes. Nous emportons avec nous, partout et toujours, notre géographie changeante, notre climat changeant. La carte de l'Europe se transforme sous nos yeux; personne ne sait où commence, où finit le nouveau continent.

Je suis là au milieu d'un immense changement. J'ai oublié ma langue natale, et pourtant je ne parle pas la langue nouvelle. Je suis en Chine, et je parle chinois. Je suis au point mort d'une réalité qui se transforme, et pour laquelle aucun langage n'a encore été inventé. Si j'en crois la carte, je suis à Paris. Si j'en crois le calendrier, je vis dans la troisième décade du XXe siècle. Mais je ne suis ni à Paris ni au XXe siècle. Je suis en Chine, et il n'y a ni horloges ni calendriers. Je remonte le Yang-Tsé en dhaw, et la nourriture que je ramasse provient des ordures jetées par-dessus bord par les canonnières américaines. Il me faut tout un jour pour préparer un humble repas, mais c'est un repas délectable et j'ai un estomac de fer.

Retour de Louveciennes... Au-dessous de moi, la

vallée de la Seine. Tout Paris en relief, comme un plan géodésique. Regardant la plaine qui contient le lit du fleuve, je vois la ville de Paris : rues anneaux sur anneaux, village dans village, forteresse dans forteresse. Comme le tronc noueux d'un vieil arbre millénaire, seul et majestueux, Paris se dresse dans la vaste plaine de la Seine. Là, éternellement au même endroit, tantôt diminué, rapetissé, tantôt s'élevant et s'étendant : le neuf sortant du vieux, le vieux dépérissant et mourant. A quelque hauteur qu'on se trouve, à quelque distance, de temps ou de lieu, elle se dresse, la belle ville de Paris, douce comme une gemme, sainte citadelle dont les mystérieux chemins traversent l'océan des toits pelotonnés et débouchent sur la vaste plaine.

Dans l'écume et le bouillonnement des heures de cohue, je m'assieds à rêver devant un apéritif. Le ciel est calme, les nuages immobiles. Je suis assis là, au point mort du trafic, calmé par le silence suspendu d'une vie nouvelle qui pousse sur la décomposition qui m'entoure. Mes pieds touchent les racines d'un corps sans âge pour lequel je n'ai pas de nom. Je suis en communication avec toute la terre. Je suis dans la matrice du temps, et rien ne m'éjectera de mon silence. Un vagabond de plus qui a trouvé la flamme de son inquiétude. Me voici assis en pleine rue à composer ma chanson. C'est la chanson que j'ai entendue tout enfant, la chanson que j'ai perdue dans le monde nouveau, et que je n'aurais jamais retrouvée si je ne m'étais laissé tomber comme une brindille dans l'océan du temps.

Pour qui est contraint de rêver les yeux grands ouverts, tout mouvement va à rebours, toute action s'émiette en fragments kaléïdoscopiques. Quand je traverse les horreurs du présent, je crois vraiment que ceux-là seuls qui ont le courage de fermer les yeux, ceux-là seuls qui s'évadent définitivement de la condition connue sous le nom de réalité, peuvent affecter notre destinée. Je crois, affronté que je suis à cette lucide et bien vivante horreur, que toutes les ressources de notre civilisation seront inopérantes pour découvrir le minuscule grain de sable nécessaire pour faire basculer l'équilibre suranné, abrutissant de notre monde. Je crois que seul un rêveur qui ne craint ni la vie ni la mort découvrira cet infinitésimal iota de force qui fera tout sauter en l'air — *instantanément!* Pas un seul instant je ne crois à la lente et pénible, la glorieuse et logique, la sans gloire et illogique évolution des choses. Je crois que le monde tout entier — pas seulement la terre et les êtres qui la composent, ni l'univers dont nous avons inventorié les éléments, y compris les ilôts d'univers hors d'atteinte de nos yeux et de nos instruments — mais le monde tout entier, connu et inconnu, est désaxé, hurlant de douleur et de démence. Je crois que si demain on découvrait le moyen de voler jusqu'à la plus lointaine étoile, jusqu'à un de ces univers dont la lumière, selon nos étranges calculs, ne nous atteindra que le jour où notre planète à nous sera éteinte, je crois que si demain nous y étions transportés dans un temps qui n'a pas encore commencé, nous y trouverions une horreur identique, une misère identique, une identique folie. Je crois que si nous sommes suffisamment accordés au rythme des astres qui nous entourent pour échapper au miracle d'une collision, nous sommes également accordés au destin qui se déroule ici, là, au-delà et partout, et qu'il n'y a aucun moyen d'échapper à ce destin universel, à moins que, simultanément, ici, là, au-delà et partout, chacun et tous, homme, animal, plante, minéral, rocher, rivière, arbre et montagne ne le veuillent de volonté.

La nuit, lorsque les choses n'ont plus de nom, je marche jusqu'au fin fond de la rue, et, comme un homme au bout de son rouleau, je saute le précipice qui sépare les vivants des morts. A mesure que je plonge au-delà du mur du cimetière, où gargouille le dernier urinoir délabré, toute mon enfance me remonte en bloc à la gorge et m'étouffe. Partout où j'ai fait mon lit, j'ai lutté comme un insensé pour détruire le passé. Mais au dernier moment, c'est le passé qui se lève triomphant, le passé où l'on se noie. Avec le dernier soupir, on se rend compte que l'avenir est un leurre, un miroir sale, le sable au fond du sablier, les scories froides et inertes d'une fournaise dont le brasier s'est éteint. En pénétrant au cœur de Levallois-Perret, je dépasse un Arabe debout à l'entrée d'un cul-de-sac. Il est là, sous les lampes à arc éclatantes, comme pétrifié. Aucune marque humaine sur lui — ni poignée ni levier ni ressort qui, par un effet magique, pourrait le tirer de l'extase où il est abîmé. A mesure que je me promène, la silhouette de l'Arabe s'enfonce de plus en plus dans ma conscience. La silhouette de l'Arabe, debout, pétrifié, en extase, sous les lampes éclatantes. Les silhouettes d'autres femmes, d'autres hommes, debout dans la sueur froide des rues, — silhouettes aux contours humains, debout à certains points de l'espace qui s'est pétrifié. Rien n'a changé depuis ce premier jour où je descendis dans la rue pour regarder la vie pour mon propre compte. Ce que j'ai appris depuis est faux et ne sert à rien. Et maintenant que j'ai écarté le faux, la face de la terre me semble encore plus cruelle qu'elle n'était au commencement. Dans cette vomissure je suis né, dans cette vomissure je mourrai. Pas moyen d'en sortir. Pas de Paradis où fuir. La balance est en équilibre parfait. Il ne faudrait qu'un minuscule grain de sable, mais ce petit grain de sable, impossible de le trouver. L'esprit et la volonté font défaut. Je pense à nouveau à l'émerveillement et à la terreur que la rue d'abord m'inspira. Je me rappelle la maison où je demeurais, le masque qu'elle portait, les démons qui l'habitaient, le mystère qui l'enveloppait. Je me rappelle chaque être qui traversa l'horizon de mon enfance, la magie qui l'enveloppait, l'aura qui flottait autour de lui, le toucher de son corps, l'odeur qui émanait de lui. Je me rappelle les jours de la semaine, et les dieux qui y présidaient, leur fatalité, leur parfum, chaque jour si neuf, si splendide, ou au contraire interminable et terriblement vide. Je me rappelle le foyer que nous composions, les objets qui s'y trouvaient, l'esprit qui l'animait. Je me rappelle les années changeantes, aux angles aigus, décisifs, comme un calendrier dissimulé dans le tronc de l'arbre de famille. Je me rappelle même mes rêves, ceux de la nuit et ceux du jour. Depuis que j'ai croisé l'Arabe, j'ai parcouru une longue route droite vers l'infini, ou du moins ai-je l'illusion que je parcours une longue route droite interminable. J'ai oublié qu'il existe une courbe géodésique, et que, si grande que soit la déviation, là où se tient l'Arabe, dussé-je marcher sans cesse, j'y reviendrai encore et toujours. A tous les carrefours, je tomberai sur une silhouette humaine debout, pétrifiée dans son extase, silhouette plantée devant un cul-de-sac, inondée de la lumière aveuglante des lampes à arc.

Aujourd'hui, me voilà en route pour une grandiose promenade obsessionnelle, moi et moi-même solidement agglutinés l'un à l'autre. De nouveau le ciel est au-dessus de moi, si calme, l'air est en suspens, silencieux. Derrière le grand mur qui m'entoure, les musiciens s'accordent. Encore un jour à vivre avant la débâcle. Un autre jour! Tout en marmottant ainsi, je tourne subitement autour du mur du cimetière, et je pénètre dans la rue de Maistre. Le tournant brusque à droite me fait plonger dans les entrailles mêmes de Paris. A travers les intestins enroulés, gluants, de Montmartre, la rue court comme un zigzaguant coup de couteau. Je marche dans le sang, le cœur en feu. Demain, tout ceci aura péri, et moi avec. Derrière le mur, les diables s'accordent. Plus vite! Plus vite, j'ai le cœur en feu!

Je grimpe la butte Montmartre, Saint-Antoine d'un côté, Belzébuth de l'autre. On est là sur la haute butte, resplendissante de blancheur. La surface de l'esprit se brise en une mer hachée de vagues. Le ciel tourne, la terre oscille. Je grimpe sur la butte, au-dessus des couvercles granuleux des toits, au-dessus des persiennes tailladées, au-dessus des cheminées pantelantes.

A l'endroit où la rue Lepic se couche sur le côté pour souffler, là où elle se courbe comme une épingle à cheveux pour reprendre la dure ascension, on dirait que la marée s'est retirée, laissant derrière elle un riche dépôt marin. Les dancings, les bars, les cabarets, écume et dentelle incandescentes de la nuit électrique, pâlissent devant l'entassement bouillonnant de mangeaille qui encercle la base de la butte. Paris se frotte le ventre. Paris se lèche les lèvres. Paris s'aiguise le palais pour le festin imminent. Voici le corps qui se meut dans son ambiance — immense procession dynamique, comme les frises des temples d'Égypte, comme la légende étrusque, comme l'aube de la gloire de Crète. Tout est vivant à vous bouleverser, grouillement de matière différenciée. La chaude ruche du corps humain, la grappe de raisin, le miel emmagasiné comme de chauds diamants. Les rues me grouillent à travers les doigts. Je ramasse la France entière dans ma seule main. Je suis dans le rayon de miel, dans le ventre tiède du Sphinx. Le ciel et la terre, comme ils tremblent du poids vivant, agréable, de l'humanité! Au centre même est le corps. Au-delà, rien que doute, désespoir, désillusion. Le corps est le fondement, l'impérissable.

Dans la rue d'Orsel. Le soleil se couche. Est-ce bien le soleil qui sombre, est-ce la rue elle-même qui est lugubre comme un vestibule. Mon sang plonge de tout son poids dans les hémorroïdes fragiles, vitreuses, des nerfs. Sur les façades mordues par le chagrin, une légère écume de graisse, une mince pellicule verte de fané, un soupçon de démence. Et puis, brusquement, presto! tout change! Brusquement, la rue ouvre grand ses mâchoires, et là, comme un blanc rêve immobile, comme un rêve enchâssé dans la pierre, le Sacré-Cœur se dresse. Fin d'après-midi, et sa pesante blancheur est accablante. Blancheur pesante, somnolente, comme le ventre d'une femme harassée. Le sang bat — flux et reflux — les contours s'estompent de lumière douce, les vastes coupoles houleuses tendues comme des seins érigés. Sur les escarpements vertigineux, les arbres se dressent comme des buissons d'épines dont les rameaux duveteux ondulent indolemment au-dessus de l'invisible courant qui passe comme en transe sous les racines. Des morceaux de ciel s'accrochent encore au bout des branches — douces touffes cotonneuses teintes de bleu oriental. Plans étagés, la terre verte pointillée de miettes de pain, de chiens galeux, de petits cannibales qui s'élancent des poches des kangourous.

Les blanches balustrades sont faites des os des martyrs, et les membres martyrisés se tordent encore dans la souffrance. Jambes soyeuses, croisées en caractères cufiques, peut-être soyeuses souillons, peut-être étiques cormorans, peut-être houris mortes. Tout l'édifice bombé, avec sa peau d'éléphant blanc, et ses lourds seins de pierre, pèse sur Paris avec un fatalisme musulman.

La nuit descend, la nuit des boulevards, avec un ciel rouge comme flammes d'enfer, et de Clichy à Barbès, c'est une ciselure de tombes ouvertes. Douce nuit de Paris, comme une échelle de gencives édentées, avec les goules qui ricanent entre les barreaux. Tout le long du pied de la butte, les urinoirs gargouillent la gueule bourrée de pain mou. C'est la nuit que le Sacré-Cœur ressort le mieux dans toute sa puante beauté. C'est alors que la pesante blancheur de sa peau et que son humide haleine de pierre s'agrippe au sang comme une ventouse. La nuit et Paris, qui pisse son sang blême et fiévreux. Le temps roule sur les xylophones, la lune est enflée comme un gong, l'esprit lanciné. La nuit vient comme un crachoir qu'on renverse, et les belles fleurs de l'esprit, les jonquilles dorées, les coquelicots crayeux, sont mâchés en salive. Là-haut, sur la haute butte de Montmartre, sous une tente bleu ciel, les grands chevaux de pierre rongent silencieusement leur frein. Le piétinement broyeur de leurs sabots fait trembler la terre, au nord jusqu'au Spitzberg, au sud jusqu'en Tasmanie. Le globe tourne en rond sur le doux remblai des boulevards. Plus vite, plus vite encore! De plus en plus vite, tandis que derrière le bord les musiciens s'accordent. J'entends de nouveau les premières notes de la danse, la danse démoniaque avec poison et shrapnels, la danse des cœurs enflammés, chaque cœur enflammé et hurlant dans la nuit.

Sur la butte, dans la nuit de printemps, seul dans le ventre géant de la baleine, je pends la tête en bas, les yeux en sang, les cheveux blancs comme des vers. Un ventre, une carcasse, le grand corps de la baleine pourrissant comme un fœtus sous un soleil mort. Hommes et poux, procession ininterrompue vers le monceau de larves. Voici le printemps que Jésus a chanté, l'éponge aux lèvres, au trémoussement des grenouilles. Pas de trace de rouille, pas de tache de mélancolie. La tête qui pend entre les cuisses, dans un frénétique rêve noir, le passé qui sombre peu à peu, image du forçat auquel on rive son boulet. Dans chaque matrice, le piétinement des sabots de fer, dans chaque tombe, le hurlement d'un obus. Matrice et obus et dans le creux de la matrice un idiot adulte qui cueille des boutons d'or. Homme et cheval fondus en un seul corps, douces les mains, fendus les sabots. Les voici venir en interminable procession, les prunelles en feu et les crinières flamboyantes. Le printemps monte dans la nuit avec le rugissement d'une cataracte. Il arrive sur les ailes des juments, crinières au vent, narines fumantes.

Je remonte la rue Caulaincourt, je traverse la passerelle des tombes. Petite pluie de printemps. Au-dessous de moi, les petites chapelles blanches où les morts gisent enterrés. Éclaboussure d'ombres déchiquetées qui tombe du lourd treillis du pont. L'herbe monte du fond de la glaise, plus verte maintenant qu'en plein jour. Herbe électrique qui reluit de carats chevaux-vapeur. Un peu plus haut, dans la rue Caulaincourt, je rencontre un couple. La femme porte un chapeau de paille. Elle a un parapluie à la main, mais ne l'ouvre pas. Comme je l'approche, je l'entends qui dit : « *C'est une combinaison!* » — et pensant que le mot « *combinaison* » s'applique à sa lingerie, je dresse l'oreille. Mais c'est un autre genre de *combinaison* dont elle parle, et bientôt le torchon brûle. Maintenant je vois pourquoi le parapluie restait fermé. « *Combinaison!* » crie-t-elle d'une voix aiguë, sur quoi elle se met à jouer du parapluie. Et tout ce que le pauvre diable trouve à dire, c'est : « *Mais non, ma petite, mais non!* »

Cette petite scène me cause un immense plaisir — non parce qu'elle l'asticote du parapluie, mais parce que j'avais oublié l'autre sens du mot *combinaison.* Je regarde à ma droite, et là, dans une rue oblique, se trouve précisément le Paris que j'ai toujours cherché. On peut connaître Paris rue par rue, et ne pas connaître Paris, mais quand on a oublié où l'on est, et que la pluie tombe doucement, soudain, au cours d'une promenade sans but, on découvre la rue qu'on a traversée maintes et maintes fois, en rêve — *c'est justement la rue où l'on se promène maintenant.*

C'est dans cette rue même qu'en passant un jour, je vis un homme couché sur le trottoir. Il était étendu à plat sur le dos, bras en croix — comme si on venait juste de l'en descendre. Pas une âme qui l'approchât, pas une seule, pour voir s'il était mort ou vivant. Il gisait, couché sur le dos, bras en croix, sans le plus léger tressaillement ou mouvement du corps. En passant tout près de l'homme, je m'assurai qu'il n'était pas mort. Il respirait lourdement, et un fil de jus de tabac dégoulinait de ses lèvres. Arrivé au coin de la rue, je m'arrêtai un moment pour voir ce qui allait se passer. A peine m'étais-je retourné qu'une tempête de rire me parvint aux oreilles. Instantanément, les devantures et les portes furent pleines de monde. Toute la rue s'était animée en un clin d'œil. Hommes et femmes debout, les poings sur les hanches, et riant aux larmes. Je me faufilai à travers les gens qui s'étaient rassemblés autour du corps étendu. Je ne pouvais comprendre la raison de ce brusque intérêt, de ce brusque accès d'hilarité. Enfin, je parvins à traverser et j'arrivai de nouveau près du corps de l'homme. Il était toujours couché sur le dos. Il y avait un chien sur lui, dont la queue frétillait de joie. Le nez du chien était fourré dans la braguette déboutonnée de l'homme. Voilà pourquoi tout le monde riait. J'essayai de rire aussi. Impossible. Je devins triste, effroyablement triste, plus triste que je n'ai jamais été dans ma vie. Je ne sais pas ce qui m'arriva...

Tout cela, je me le rappelle maintenant en grimpant la rue oblique. C'était juste en face de la boucherie, celle à la tente rayée rouge et blanc. Je traverse la rue, et là, sur le trottoir mouillé, exactement où l'autre homme était étendu, voici le corps d'un homme, bras en croix. Je m'approche pour le regarder. C'est le même homme, mais maintenant sa braguette est boutonnée, et *il est mort*. Je m'en assure absolument avant de me relever et de m'en aller. Au coin de la rue, je m'arrête un moment. Qu'est-ce que j'attends? J'hésite là, un pied en l'air, m'attendant à entendre de nouveau cette tempête de rire dont j'ai un souvenir si vif. Pas un son. Personne en vue. A part moi-même, et l'homme étendu mort devant la boucherie, la rue est déserte. Peut-être n'est-ce qu'un rêve. Je regarde la plaque de la rue, pour voir si c'est un nom que je connais, un nom, veux-je dire, que je reconnaîtrais si j'étais éveillé. Je touche le mur, j'arrache un petit lambeau de l'affiche collée au mur. Je tiens le lambeau de papier à la main un instant, puis je le froisse en une petite boulette et, d'une chiquenaude, je le jette dans le ruisseau. Il saute, et tombe dans une flaque luisante. Apparemment, je ne rêve pas. Dès que je suis assuré que je ne rêve pas, une peur glacée me saisit. *Si je ne rêve pas, alors je suis fou!* Et qui pis est, si je suis fou, je ne pourrai jamais prouver si je rêve ou non. Mais peut-être n'est-il pas nécessaire de rien prouver, me dit une pensée rassurante. Je suis le seul au courant. Je suis le seul qui a des doutes. Plus j'y pense, plus je suis convaincu que ce qui me trouble n'est pas de savoir si je rêve ou si je suis fou, mais si l'homme allongé sur le trottoir, l'homme aux bras en croix, n'est pas moi-même. S'il est possible de quitter son corps en rêve, ou dans la mort, peut-être est-il possible de le quitter à jamais, d'errer éternellement désincarné, décroché, identité sans nom, ou nom sans identité, âme sans attaches, indifférente à tout, âme immortelle, peut-être incorruptible, comme Dieu — qui le sait?

Mon corps — les endroits qu'il a connus, tant d'endroits, et tous si étranges et sans rapports avec *moi!* Le Dieu Ajax me traînant par les cheveux, me traînant à travers des rues lointaines, en des lieux lointains — des lieux fous... Québec, Chula, Vista, Brownsville, Suresnes, Monte-Carlo, Czervowitz, Darmstadt, Canarsie, Carcassonne, Cologne, Clichy, Cracovie, Budapest, Avignon, Vienne, Prague, Marseille, Londres, Montréal, Colorado Springs, Imperial City, Jacksonville, Cheyenne, Ohama, Tucson, Blue Earth, Tallahassee, Chamonix, Greepoint, Paradise Point, Point Loma, Durham, Juneau, Arles, Dieppe, Aix-la-Chapelle, Aix-en-Provence, Le Havre, Nîmes, Asheville, Bonn, Herkimer, Glendale, Ticonderoga, Les Chutes du Niagara, Spartanburg, le lac Titicaca, Ossining, Dannamora, Naragansett, Hanovre, Hamburg, Limberg, Needles, Calgary, Galveston, Honolulu,

Seattle, Otay, Indianapolis, Fairfield, Richmond, Orange Court House, Culver City, Rochester, Utica, Pine Bush, Carson City, Southold, Blue Point, Juarez, Mineola, Spuyten Duyvil, Pawtucket, Wilmington, Coogan's Bluff, North Beach, Toulouse, Perpignan, Fontenay-aux-Roses, Widdecombe-in-the-Moor, Mobile, Louveciennes... Partout et en chacun de ces lieux, quelque chose m'est arrivé, quelque chose de fatal. Partout et en chacun de ces lieux, j'ai laissé un cadavre sur le trottoir, les bras en croix. Chaque fois et toutes les fois, je me suis penché pour bien me regarder, pour m'assurer que le corps n'était pas vivant, et que ce n'était pas moi, mais moi-même, que je laissais là. Et *en route, en route, en route, toujours!* Et je continue, et je suis vivant, mais quand la pluie se met à tomber et que j'erre au hasard, j'entends le cliquetis de tous ces moi défunts, que j'ai dépouillés au cours de mes errances, et je me demande : *Et après?* On pourrait croire qu'il y a une limite à ce que le corps peut endurer, mais il n'y en a pas. Si haut se lève le corps au-dessus de la souffrance, que lorsqu'on a tout tué il reste toujours un ongle d'orteil, ou une touffe de cheveux, qui germe, et ce sont ces germes immortels qui demeurent à jamais et à jamais. De sorte que lorsqu'on est complètement mort et oublié, quelque microscopique partie de soi germe encore, et si morts que soient le passé et l'avenir, il y a toujours une petite parcelle vivante et qui germe.

C'est ainsi que je me trouve, par un après-midi

de soleil torride, devant la petite gare de Louveciennes, une petite parcelle de moi vivante et qui germe. C'est l'heure où les cours de la Bourse sont transmis par la voie des airs, comme ils disent. Dans le bistrot en face de la gare, se cache un appareil, et dans l'appareil se cache un homme, et dans l'homme se cache une voix. Et la voix, qui est la voix d'un idiot adulte, glapit : American Can... American Tel & Tel... Elle le dit en Français, ce qui est encore plus idiot. *American Can... American Tel. & Tel.* Et brusquement, comme Jacob gravissant son échelle d'or, brusquement toutes les voix du ciel se déchaînent. Comme un geyser jaillissant de la terre nue, tout le bazar américain surgit... American Can, American Tel & Tel, Atlantique et Pacifique, Standard Oil, United Cigars, Father John, Sacco & Vanzetti, Uneeda Biscuit, Seaboard Air Line, Sapolio; Nick Carter, Trixie Friganza, Foxy Granpa, The Gold Dust Twins, Tom Sharkey, Valeska Suratt, Commodore Schley, Millie de Léon, Theda Bara, Robert E. Lee, Little Nemo, Lydia Pinkham, Jesse James, Annie Oakley, Diamond Jim Brady, Schlitz-Milwaukee, Hemp Saint Louis, Daniel Boone, Mark Hanna, Alexander Dowie, Carrie Nation, Mary Baker Eddy, Pocahontas, Fatty Arbuckle, Ruth Snyder, Lillian Russell, Sliding Billy Watson, Olga Nethersole, Billy Sunday, Mark Twain, Freeman & Clarke, Joseph Smith, Battling Nelson, Aimée Semple McPherson, Horace Greeley, Pat Rooney, Peruna, John Philip Sousa, Jack London, Kabe Ruth, Harriet Beecher

Stowe, Al Capone, Abe Lincoln, Brigham Young, Rip van Winkle, Krazy Kat, Liggett & Myers, les Hallroom Boys, Horn & Hardart, Fuller Brush, les Katzenjammer Kids, Gloomy Gus, Thomas Edison, Buffalo Bill, le Yellox Kid, Booker T. Washington, Czolgosz, Arthur Brisbane, Henry Ward Beecher, Ernest Seton, Thompson, Margie Pennetti, Wrigley's Spearmint, Oncle Remsu, Svoboda, David Harum, John Paul Jones, Grapes Nuts, Aguinaldo, Nell Brinkley, Bessie McCoy, Tod Sloan, Fritzi Scheff, Lafcadio Hearn, Anna Held, Little Eva, Omega Oil, Maxime Eliott, Oscar Hammerstein, Bostock, les Smith Brothers, Zbysko, Clara Kimball Young, Paul Revers, Samuel Gompers, Max Linder, Ella Wheeler Wilcox, Corona-Corona, Uncas, Henry Clay, Woolworth, Patrick Henry, Cremo, George C. Tilyou, Long Tom, Christy Matthewson, Adeline Genee, Richard Carle, Sweet Caporals, Park & Tilford's, Jeanne Eagels, Fanny Hirst, Olga Petrova, Yale & Towne, Terry Mc Govern, Frisco, Mary Cahill, James J. Jeffries, le Housatonic, le Penobscot, Evangeline, Sears Roebuck, les Salmigondis, Dreamland, P. T. Barnum, Luna-Park, Hiawatha, Bill Nye, Pat McCarren, les Rough Riders, Mischa Elman, David Belasco, Farragut, le Singe Velu, Minnehaha, Arrow Collars, Sunrise, Sun up, le Shenandoah, Jack Jackson, la Petite Église du Coin, Cab Calloway, Élaine Hammerstein, Kid Mc Coy, Ben Ami, Ouida, Peck's Bad Boy, Patti, Eugène V. Debs, Delaware & Lackawanna, Carlo Tresca,

Chuck Connors, Georges Ade, Emma Goldman, Sitting Bull, Paul Dressler, Child's, Hubert's Museum, Le Foutoir, Florence Mills, l'Alamo, Peacock Alley, Pomander Walk, La Ruée vers l'Or, Sheepshead Bay, Lewis l'Étrangleur, Mimi Aguglia, The Barber Shop Cord, Bobby Walthour, Painless Parker, Mme Leslie Carter, La Gazette Policière, Pilules Carter pour Hépatiques, Bustanoby's, Paul & Joe's, William Jennings Bryan, George M. Cohan, Swami Vivekananda, Sadakichi Hartman, Elizabeth Gurley Flynn, le Moniteur et le Merrimac, Snuffy le Cabman, Dorothy Dix, Amato, le Grand Sylvestre, Joe Jackson, Bunny, Elsie Janis, Irène Franklin, The Beale Street Blues, Ted Lewis, Wine, Woman & Song, Blue Label Ketchup, Bill Bailey, Sid Olcott, In the Gloaming Geneviève et sur les rives du Wabash là-bas très loin...

Tout ce qui est Américain arrive en trombe. Et avec chaque nom, mille détails intimes de ma vie associés. Quel Français me croisant dans la rue pourrait imaginer que je porte en moi un dictionnaire de noms ? Et avec chaque nom, une vie et une mort ? Quand je descends la rue l'air extasié, quel grenouillard pourrait deviner la rue que j'arpente ? Sait-il que je me promène à l'intérieur de la Grande Muraille de Chine ? Rien ne s'inscrit sur mon visage — ni souffrance, ni joie, ni espoir, ni désespoir. J'arpente la rue avec un visage de coolie. J'ai vu le pays ravagé, les foyers dévastés, les familles détruites. Chaque ville parcourue m'a tué

— si vaste était la misère, si éternel l'implacable labeur. D'une ville à l'autre je porte mes pas, laissant derrière moi une immense procession de moi morts et cliquetants. *Mais moi-même, je continue et continue et continue.* Et tout le temps, j'entends les musiciens qui s'accordent...

Hier soir j'arpentais de nouveau le 14e District. Je suis tombé encore sur mon idole, Eddie Carney, le gosse que je n'ai pas revu depuis que j'ai quitté le quartier. Il était grand et mince, beau, genre Irlandais. Il s'empara de moi corps et âme. Il y avait trois rues : North First, Fillmore Place et Driggs Avenue. Elles marquaient les limites du monde connu. Plus loin, c'était le pays de Thulé, l'Ultime Thulé. C'était l'époque de San Juan Hill, Free Silver, Pinocchio, Uneeda. Dans le bassin, pas loin de Wallabout Market, les cuirassés étaient au mouillage. Une piste asphaltée parallèle au trottoir, permettait aux cyclistes de rouler jusqu'à Coney Island et d'en revenir. Dans chaque paquet de cigarettes Caporal, il y avait une photographie. Tantôt une actrice, tantôt un champion de boxe, parfois un drapeau. Vers le soir, Paul Sauer passait une gamelle à travers les barreaux de sa fenêtre et demandait de la choucroute crue. Vers le soir aussi, Lester Reardon, fier, princier, cheveux dorés, allait de chez lui jusqu'au boulanger — événement de première importance. Du côté du midi, se trouvaient les maisons des avocats et des médecins, des hommes politiques, des acteurs ; il y avait aussi la caserne des pompiers, les pompes funèbres, les églises protestantes, le Café Concert, la fontaine. Au nord, l'usine de boîtes de fer-blanc, les forges, le vétérinaire, le cimetière, l'école, le poste de police, la morgue, les abattoirs, l'usine à gaz, la halle aux poissons, le Club Démocrate. Il n'y avait que trois hommes dangereux : le vieux Ramsay, marchand de sermons, George Denton, le colporteur cinglé, et Dr Martin, l'exterminateur des punaises. Les types étaient déjà nettement tranchés. Les bouffons, les terre-à-terre, les paranoïaques, les volatils, les mystagogues, les souffre-douleur, les toqués, les poivrots, les menteurs, les hypocrites, les putains, les sadiques, les lèche-culs, les avares, les fanatiques, les pédérastes, les criminels, les saints, les princes. Jenny Maine était la bossue à macaques. Alfie Letcha était un escroc. Joe Goeller, une tapette. Stanley, mon premier ami. Stanley Borowski ! Il fut la première « seconde » personne dont je reconnus l'existence. C'était un chat sauvage. Stanley ne connaissait d'autre loi que le cuir que son vieux gardait au fond de sa boutique de barbier. Quand le vieux le rossait, on entendait Stanley hurler à dix maisons de distance ! En ce monde-là, tout se faisait ouvertement, en plein jour. Quand Silberstein, le culottier, devint fou, on l'étendit sur le trottoir devant sa maison pour lui mettre la camisole de force. Sa femme, qui était enceinte, en fut tellement terrifiée, qu'elle lâcha le morpion sur le trottoir à côté de lui. Le Professeur Martin, l'exterminateur des punaises, rentrait justement chez lui après une longue vadrouille. Il avait deux furets dans les poches de son veston, et l'un d'eux s'échappa et sauta sur le fou. Stanley Borowski chassa le furet jusque dans l'égout, ce qui lui valut un œil au beurre noir du fils du Professeur Martin, Henri, qui était un minus. Sur le hangar au-dessus de la boutique de peinture, Willie Maine, debout, pantalon bas, se branlait de tout son cœur. « Bjork ! disait-il, Bjork ! Bjork ! » On fit venir la pompe à incendie, et on l'aspergea. Son vieux, qui était un poivrot, appela les flics. Ils s'amenèrent, et flanquèrent au vieux une raclée à le laisser pour mort. Pendant ce temps, un peu plus loin, Pat McCarren payait le champagne dans le bar à tous ses copains. La *matinée* venait de finir, et les poules du *Foutoir* s'entassaient dans l'arrière-salle avec leurs marins. Georges Denton le cinglé conduisait sa charrette dans la rue, un fouet dans une main, une Bible dans l'autre. Il gueulait à tue-tête de sa voix de fou : « Ce que vous faites au moindre de mes frères, vous le faites à moi aussi ! », ou autres sornettes. Madame Gorman se tenait sur le seuil de sa porte, en peignoir sale, les nichons à moitié à l'air, marmottant : « Tch tch tch ! » Elle faisait partie de l'Église de Père Caroll, du côté nord. « Bien l' bonjour, mon père, bien l' bonjour ! »

C'est ce soir, apès dîner, que tout cela m'a envahi de nouveau — je veux dire les musiciens et la danse qu'ils préparent. Nous avions préparé un humble festin, Carl et moi. Un repas entièrement composé de choses délectables : radis, olives noires, tomates, sardines, fromage, pain sans levain, bananes, compote de pommes, deux litres de vin d'Algérie, quatorze degrés. Il faisait chaud dehors, et très calme. Nous étions assis, après le repas, à fumer tranquillement, et presque glissant au sommeil, tant le repas avait été bon, si confortables les chaises dures, avec le jour qui tombait, et ce calme des toits, comme si les maisons elles-mêmes respiraient tranquillement à travers les fentes. Comme bien d'autres soirs, après que nous fûmes restés silencieux quelque temps dans la pièce presque obscure, soudain il se mit à parler de lui-même, de quelque chose dans le passé qui, dans le silence et l'obscurité du soir, se mit à prendre forme, pas précisément dans les mots, parce que c'était au-delà des mots, ce qu'il essayait de me communiquer. Je crois que je ne saisissais pas les mots du tout, mais seulement la musique qui émanait de lui — une musique douce, sylvestre, qui m'arrivait à travers le vin d'Algérie et les radis et les olives noires. Il parlait de sa mère, je crois, comment il était sorti de ses entrailles, et après lui son frère et sa sœur, et puis la guerre arriva et on lui dit de tirer et il ne pouvait pas tirer et quand la guerre fut finie on ouvrit les portes de la prison ou de l'asile d'aliénés, ou de je ne sais quoi, et le voilà libre comme l'oiseau. Comment il arriva à me débiter tout ça, je ne m'en souviens plus. Nous parlions de *La Veuve joyeuse* et de Max Linder, et du Prater à Vienne — et brusquement nous voilà en pleine guerre russo-japonaise, et il y avait ce Chinois dont parle Claude

Farrère dans *La Bataille.* Un mot à propos du Chinois avait dû pénétrer au plus profond de lui-même, car lorsqu'il rouvrit la bouche et se mit à parler de sa mère, de ses entrailles, de la guerre qui arrivait et de libre comme un oiseau, je compris qu'il était reparti très loin dans le passé, et j'avais presque peur de respirer, craignant de le ramener à lui.

Libre comme l'oiseau, l'entendis-je dire, et avec ça les grilles qui s'ouvrent et d'autres hommes qui sortent en courant, tous fin libres, et un peu abrutis d'avoir été enfermés et de la tension d'attendre la fin de la guerre. Lorsque les grilles s'ouvrirent, me voici de nouveau dans la rue, et mon ami Stanley était assis à côté de moi sur la petite marche devant la maison, où nous mangions du pain aigri le soir. Au bout de la rue, il y avait l'Église du Père Caroll. Et maintenant, revoici le soir, et les cloches sonnent vêpres. Carl et moi, l'un en face de l'autre dans le soir qui tombe, calmes et goûtant la paix. Nous sommes assis à Clichy, et c'est longtemps après la guerre. Mais une autre guerre se prépare et elle est là dans l'obscurité, et peut-être est-ce l'obscurité qui le fait penser au ventre de sa mère et la nuit vient, la nuit où l'on est là, seul, et si effroyable que ce soit, il faut rester là, seul, et s'en contenter. « Je ne voulais pas aller à la guerre, disait-il, Merde! je n'avais que dix-huit ans! » A ce moment-là, un phono se mit à jouer, et ce fut la valse de *La Veuve joyeuse.* Dehors tout est tranquille et silencieux — juste comme avant la guerre.

Stanley me chuchote quelque chose sur le seuil — quelque chose au sujet de Dieu, le Dieu *Catholique*. Il y a des radis dans le ravier, et Carl les grignote dans l'obscurité. « C'est tellement beau d'être vivant, si pauvre qu'on soit! », dit-il. Je le vois à peine tendre sa main vers le ravier et s'emparer d'un autre radis. Si beau d'être vivant! Et ce disant, il se glisse un radis dans la bouche, comme pour se convaincre encore qu'il est toujours vivant et libre comme un oiseau. Et maintenant la rue toute entière, libre comme un oiseau, gazouille en moi, et je revois les gosses qui plus tard doivent avoir la tête emportée ou les boyaux crevés par les baïonnettes. Des gosses comme Alfie Letcha, Tom Fowler, Johnny Dunn, Sylvestre Goeller, Harry Martin, Johnny Paul, Eddie Carney, Lester Reardon, Georgie Maine, Stanley Borowski, Louis Pirosso, Robbie Hyslop, Eddie Gorman, Bob Maloney. Les gosses du côté nord, et ceux du côté du midi — tous mélangés en un tas d'ordures, et leurs tripes pendues aux barbelés. Si seulement on en avait épargné un! Mais non, pas un! Pas même le grand Lester Reardon. Le passé tout entier est lessivé!

Il est si beau d'être vivant et libre comme l'oiseau. Les grilles sont ouvertes, et je puis errer à ma guise. Mais où est Eddie Carney? Où est Stanley?

Voici le printemps que Jésus a chanté, l'éponge aux lèvres, au trémoussement des grenouilles. Dans chaque matrice, le piétinement des sabots de fer, dans chaque tombe, le rugissement des obus. Caveau de hideuse angoisse, saturé de vers-anges suspendus à la matrice effondrée du ciel. Dans ce dernier corps de la baleine, le monde entier est devenu une plaie purulente. Lorsque la trompette sonnera de nouveau, ce sera comme si on pressait un bouton : le premier homme qui tombera poussera le second, et ainsi de suite à l'infini jusqu'à l'équateur, tout autour du monde, de New York à Nagasaki, de l'Arctique à l'Antarctique. Et en tombant, l'homme poussera l'éléphant, et l'éléphant poussera la vache, et la vache poussera le cheval, et le cheval l'agneau, et tous tomberont, l'un après l'autre, comme une rangée de soldats de plomb balayés par le vent. Le monde s'éteindra comme une chandelle romaine. Pas même un brin d'herbe ne repoussera. Dose létale, d'où nul réveil ne surgira. La paix, la nuit, sans gémissement, sans murmure. Une douce, une méditative obscurité, un imperceptible battement d'ailes.

Café-concert

Maintenant le calme de Scheveningen opère comme un anesthésique.

Debout devant le comptoir à regarder la grognasse anglaise qui a perdu toutes ses dents de devant, il me revient subitement : *Défense de cracher par terre !* Ça me revient comme un rêve : *Défense de cracher par terre !* C'était au Freddy's Bar, rue Pigalle, et un type aux doigts fuselés, un type en chemise de soie blanche aux larges manches flottantes venait de roucouler « Adieu Mexico ! » Elle me dit qu'elle ne faisait pas grand-chose en ce moment, juste tourniquer. Elle venait au Big Broadcast, et avait attrapé la fièvre aphteuse. Elle ne cessait pas de courir aux cabinets en écartant les perles du rideau. La harpe était chouette, on aurait dit du pipi d'ange dans votre bière. Elle était un peu saoule, mais tout de même essayait de faire la dame. J'avais dans ma poche une lettre d'un Hollandais un peu cinglé qui venait de rentrer de Sofia. « Samedi soir, disait-il, je n'avais qu'un désir, et c'était de vous voir assis à côté de moi. » (Où ? il ne le disait pas.) « Tout ce que je peux vous écrire maintenant, c'est que, après le vacarme et la bousculade de New York, le calme d'une ville comme Scheveningen agit comme un anesthésique. » Il était allé faire la bringue à Sofia, et s'était offert la prima dona de l'Opéra Royal. Ce qui, disait-il, lui avait donné juste l'espèce de réputation frivole requise pour trouver grâce devant l'opinion publique de Sofia. Il ajoute qu'il va prendre retraite et recommencer une vie calme — à Scheveningen.

Je n'avais pas regardé la lettre de toute la soirée, mais quand la grognasse anglaise ouvrit la bouche, et que je vis qu'il lui manquait toutes ses dents de devant, ça me revint : *Défense de cracher par terre!* Nous nous promenions dans le ghetto, le Hollandais cinglé et moi, et il était en uniforme de télégraphiste. Il avait porté tous ses messages, et il était libre pour la soirée. Nous nous dirigions vers le Café Royal, où nous voulions nous asseoir et boire un bock ou deux en paix. Je lui permis de venir prendre un bock avec moi, car j'étais son patron, et d'ailleurs, il avait fini son service et pouvait faire ce qui lui plaisait à ses heures de loisir.

Nous longions la Seconde Avenue, vers le nord, quand soudain j'aperçus une vitrine avec une croix illuminée sur laquelle était écrit : *Quiconque aura cru en moi ne mourra point...* Nous entrâmes, et un type sur une estrade disait : « Miss Powell, préparez un cantique! Allons, mes frères, qui de vous témoignera? Oui, hymne Nº 73. Après la réunion, nous irons tous en corps rendre visite à notre sœur si éprouvée, Mme Blanchard. Levons-nous pour chanter l'hymne N° 73 : *Seigneur, plante mes pieds sur les sommets!* » Ainsi que je le disais il y a un instant, en voyant ce peinturlureur peindre notre clocher de couleurs vives et pures, les paroles de ce cher vieil hymne me revinrent aux lèvres : *Seigneur, plante mes pieds sur les sommets!*

La salle était exiguë, et il y avait des inscriptions partout : « Le Seigneur est mon Pasteur. Je ne serai pas dans le besoin », etc. L'inscription la plus en évidence était celle placée au-dessus de l'autel : *Défense de cracher par terre!* Ils chantaient tous l'hymne N° 73 en l'honneur du nouveau clocher. Nous nous tenions sur les sommets, et je voyais admirablement toutes les inscriptions sur les murs, surtout celle au-dessus de la chaire : *Défense de cracher par terre!* La sœur Powell pompait à l'orgue de toutes ses forces : elle avait l'air pure et toute spiritualisée. Le type sur l'estrade chantait plus fort que les autres, et bien qu'il connût les mots par cœur, il tenait le livre de cantiques devant lui, et il suivait la musique. Il ressemblait à un forgeron qui se serait substitué au prédicateur ordinaire. Il chantait très fort, et avec grand sérieux. Il faisait de son mieux, entre les cantiques, pour amener les gens à témoigner. De temps en temps un type à la voix criarde piaulait : « Je loue Dieu pour sa puissance de salut! »

AMEN! GLOIRE! ALLÉLUIA!

« Allons! rugit le forgeron, qui veut témoigner? Vous, frère Eaton, voulez-vous témoigner? »

Le frère Eaton se lève et dit gravement : « Il m'a payé cher ! »

AMEN ! AMEN ! ALLÉLUIA !

La Sœur Powell s'essuie les mains avec un mouchoir. Elle le fait d'une manière séraphique. Lorsqu'elle a essuyé ses mains, elle contemple le mur d'un regard vide. On dirait que le Seigneur vient juste de l'oindre. Très séraphique.

Le frère Eaton, qui a été payé cher, est tranquillement assis, les mains jointes. Le forgeron explique que le frère Eaton a été acheté au prix du précieux sang du Christ versé sur la Croix, au Calvaire, c'est bien ça. Il voudrait bien que quelqu'un d'autre témoigne. *Quelqu'un d'autre, s'il vous plaît !* Dans un petit moment, explique-t-il, nous irons tous en corps jeter un dernier regard au fils chéri de sœur Blanchard qui a passé cette nuit. *Allons ! Qui veut témoigner ?*

Une voix chevrotante : « Amis, vous savez que je n'en suis pas trop digne de témoigner. Mais il y a un verset qui m'est très cher... très cher... C'est dans *Colossiens 3. Demeurez immobile et trouvez le salut dans le Seigneur !* Demeurez seulement immobiles, mes frères. Demeurez seulement tranquilles. Essayez donc ! Agenouillez-vous, et essayez de penser à LUI. Mes frères, ce verset m'est très cher — *Colossiens 3. Demeurez immobile, et trouvez le salut dans le Seigneur !* »

Très bien ! Très bien ! GLOIRE ! GLOIRE ! LOUEZ LE SEIGNEUR ! ALLÉLUIA !

« Sœur Powell, préparez un autre cantique ! » Il

s'essuie la figure. « Avant d'aller jeter un dernier regard sur le fils chéri de sœur Blanchard, unissons-nous tous en chantant un dernier hymne : *Quel ami nous avons en Jésus !* Je crois que nous le savons tous par cœur. Hommes, si vous n'êtes pas lavés dans le sang de l'agneau, peu importe sur combien de livres votre nom est inscrit ici ! Ne LE rejetez pas ! Venez à LUI ce soir, hommes ! *Ce soir !* Allons, maintenant, tous ensemble : *Quel ami nous avons en Jésus !...* Hymne Nº 97. Tout le monde debout, et chantons avant d'aller en corps chez sœur Blanchard ! Allons, Hymne Nº 97 ! *Quel ami nous avons en Jésus !* »

Tout est arrangé. Nous allons tous en corps jeter un regard au cher fils défunt de sœur Blanchard. Tous ! Colossiens, Pharisiens, nez morveux, gais lurons, sopranos fêlés — tous en corps pour jeter un dernier regard. Je ne sais pas ce qui est arrivé au Hollandais cinglé qui voulait boire un bock. Nous allons chez sœur Blanchard, tous en corps — les jukes et les youpins. Hymne Nº 73 et *Défense de cracher par terre !* Frère Pritchard, éteignez les lumières ! Et vous sœur Powell, préparez un cantique ! Adieu Mexico ! Nous faisons une descente chez sœur Blanchard. Une descente pour planter nos pieds sur les sommets. Ici il manque un œil, là un nez. Bancroches, morveux, bilieux, les tendres, les séraphiques, les vermoulus et les déments. Tous vont en corps peindre le clocher de couleurs vives et pures. Tous amis de Jésus. Tous immobiles, attendant le salut par le Seigneur. Frère Eaton va faire circuler le chapeau et sœur Powell va essuyer les crachats sur les murs. Tous achetés très cher, le prix d'un bon cigare. *Maintenant le calme de Scheveningen opère comme un anesthésique.* Tous les messages ont été délivrés. Pour ceux qui préfèrent la crémation, nous aurons quelques très belles niches pour les urnes. Le fils chéri de sœur Blanchard gît mort sur la glace, et ses orteils sont en train de germer. Le mausolée offre un refuge où les familles et leurs amis peuvent reposer côte à côte dans un compartiment blanc comme neige, haut et sec au-dessus du sol, où ni l'eau, ni l'humidité, ni la moisissure, ne peuvent pénétrer.

En route vers le Jardin d'Hiver dans un taxi jaune. Le calme de Scheveningen opère sur moi. Des lettres comme des notes de musique partout, et Dieu soit loué pour sa puissance! Partout de la neige noire, partout des ailes noires pouilleuses. REGARDEZ NOTRE VITRINE! SOLDES LÉGÈREMENT USAGÉS! LIQUIDATION IMMÉDIATE! *Gloire! Gloire! Alléluia!*

La misère en manteaux de fourrure. Bains turcs, bains russes, bains Sitz..., bains partout et personne de propre. Clara Bow donne « Amour parisien ». Le fantôme de Jacob Gordin parcourt les toundras trempées de sang. Saint Mark-on-the-Bouverie vous a un air gai de cafard, avec ses murs à la menthe douce et peints comme un tutti-frutti. BRIDGES... PRIX RAISONNABLES. Moskowitz chatouille le cymbalon, et le cymbalon chatouille la croupe buffet froid de Léo Tolstoï, qui est devenu un restaurant végétarien. Toute la planète est sens dessus dessous pour faire des verrues, des boutons, des comédons, des loupes. Les hôpitaux sont tous restaurés, entrée gratuite, porte de service. A tous ceux qui souffrent, à tous ceux qui sont las et accablés de fardeaux, à tous les pauvres couillons qui meurent d'eczéma, d'haleine fétide, de la gangrène, de l'hydropisie, qu'il soit rappelé et bien entendu que l'entrée est gratuite par la porte de service ! Venez, vous tous ! Venez, les youpins reniflards ! Venez les pharisiens morveux ! Venez vous faire restaurer les tripes pour moins que le prix d'une fosse ordinaire. Venez ce soir ! Jésus vous veut ! Venez avant qu'il ne soit trop tard — nous fermons à 7 h 15 tapant !

CLÉO DANSE TOUS LES SOIRS !

Cléo, la chérie des Dieux, danse tous les soirs *Maman, je viens ! Maman, je veux être sauvé !* Je monte à l'échelle, maman ! GLOIRE ! GLOIRE ! COLOSSIENS ! COLOSSIENS 3.

Mère de tout ce qui est saint, je suis maintenant dans le ciel. Je suis debout derrière les gens debout qui sont debout derrière Z comme zèbre. Le recteur épiscopal est debout sur les marches de l'église avec le rectum brisé. Ça dit : STATIONNEMENT INTERDIT. Les frères Minsky sont au bureau de location à rêver de la rivière Shannon. Le Pathé Journal cliquette comme une noix muscade creuse. Aux Himalayas, les moines se lèvent en pleine nuit et prient pour tous ceux qui dorment, afin que hommes et femmes du monde entier puissent, quand ils s'éveillent le matin, commencer la journée avec des pensées pures, bonnes et braves. Le monde est passé en revue : Saint-Moritz, les Acteurs d'Oberammergau, Œdipe Roi, chiens pékinois, cyclones, beautés des plages. Mon âme est en paix. Si j'avais de la bière et un sandwich au jambon, quel ami j'aurais en Jésus. En tout cas, le rideau se lève. Shakespeare avait raison : *C'est par la pièce que* [1] *!...*

Et maintenant, messieurs dames, le rideau se lève sur le spectacle le plus pur et le plus salé qui fut jamais produit dans l'hémisphère occidental. Le rideau se lève, messieurs dames, sur ces parties de l'anatomie appelées respectivement l'épigastre, l'ombilic et l'hypogastre. Ces parties de choix, marquées un dollar 98, n'ont jamais été exposées jusqu'ici devant un public américain. Minsky, le roi des Juifs, les a spécialement importées de la rue de la Paix. Voici le spectacle le plus pur et le plus salé de New York. Et maintenant, mesdames messieurs, tandis que les ouvreuses sont occupées à vaporiser et à désinfecter la salle, nous allons vous passer des cartes postales obscènes, garanties de fabrication française. Avec chaque carte, nous vous passerons aussi un microscope allemand authentique, fait à la main à Zurich par des Japonais. Notre spectacle, messieurs dames, est le plus pur et le plus salé du monde entier. Minsky, le roi des Juifs, vous le dit lui-même. Le rideau se lève... le rideau se lève...

1. *Hamlet,* II, Sc. II........ The play's the thing Wherein I'LL catch the conscience of the king!

Sous le couvert de l'obscurité, les ouvreuses aspergent les poux morts ou vifs, et les nids de poux, et les œufs de poux enfouis dans les épaisses boucles noires frisées de ceux qui n'ont pas de salles de bains, les pauvres Juives sans foyer de l'East Side, qui dans leur misère désespérée vadrouillent en manteau de fourrure, vendant des allumettes et des lacets de soulier. Dehors, c'est exactement comme la place des Vosges ou Haymarket ou Covent Garden, sauf que ces gens ont foi — en la machine à calculer Borroughs. Les sorties de secours sont bondées de femmes enceintes qui se sont gonflées avec des pompes à bicyclette. Toutes les pauvres Juives désespérées de l'East Side sont heureuses sur les sorties de secours, parce qu'elles mangent des sandwiches au jambon un pied dans les nuages. Le rideau se lève sur l'odeur du formol adoucie par le chewing-gum à la menthe Wrigley. Le rideau se lève sur la seule et unique partie du corps humain dont moins on parle mieux ça vaut. Au décembre de la vie, quand l'amour est une braise, il sera triste de penser à la banane étoilée flottant sur les parties blindées des sections épigastriques, hypogastriques et ombilicales du corps humain. Minsky rêve au bureau de location, ses pieds plantés sur les sommets. Les acteurs d'Oberammergau jouent ailleurs. Les pékinois sont baignés et parfumés pour l'exposition du ruban bleu. Sœur BLANCHARD est assise dans le fauteuil à bascule, la matrice descendue. L'âge vient, le corps se fane — mais on guérit la hernie. Du haut de l'échelle de secours on voit le magnifique paysage sans fin, exactement tel qu'il a été peint par Cézanne — avec des boîtes à ordures en tôle ondulée, des ouvre-boîtes rouillés, des voitures d'enfants délabrées, des tubs de fer-blanc, des bouilloires de cuivre, des râpes à muscade, et des pains d'épice de fantaisie soigneusement enveloppés de cellophane. Voici le plus beau spectacle du monde, le spectacle dernier cri, importé tout droit de la rue de la Paix. Vous avez le choix, entre deux choses : regarder en bas dans les sombres profondeurs, ou bien, lever les yeux vers le soleil où l'espoir de la résurrection flotte au-dessus des bannières étoilées qui, toutes, sont garanties authentiques. Restez tranquilles, hommes, et attendez le salut dans le Seigneur. Cléo danse ce soir et tous les soirs de cette semaine pour moins cher que le prix de la terre à macchabées. La mort arrive à quatre pattes, comme un brin de trèfle. La scène étincelle comme la chaise électrique. Cléo arrive, Cléo la chérie des Dieux, et la reine de la chaise électrique.

Maintenant, le calme de Scheveningen opère comme un anesthésique. Le rideau se lève sur les Colossiens 3. Cléo surgit de la matrice de la nuit, son ventre gonflé d'émanations d'égout. Gloire ! Gloire ! Je grimpe à l'échelle. De la matrice de la nuit surgit le vieux pont de Brooklyn, rêve torpide qui se tortille dans l'écume et le feu de la lune. Un bourdonnement, un frisselis, raclent les soucis. Une lueur de chrysoprase, un éclair de naphte. La nuit est froide et les gens marchent comme des prisonniers enchaînés au boulet. La nuit est froide, mais la reine est nue, sauf un cache-sexe. La reine danse sur les cendres refroidies de la chaise électrique. Cléo la chérie des Juifs, danse sur la pointe de ses ongles laqués ; ses yeux sont révulsés, ses oreilles remplies de sang. Elle danse pendant toute la nuit glacée à des prix raisonnables. Elle dansera tous les soirs de cette semaine pour préparer la voie aux bridges en platine. O hommes, derrière le *virumque cano,* derrière le système duodécimal, et la Ligne aérienne maritime se dresse la reine de Tammany Hall. Elle est debout, pieds nus, le ventre gonflé d'émanations d'égouts, le nombril secoué d'hexamètres systoliques. Cléo, la reine, plus pure que l'asphalte le plus pur, plus chaude que l'électricité la plus chaude, Cléo la reine et la chérie des dieux, danse sur le siège d'amiante de la chaise électrique. Au matin, elle s'en ira vers Singapour, Mozambique, Rangoon. Son trois-mâts est amarré au ruisseau de la rue. Ses esclaves grouillent de vermine. Au fond de la matrice des ténèbres elle danse le chant du salut. Nous allons tous descendre en corps au « messieurs » pour planter nos pieds sur les sommets. En bas, au « messieurs », où tout est sanitaire, sec, et sentimental comme un cimetière.

Imaginez maintenant, tandis que le rideau tombe, que le temps est magnifique, l'air embaumé, et que de la baie voisine monte l'odeur des coquillages. Vous vous promenez sur le littoral de l'Atlantique avec votre complet de ciment et vos chaussettes à talons d'or — et voilà le grondement de Chop Suey qui vous arrive aux oreilles. Les bougies d'allumage flamboient sur la Great White Way. Les lieux d'aisance sont ouverts. Vous essayez de vous asseoir sans froisser le pli de votre pantalon. Assis sur le pur asphalte, vous laissez les paons vous chatouiller le larynx. Les ruisseaux roulent du champagne. La seule odeur est celle des coquillages qui vient de la baie. C'est un beau jour embaumé et toutes les radios marchent à la fois. Vous pouvez en avoir une attachée au croupion — pour un tout petit peu plus cher. Vous pouvez la brancher sur Manille ou Honolulu tout en marchant. Vous pouvez avoir de la glace dans votre eau frappée ou vous faire enlever les deux reins à la fois. Si le tétanos vous cloue la gueule, vous pouvez vous faire mettre un tube dans le rectum, et croire que vous mangez. Vous pouvez avoir tout ce qu'il vous faut au doigt et à l'œil. C'est-à-dire, si c'est un beau jour embaumé et si l'odeur des coquillages vous arrive de la baie. Parce que pourquoi? Parce que l'Amérique est le pays le plus grandiose que le bon Dieu ait jamais fabriqué, et si vous n'aimez pas ce pays vous pouvez foutre le camp et retourner d'où vous venez. Il n'y a rien au monde que l'Amérique ne veuille faire pour vous si vous le demandez poliment. Vous pouvez vous asseoir sur la chaise électrique et pendant qu'on fait passer le jus vous pouvez lire tous les détails de votre propre exécution. Vous pouvez regarder votre propre image, assis sur la chaise électrique, tout en attendant l'exécution.

Spectacle permanent du matin jusqu'à minuit. Le plus beau le plus dernier cri. Si beau, si dernier cri qu'il exaspère en vous la solitude et le désespoir.

Je retourne au pont de Brooklyn que je traverse, et je m'assieds dans la neige en face de la maison où je suis né. Une solitude immense, déchirante, m'étreint. Je ne me vois pas encore debout au Freddy's Bar, rue Pigalle. Je ne vois pas cette salope d'Anglaise aux dents de devant qui manquent. Rien qu'une étendue de neige blanche, et, au centre, la petite maison où je suis né. C'est dans cette maison que je rêvai de me faire musicien.

Assis devant cette maison où je suis né, je me sens absolument unique. J'appartiens à un orchestre pour lequel on n'a jamais écrit aucune symphonie. Tout sonne faux, y compris *Parsifal*. A propos de *Parsifal*... ce n'est qu'un incident mineur, mais qui sonne juste. Cela a quelque chose à voir avec l'Amérique, mon amour de la musique, mon grotesque sentiment de solitude...

Un soir, j'étais debout au poulailler de l'Opéra métropolitain. La salle était bondée et je me tenais à environ trois rangs de la balustrade. Je ne voyais qu'une infime partie de la scène, et encore en me tordant le cou. Mais j'entendais la musique, le *Parsifal* de Wagner, qui m'était déjà un peu familier par les disques. Certaines parties de cet opéra sont rasantes, plus rasantes que tout ce qui fut jamais écrit. Mais, il y a des moments sublimes, et pendant ces moments sublimes (j'étais écrasé comme une sardine) une chose embarrassante m'arriva — je me mis à bander. La femme contre laquelle j'étais serré devait elle aussi être inspirée par la musique sublime du Saint-Graal. Nous étions en chaleur, tous les deux, et serrés l'un contre l'autre comme deux sardines. Pendant l'entracte, la femme quitta sa place pour se promener dans le couloir. Je demeurai où j'étais, me demandant si elle reviendrait au même endroit. Quand la musique reprit, elle revint. Elle revint à sa place avec une telle exactitude que si nous avions été mariés cela n'aurait pas pu être plus parfait. Pendant tout le dernier acte, nous fûmes unis dans une félicité divine. C'était beau et sublime, plus voisin de Boccace que de Dante, mais sublime et beau tout de même.

Assis dans la neige, devant la maison où je suis né, je me rappelle cet incident avec une très grande netteté. Pourquoi ? je n'en sais rien, si ce n'est qu'il est en rapport direct avec le grotesque et le vide, avec la solitude déchirante, la neige, l'absence de couleur, l'absence de musique. On finit toujours par s'endormir avec leur vitesse. On commence par le sublime, et on finit dans une ruelle, à besogner à corps perdu.

Le samedi après-midi, par exemple, à défaire des chaînes dans la boutique d'accessoires automobiles de Bill Woodruff. On trimait tout l'après-midi pour un demi-dollar. Fichu boulot ! Après quoi on allait tous chez Bill Woodruff pour boire un coup. A la nuit, Bill sortait ses lorgnettes, et chacun son tour, nous regardions la femme de l'autre côté de la cour qui se déshabillait sans baisser le store. Cette histoire de lorgnettes mettait toujours en fureur la femme de Bill Woodruff. Pour se venger, elle arrivait en peignoir farci de grands trous. Une sacrée garce, sa femme, et frigide — mais ça la remontait de s'avancer vers un des amis et de lui dire : « Touchez mes fesses ! voyez comme je grossis. » Bill Woodruff faisait semblant de s'en ficher. « Bien sûr, disait-il, vas-y, pelote-la ! elle est froide comme la glace. » Et ainsi, elle faisait le tour, chacun la pelotant pour la réchauffer un peu. Drôle de couple. Parfois, on les aurait crus amoureux. Mais elle le rendait malheureux, cependant, à le tenir à distance tout le temps. Il disait : « J'arrive à coucher avec elle une fois par mois — si j'ai de la chance ! », il le lui disait en pleine figure. Ça ne la tracassait pas beaucoup. Elle le prenait en riant, comme si c'était une blague sans importance.

Si elle n'avait été que froide, passe encore. Mais elle était rapace aussi. Toujours à réclamer du fric. Toujours à désirer quelque chose qu'ils ne pouvaient s'offrir. Ça lui portait sur les nerfs, ce qui est compréhensible, car lui, était un type serré, très regardant. Un jour, pourtant, il eut une idée magnifique. « Ah ! tu veux du fric, c'est bien ça ? lui dit-il. Très bien, je vais t'en donner du fric — mais d'abord, il faut te laisser enfiler. » (Il n'était jamais venu à l'idée du pauvre crétin qu'il pourrait trouver une autre femme qui se laisserait enfiler pour le plaisir.) En tout cas, l'extraordinaire de la chose, c'est que chaque fois qu'il lui passait un petit extra, elle trouvait le moyen de se tortiller comme un lapin. Il n'en revenait pas. Il ne la croyait pas capable de ça. Ainsi, peu à peu, il se mit à faire des heures supplémentaires afin d'économiser le petit backchich qui lui livrerait cette sacrée garce frigide comme une nymphomaniaque. (N'eut jamais l'idée, le pauvre con, de placer le fric chez une autre poule. Jamais!)

Pendant ce temps, les amis et voisins découvraient que la femme de Bill Woodruff n'était pas une si mauvaise affaire qu'on l'avait cataloguée. Paraît qu'elle couchait avec tout un chacun — et Tom, et Dick, et Harry. Pourquoi diable elle ne pouvait donner à son seigneur et maître un petit morceau en douce, gratis, personne n'en savait rien. Elle agissait comme si elle lui en voulait de quelque chose. Ça avait tout de suite commencé comme ça. Et qu'elle fût née frigide ou non, aucune différence. Pour lui, elle l'était certainement. Elle l'aurait fait payer jusqu'au jour de sa mort pour chaque ration si quelqu'un ne l'avait pas mis au courant.

Oh! c'était un malin, Bill Woodruff! Un type mesquin, regardant comme pas un, mais malin quand il le fallait. Quand il apprit ce qui se passait, il ne souffla mot. Fit comme si de rien n'était. Puis, un soir, jugeant que cela avait assez duré, il l'attendit, chose qu'il faisait rarement, parce qu'il devait se lever de bonne heure et qu'elle rentrait toujours tard. Ce soir-là pourtant, il l'attendit, et quand elle s'amena, rupine, arrogante, un peu allumée, mais froide comme à l'ordinaire, il n'y alla pas par quatre chemins avec son : « Où étais-tu ce soir ? » Elle essaya de débiter ses blagues habituelles, naturellement. « Ta gueule ! dit-il, déshabille-toi, et fous-toi au plumard ! » Ça la mit en colère. Elle dit carrément qu'elle ne voulait pas de ça. « Tu n'en as pas envie, je suppose, dit-il, et il ajouta : Tant mieux, parce que je vais te réchauffer un peu. » Sur quoi, il l'attache au lit, la bâillonne, et va chercher le cuir à rasoir. En allant au cabinet de toilette, il s'empare d'un pot de moutarde à la cuisine. Il revient avec le cuir à rasoir, et la flagelle jusqu'au sang. Après quoi, il lui frotte les meurtrissures à vif avec la moutarde. « Voilà qui va te réchauffer pour la nuit », dit-il. Ce disant, il l'oblige à se courber, et lui écarte les jambes. « Maintenant, dit-il, je vais te payer comme d'habitude », et tirant un billet de sa poche, il le froisse, et le lui fourre dans le cul... Et ça suffit sur Bill Woodruff, quoique, en réfléchissant, je dois ajouter que, le cœur léger, il continua bravement son chemin, portant la paire de cornes que sa femme Jadwiga lui avait donnée.

Et le but de tout ça? Prouver ce qui n'a pas encore été démontré, à savoir que

LE PLUS GRAND ARTISTE EST CELUI QUI ARRIVE A VAINCRE LE ROMANTIQUE EN LUI.

Classé lettre M comme Mort aux Rats.

Et puis après, que dites-vous ?

Rien que ceci... Quand le jour arrivait d'aller voir

Tante Mélia à l'asile, maman préparait un petit repas, disant comme elle plaçait la bouteille entre les serviettes : « Mélie a toujours aimé une goutte de kummel. » Et quand c'était au tour de maman de lui rendre visite et qu'elle lui disait, eh bien, Mélie, as-tu trouvé le kummel bon, et que Mélie secouait la tête en disant quel kummel, je n'ai pas vu de kummel, je pouvais toujours dire vous savez bien qu'elle est toquée, je lui ai donné le kummel. A quoi bon verser une goutte de kummel dans la gorge de Mélie alors qu'elle était si foutrement détraquée qu'elle avalait sa propre merde?

Si le temps était beau et que mon ami Stanley et moi fussions chargés par son oncle, le morticole, de porter un mort-né au cimetière, nous prenions le ferry-boat pour State Island, et quand la statue de la Liberté apparaissait à l'horizon, plouf! par-dessus bord! S'il pleuvait, nous allions dans un autre quartier, et le jetions dans une bouche d'égout. C'était un beau jour pour les rats d'égout. Un beau jour aussi pour les rats d'égout qui déboulinent dans le vestibule du monde supérieur. Dans ce temps-là un avortement rapportait jusqu'à dix dollars, et après avoir bien fait la bringue nous laissions toujours un peu de bière éventée pour le matin, car il n'y a rien de meilleur au monde pour la gueule de bois qu'un verre de bière éventée.

Je parle de choses qui m'ont apporté un soulagement au début. C'est le commencement du monde et on est dans un jardin enclos de buis. Le ciel s'étage comme des dunes de sable, et il n'y a pas qu'un seul firmament, mais des millions. La croûte de chaque planète est taillée en œil, un œil très humain qui ne cligne ni ne clignote. On est sur le point d'écrire un beau livre dans lequel on mettra tout ce qui vous a causé joie ou peine. Ce livre, une fois écrit, s'appellera *Prolégomènes de l'inconscient.* On l'habillera de chevreau blanc et les lettres seront d'or rehaussé. Ce sera l'histoire de votre vie sans ratures. Tout le monde voudra le lire parce qu'il contiendra la vérité et rien que la vérité. C'est l'histoire qui vous fait rire dans votre sommeil, l'histoire qui vous fait monter les larmes aux yeux quand on est au milieu d'une salle de bal, et qu'on se rend subitement compte que personne des gens qui sont autour de vous ne sait quel génie vous êtes. Comme ils riraient et pleureraient tout ensemble si seulement ils pouvaient lire ce qui n'est pas encore écrit, parce que chaque mot est absolument vrai, et que jusqu'ici personne n'a osé écrire cette absolue vérité sauf vous, et ce livre véridique qui est enfermé en vous ferait rire et pleurer les gens comme ils n'ont jamais ri, jamais pleuré.

Au début, c'est cela qui soulage — ce livre véridique que personne n'a lu, ce livre que l'on porte avec soi en soi, ce livre habillé de chevreau blanc et aux lettres d'or rehaussé. Dans ce livre, beaucoup de vers vous sont *colossiènement* chers. De ce livre sortirent la Bible, et le Koran, et tous les livres sacrés de l'Orient. Et tous ces livres furent écrits au commencement du monde.

Et maintenant je vais vous parler de l'aspect

technique de ces livres, de *ce* livre dont je vais vous relater la genèse...

Quand vous ouvrirez ce livre, vous remarquerez immédiatement que les illustrations ont une étrange saveur pituitaire. Vous remarquerez immédiatement que l'auteur a abandonné l'illusion optique en faveur d'une vision post-pinéale. Le frontiscipe est généralement un portrait de l'artiste appelé *Praxus,* et qui montre l'auteur en maillot debout sur la frontière du cerveau central. Il porte toujours des lunettes aux verres épais, Toriques, Rebord U. 31. Dans la vie ordinaire éveillée, l'auteur souffre d'une vue normale, mais dans le frontispice, il se rend myope, afin de saisir l'immédiat du plasma des rêves. Grâce à la technique du rêve, il arrache les couches extérieures de sa mortalité géologique, et en vient aux mains avec son vrai moi mantique, une aire non stratifiée de caractère semi-liquide. Seul le côté amorphe de sa nature possède maintenant une validité. En submergeant le moi visible, il plonge au-dessous du seuil de son cadre d'habitudes schizophréniques avec son moi amibéen. Il nage joyeusement, *ad libitum,* dans le fluide amniotique.

Mais, demandez-vous, quelle est la signification de l'oiseau qu'il tient dans la main gauche?

Seulement ceci : l'oiseau est purement métaphysique — un type quaternaire du genre dodo, avec un minuscule orifice dorsal par lequel il débite des homélies sur la nature de toutes choses. En tant qu'espèce, il est éteint. En tant qu'éidolon, il conserve sa réalité — mais à condition d'être maintenu dans un état d'équilibre. Les Allemands l'ont immortalisé sous la forme de leurs horloges coucous ; au Siam, on le trouve sur les monnaies de la 23e dynastie. Vous remarquerez que les ailes sont à demi atrophiées — parce que dans la pseudo-catalepsie du rêve il n'a pas besoin de voler, il lui suffit d'*imaginer* qu'il vole. Les charnières du bec sont légèrement détraquées parce que les coussinets à billes originels ont été perdus en survolant le désert de Gobi. L'oiseau n'est assurément pas obscène, et on ne l'a jamais vu souiller son nid. Il pond un œuf tacheté, de la taille d'une noix environ, chaque fois qu'il est sur le point de subir une métamorphose. Il se nourrit d'Absolu quand il a faim, mais ce n'est pas un oiseau de proie. Il est migrateur exclusivement, et, en dépit des ailes atrophiées, il vole continuellement et couvre de grands espaces imaginaires.

Si ceci est clair, nous pouvons maintenant passer à autre chose — à l'objet particulier pendu au coude gauche de l'auteur, par exemple. En toute humilité je dois admettre que ceci est un peu plus difficile à expliquer, étant une image de grande beauté subjonctive hantant les tissus cicatriciels du cerveau postérieur. En premier lieu, bien que contigu au coude, il n'est pas suspendu au coude. Il se trouve à la jonction de l'avant-bras et du bras dans une ligne asymptotale — c'est-à-dire un symbole plutôt qu'un concept idéologique précis. Les nombres inscrits sur le pan inférieur correspondent à certaines devises runiques qui ont eu pour résultat l'invention pragmatique connue sous le nom de métronyme. Ces nombres sont à la base de toute composition musicale — en tant qu'impondérable mathématique. Ces nombres ramènent l'esprit à des modalités organiques, afin que forme et structure puissent soutenir l'élégante perpétuité de la logique.

Ceci étant rendu clair, j'ajouterai que l'objet conique qui se trouve à l'arrière-plan ne doit nécessairement être susceptible que d'une seule interprétation : la Paresse. Non pas la paresse ordinaire, ainsi que la comprend la doctrine Paulinienne, mais une sorte de phlegme spasmodique produite par les fumées de plomb du plaisir. Il est à peine nécessaire de spécifier que le halo qui coiffe l'objet conique n'est pas un disque ni même une bouée de sauvetage, mais un phénomène purement épistémologique — c'est-à-dire un phantasticon qui a pris sa position dans les mélancoliques anneaux de Saturne.

Et maintenant, cher lecteur, je voudrais que vous vous prépariez à me poser une question avant que je ne classe ce portrait à la lettre P — comme Pétunia. Personne ne veut-il s'il vous plaît témoigner avant que nous n'allions jeter un dernier regard sur ce cher visage mort? Est-ce que j'entends quelqu'un parler, ou bien est-ce un soulier qui craque? Il me semble que j'entends quelqu'un poser une question. Quelqu'un me demande si la petite ombre sur la ligne d'horizon ne pourrait pas être un homunculus ? Est-ce exact ? Me demandez-vous bien, frère Eaton, si cette petite ombre sur la ligne d'horizon pourrait être un homunculus ?

Frère Eaton ne sait pas. Il dit que cela pourrait être, ou n'être pas.

Eh bien, vous avez raison et vous avez tort, frère Eaton. Tort, parce que la loi d'hypothèque ne permet pas de se tirer des pieds ; tort, parce que l'équation est reportée par un astérisque, au lieu que le signe indique clairement vers l'infini. Raison, parce que tout ce qui est erreur a quelque chose à voir avec l'incertitude, et que pour emporter des matières mortes un clysopompe n'est pas suffisant. Frère Eaton, ce que vous voyez sur la ligne d'horizon n'est ni un homunculus ni un chapeau haute-forme. C'est l'ombre de Praxus. Elle se rapetisse à des proportions infimes à mesure que Praxus se fait plus important. A mesure que Praxus s'avance au-delà des frontières de la lune tertiaire, il se débarrasse de plus en plus de son apparence terrestre. Peu à peu il se dépouille du miroir de la substantialité. Lorsque la dernière illusion aura été détruite, Praxus ne projettera plus d'ombre. Il se tiendra sur la 49e parallèle de l'églogue et se défera dans des flammes froides. Il n'y aura plus de paranoïa, tout le reste étant égal. Le corps se dépouillera de ses peaux, et les organes de l'homme se tiendront fièrement dans la lumière. S'il y avait une guerre, vous auriez la bonté de réarranger les entrailles selon leur signification astrologique. L'aube se lève sur les viscères. Plus de logique, plus d'haruspices. Il y aura un nouveau ciel et une nouvelle terre. L'homme recevra l'absolution. *Classé à la lettre A, comme anagogique.*

Maniaque mégalopolitain

Imaginez n'avoir rien dans les mains, que votre destinée. Vous êtes assis sur le seuil des entrailles maternelles et vous tuez le temps — ou le temps vous tue. Vous êtes assis là à chanter la doxologie des choses qui vous échappent. Dehors. A jamais dehors.

La ville est à son plus beau lorsque commence le doux fracas de la mort. Sa propre vie n'était qu'un défi à la nature avec son électricité, ses frigidaires, ses murs étanches aux sons. De boîte en boîte elle élève ses murs secs, l'éclat de ses ongles laqués, les panaches qui s'agitent sur le ciel ondulé. Ici dans les profondeurs du cercueil poussent les fleurs immortelles transmises par télégraphe. Dans les caveaux, sous le lit de la rivière, les lingots d'or. Un désert étincelant de mica et la sonnerie bruyante du téléphone.

A l'approche du soir, quand la mort fait frémir l'épine dorsale, la foule se fait compacte, au coude à coude, et chaque membre du grand troupeau est conduit par la solitude; poitrine contre poitrine, vers le mur de soi-même, frustré, isolé, sardine sur sardine, tous en train de chercher l'ouvre-boîtes universel. A l'approche du soir, quand la foule est pailletée d'électricité, la ville entière se dresse sur ses pattes de derrière, et fracasse les portes. Dans ce piétinement, l'homme abstrait se défait, terni par son égoïsme, et tournoie dans le ruisseau de sa profonde solitude.

Un seul nom, marqué au fer rouge, profondément. Une seule identité. Chacun fait semblant de ne pas savoir, de ne plus se souvenir, mais ce nom est marqué profondément, aussi profondément à l'intérieur que la plus lointaine étoile dans l'espace. Remplissant tout, l'espace et le temps, créant une solitude infinie ce nom se propage et devient ce qu'il a toujours été et toujours sera — DIEU. Dans le troupeau qui avance à pas silencieux, dans le piétinement, plus déchaîné que la pire panique, il y a DIEU. Dieu qui brûle comme une étoile au firmament de la conscience humaine : DIEU des buffles, Dieu des rennes, Dieu de l'homme... DIEU...

Jamais plus Dieu que dans la foule sans Dieu. Jamais plus Dieu que dans la ruée à l'approche du soir lorsque l'épine dorsale que la mort fait frémir télégraphie le chant d'amour à travers tous les neurones, et que, de chaque boutique de Broadway la radio répond avec ses mégaphones et ses pick-up, ses amplificateurs et ses haut-parleurs. Jamais plus de solitude que dans la foule grouillante où le citadin solitaire est enterré par ses inventions, où le chercheur perdu se noie dans l'identité commune. C'est avec le désespoir et la solitude sans amour que se construit la dernière forteresse, la citadelle de Dieu sur le modèle du labyrinthe. De ce dernier refuge il n'est d'évasion que vers le ciel. De là nous retournons au port à travers les chenaux étranges de l'éther.

Finie la vie souterraine, le ver s'octroie des ailes. Des nuées de vue, d'ouïe, d'odorat, de goût, il plonge droit dans l'inconnu. Ailleurs! Ailleurs! partout, hors de ce monde! Saturne, Neptune, Vega. Peu importe où ni vers où, mais ailleurs, ailleurs qu'au monde! Là-haut, dans l'azur, avec des pétards qui lui éclatent au derrière, le ver-ange devient fou. Il boit et mange la tête en bas. Il dort la tête en bas. A la vitesse maximum son corps est plus léger que l'air. Au temps maximum il n'y a plus rien que la combustion spontanée du rêve. Seul dans l'azur, il vole vers Dieu, avec de ronronnantes dynamos. Le dernier vol! Le dernier rêve de naissance avant que la vessie ne soit crevée.

Où est-il maintenant celui qui au prix d'interminables cauchemars s'efforçait vers la lumière? Qui est-il, debout à la surface de la terre, les poumons dégonflés, un couteau entre les dents, les yeux qui éclatent? Vulcanisé par les affres de la douleur, il se dresse, épouvanté, dans le flux vertigineux de corruption du monde supérieur. Les yeux noyés de sang, quel merveilleux spectacle que le monde! Comme il est magnifique et sanglant l'empire de l'homme! L'HOMME, voyez, le voici roulant dans son petit traîneau, amputé des deux jambes, les yeux éteints. L'entendez-vous jouer? Il joue la *Chanson d'amour* tout en roulant dans son petit traîneau. Au café, seul avec ses rêves, et un revolver sous le cœur, est assis un autre homme, un homme malade d'amour. Tous les clients sont partis, sauf un squelette coiffé d'un chapeau. L'homme est seul avec sa solitude. Le revolver est silencieux. Près de lui, un chien et un os, et le chien n'a que faire de l'os. Le chien est solitaire aussi. Par la fenêtre le soleil ruisselle; il brille d'un éclat lugubre sur le crâne verdâtre de l'amoureux abandonné. Le soleil pourrit avec un éclat lugubre.

Si beau l'hiver de la vie, avec le soleil qui s'en va en pourriture et les anges volant vers le ciel avec des pétards au derrière! Doucement méditatifs nous parcourons les rues. Les gymnases sont ouverts et l'on peut voir les hommes nouveaux faits de tuyaux de poêles et de cylindres qui se meuvent avec des gestes de machines. Les hommes nouveaux qui ne s'useront jamais parce que les pièces peuvent toujours être remplacées. Hommes nouveaux, sans yeux, sans nez, sans oreilles ni bouche, avec des roulements à billes aux jointures et des patins sous les pieds. Hommes immunisés contre les émeutes et les révolutions. Comme les rues sont gaies et grouillantes! A la porte d'une cave, voici Jacques L'Éventreur qui brandit une hache; le prêtre monte à l'échafaud, les notaires passent avec leurs serviettes gonflées; les klaxons marchent plein gaz. Les hommes sont ivres d'une liberté toute fraîche. C'est une séance perpétuelle avec mégaphones et télégraphes automatiques, des hommes sans bras dictant à des cylindres de cire; les usines marchent nuit et jour, éjectant toujours plus de saucisses, plus de bretzels, plus de boutons, plus de baïonnettes, plus de coke, plus de laudanum, plus de haches acérées, plus de pistolets automatiques.

Je ne puis pas me rappeler un plus beau jour que celui-ci en pleine floraison du xxe siècle, avec le soleil qui s'en va pourrissant, et un homme sur son petit traîneau qui sifflote la *Chanson d'amour* sur son mirliton. Ce jour rayonne dans mon cœur avec un si lugubre éclat, que même si j'étais l'homme le plus triste de la terre, je ne voudrais pas la quitter.

Quelle magnifique évasion cette dernière fuite de la citadelle Sainte vers le ciel! Lorsqu'on regarde en bas, la terre paraît de nouveau douce et ravissante. La terre dépouillée de l'homme. Indiciblement douce et ravissante, cette terre privée de l'homme. Débarrassée des chercheurs de Dieu, débarrassée de sa progéniture putassière, la mère de toute vie poursuit sa route avec grâce et dignité. La terre ne connaît pas de Dieu, pas de charité, pas d'amour. La terre est une matrice qui crée et qui détruit. Et l'homme n'appartient pas à la terre, mais à Dieu. Qu'il aille donc à Dieu, nu, brisé, corrompu, divisé, plus solitaire que l'abîme le plus profond.

Aujourd'hui, pour un peu de temps encore, le Progrès et l'Invention me tiennent compagnie tandis que je marche vers le sommet de la montagne. Demain, toutes les villes du monde s'écrouleront. Demain, tous les êtres civilisés sur la terre mourront par le poison et par l'acier. Mais aujourd'hui vous pouvez encore me baigner dans les merveilleux poèmes d'amour de Dieu. Aujourd'hui c'est encore la musique de chambre, le rêve, l'hallucination. *Les dernières cinq minutes!* Un rêve, une fugue, sans coda. Chaque note s'en allant en pourriture comme de la viande morte sur les crochets. Gangrène où la mélodie se noie dans sa puanteur suppurante. Dès que l'organisme sent la mort l'empoigner, il frissonne d'extase. Une accélération de vie qui arrive à l'angoisse triomphante — l'angoisse du dernier râle, quand nourriture et sexe ne font plus qu'un. Le tourbillon! Et tout ce qui est aspiré par lui disparaissant avec lui! Le sauvage ignorant et farouche qui a commencé à la circonférence à la poursuite de sa queue s'avançant de plus en plus près en grandes spirales compliquées et qui maintenant touche le centre, le point mort, où il tourbillonne sur le pivot de soi-même, dans une incandescence qui envoie des flots aveuglants de lumière jusqu'au moindre ruisseau de l'âme : tourbillonnant là insensé et insatiable, vampire et violateur de son âme, tourbillonnant dans une furie de luxure centrifuge jusqu'à ce qu'il jaillisse du trou au centre de lui-même — dégonflé comme une vessie... caveau, cave, côtes, peau, sang, tissus, cerveau et cœur, consumés, dévorés, détruits dans une annihilation définitive.

Voici la ville, et voici la musique. Des petites boîtes noires s'écoule un fleuve interminable de romanesque où pleurent les crocodiles. Tous en route vers les sommets. Tous au pas. De la puissante demeure d'en haut Dieu inonde la rue de musique. C'est Dieu qui met la musique en marche chaque soir quand on sort du travail. Aux uns un croûton de pain, aux autres, une Rolls-Royce. Tous se dirigent vers la Sortie, le pain rassis enfermé dans la boîte à ordures. Qu'est-ce donc qui nous fait avancer au pas vers les sommets? C'est la Chanson d'amour qu'entendirent dans la crèche les trois Mages d'Orient. Un homme sans jambes, les yeux éteints, la jouait sur son mirliton tout en roulant dans les rues de la ville sainte sur son petit traîneau. C'est cette Chanson d'amour qui sort maintenant de millions de petites boîtes noires, au même instant précis, pour que même nos petits frères bruns des Philippines puissent l'entendre. C'est cette belle chanson d'amour qui nous donne la force de construire les plus hauts buildings, de lancer les plus grands navires de guerre, de construire des ponts sur les fleuves les plus larges. C'est cette Chanson qui nous donne le courage de tuer des millions d'hommes à la fois rien qu'en pressant sur un bouton. Cette Chanson qui nous donne l'énergie de piller la terre et de tout ravager.

Remontant vers les sommets, je contemple la silhouette rigide de vos édifices qui demain se ratatineront et s'écrouleront dans la fumée. Je médite sur vos programmes pacifistes qui finiront en grêle de balles. Je contemple vos devantures éblouissantes bourrées d'inventions qui demain ne serviront plus à rien. Je contemple vos visages las marqués par le labeur, vos pieds plats, vos estomacs descendus. Je vous contemple tous individuellement et en masse — et comme vous puez, vous tous ! Vous puez comme Dieu et son amour miséricordieux et sa sagesse. Dieu le mangeur d'hommes ! Dieu le requin nageant avec ses parasites !

C'est Dieu, ne l'oublions pas, qui met la radio en marche tous les soirs. C'est Dieu qui inonde nos yeux de lumière éclatante, débordante. Bientôt nous serons avec Lui, blottis contre son cœur, unis dans la félicité et l'éternité, unis au Verbe, égaux devant la Loi. Tout cela arrivera par l'amour, un amour si grand que la plus puissante dynamo n'est à côté qu'un bourdonnement de moustique.

Et maintenant je prends congé de vous, et de votre citadelle sainte. Je vais m'asseoir au sommet de la montagne, je vais attendre quelque dix mille ans de plus pendant que vous vous débattrez pour monter vers la lumière. Je voudrais rien que pour un soir que vous baissiez les lumières, que vous assourdissiez les haut-parleurs. Ce soir, je voudrais méditer un peu en paix et en silence. Je voudrais oublier pour un petit moment que vous grouillez autour de moi dans votre rayon de miel à deux sous.

Demain, vous pourrez accomplir la destruction de votre monde. Demain, vous pourrez chanter au Paradis par-dessus les ruines fumantes de vos cités terrestres. Mais ce soir je voudrais penser à un homme, un individu solitaire, un homme sans nom ni patrie, un homme que je respecte parce que il n'a absolument rien de commun avec vous — MOI-MÊME.

Ce soir, je méditerai sur ce que je suis.

Louveciennes-Clichy, — Villa Seurat. — 1934-1935.

DU MÊME AUTEUR

Aux Éditions Gallimard

SOUVENIR, SOUVENIRS

LE CAUCHEMAR CLIMATISÉ

LES LIVRES DE MA VIE

Aux Éditions Denoël

TROPIQUE DU CANCER

Impression Bussière à Saint-Amand (Cher),
le 22 juillet 1987.
Dépôt légal : juillet 1987.
1er dépôt légal dans la collection : juin 1975.
Numéro d'imprimeur : 1830.
ISBN 2-07-036671-5./Imprimé en France.

41414